U0949785

叶辛著

往日的情书

全套情书，原文照发，特殊年代里的真情实录

WUHAN UNIVERSITY PRESS
武汉大学出版社

图书在版编目(CIP)数据

往日的情书/叶辛著.—武汉:武汉大学出版社,2012.6
红土地之歌
ISBN 978-7-307-09687-5

Ⅰ.往…　Ⅱ.叶…　Ⅲ.书信集—中国—当代　Ⅳ.I267.5

中国版本图书馆CIP数据核字(2012)第063260号

责任编辑:聂勇军　　责任校对:黄添生　　版式设计:马　佳

出版发行:武汉大学出版社　(430072　武昌　珞珈山)
(电子邮件:cbs22@whu.edu.cn 网址:www.wdp.com.cn)
印刷:武汉中科兴业印务有限公司
开本:880×1230　1/32　印张:10.875　字数:246千字
版次:2012年6月第1版　　2012年6月第1次印刷
ISBN 978-7-307-09687-5/I·535　　定价:25.00元

版权所有,不得翻印;凡购买我社的图书,如有缺页、倒页、脱页等质量问题,请与当地图书销售部门联系调换。

编 委 会

主 任 张福臣

编 委 （以姓氏笔画为序）

邓 贤 叶 辛 白 描 刘小萌

刘晓航 陆天明 张承志 张福臣

肖复兴 岳建一 胡发云 姜汉芸

晓 剑 郭小东 高红十 董宏猷

谢春池

总　　序

叶　辛

40 多年前，中国的大地上发生了一场波澜壮阔的知识青年上山下乡运动。“波澜壮阔”四个字，不是我特意选用的形容词，而是当年的习惯说法，广播里这么说，报纸的通栏大标题里这么写。知识青年上山下乡，当年还是毛泽东主席的伟大战略部署，是培养和造就千百万无产阶级革命事业接班人的百年大计，千年大计，万年大计。

这一说法，也不是我今天的特意强调，而是天天在我们耳边一再重复宣传的话，以至于老知青们今天聚在一起，讲起当年的话语，忆起当年的情形，唱起当年的歌，仍然会气氛热烈，情绪激烈，有说不完的话。

说“波澜壮阔”，还因为就是在“知识青年到农村去，接受贫下中农的再教育，很有必要”的指示和召唤之下，1600 多万大中城市毕业的知识青年，上山下乡，奔赴农村，奔赴边疆，奔赴草原、渔村、山乡、海岛，在大山深处，在戈壁荒原，在兵团、北大荒和西双版纳，开始了这一代人艰辛、平凡而又非凡的人生。

讲完这一段话，我还要作一番解释。首先，我们习惯上讲，中国上山下乡的知识青年，有 1700 万，我为什么用了 1600 万这个数字。其实，1700 万这个数字，是国务院知青办的权威统计，应该没有错。但是这个统计，是从 1955 年有知青下乡这件事开始算起的。研究中国知青史的中外专家都知道，从 1955 年到 1966 年“文革”初始，十多年的时间里，全国有100多万知青下乡，全国人民所熟知的一些知青先行者，都在这个阶段涌现出来，宣传开去。而发展到“文革”期间，特别是1968年12月21日夜间，毛主席的最新最高指示发表，知识青年上山下乡，掀起了一个前所未有的高潮。那个年头，毛主席的话，一句顶一万句；毛主席的指示，理解的要执行，不理解的也要执行，且落实毛主席的最新指示，要“不过夜”。于是乎全国城乡迅疾地行动起来，在随后的10年时间里，有1600万知青上山下乡。而在此之前，知识青年下乡去，习惯的说法是下乡上山。我最初到贵州山乡插队落户时，发给我们每个知青点集体户的那本小小的刊物，刊名也是《下乡上山》。在大规模的知青下乡形成波澜壮阔之势时，才逐渐规范成“上山下乡”的统一说法。

我还要说明的是，1700万知青上山下乡的数字，是国务院知青办根据大中城市上山下乡的实际数字统计的，比较准确。但是这个数字仍然是有争议的。

为什么呢？

因为国务院知青办统计的是大中城市上山下乡知青的数字，没有统计千百万回乡知青的数字。回乡知青，也被叫作本乡本土的知青，他们在县城中学读书，或者在县城下面的区、城镇、公社的中学读书，如果没有文化大革命，他们读到初中毕业，照样可以考高中；他们读到高中毕业，照样可以报考全国各地所有的大学，就像今天的情形一样，不会因为他们毕业于区级中学、县级中学不允许他们报考北大、清华、复旦、交大、武大、南大。只要成绩好，名牌大学照样录取他们。但是在上山下乡“一片红”的大形势之下，大中城市的毕业生都要汇入上山下乡的洪流，本乡本土的毕业生理所当然地也要回到自己的乡村里去。他们的回归对政府和国家来说，比较简单，就是回到自己出生的村寨上去，回到父母身边去，那里本来就是他们的家。学校和政府不需要为他们支付安置费，也不需要为他们安排交通，只要对他们说，大学停办了，你们毕业以后回到乡村，也像你们的父母一样参加农业劳动，自食其力。千千万万本乡本土的知青就这样回到了他们生于斯、长于斯的乡村里。他们的名字叫“回乡知青”，也是名副其实的知青。

而大中城市的上山下乡知青，和他们就不一样了。他们要离开从小生活的城市，迁出城市户口，注销粮油关系，而学校、政府、国家还要负责把他们送到农村这一“广阔天地”中去。离开城市去往乡村，要坐火车，要坐长途公共汽车，要坐轮船，像北京、上海、天津、广州、武汉、长沙的知青，有的往北去到“反修前哨”的黑龙江、内蒙古、新疆，有的往南到海南、西双版纳，路途相当遥远，所有知青的交通费用，都由国家和政府负担。而每一个插队到村庄、寨子里去的知青，还要为他们拨付安置费，下乡第一年的粮食和生活补贴。所有这一切必须要核对准确，做出计划和安排，国务院知青办统计离开大中城市上山下乡知青的人数，还是有其依据的。

其实我郑重其事写下的这一切，每一个回乡知青当年都是十分明白的。在我插队落户的公社里，我就经常遇到县中、区中毕业的回乡知青，他们和远方来的贵阳知青、上海知青的关系也都很好。

但是现在他们有想法了，他们说：我们也是知青呀！回乡知青怎么就不能算知青呢？不少人觉得他们的想法有道理。于是乎，关于中国知青总人数的说法，又有了新的版本，有的说是2000万，有的说是2400万，也有说3000万的。

看看，对于我们这些过来人来说，一个十分简单的统计数字，就要结合当年的时代背景、具体政策，费好多笔墨才能讲明白。而知识青年上山下乡运动中，还有多多少少类似的情形啊，诸如兵团知青、国营农场知青、插队知青、病退、顶替、老三届、工农兵大学生，等等等等，对于这些显而易见的字眼，今天的年轻一代，已经看不甚明白了。我就经常会碰到今天的中学生向我提出的种种问题：凭啥你们上山下乡一代人要称“老三届”？比你们早读书的人还多着呢，他们不是比你们更老吗？嗳，你们怎么那样笨，让你们下乡，你们完全可以不去啊，还非要争着去，那是你们活该……

有的问题我还能解答，有的问题我除了苦笑，一时间都无从答起。

从这个意义上来说，武汉大学出版社推出反映知青生活的“黄土地之歌”、“红土地之歌”和“黑土地之歌”系列作品这一大型项目，实在是一件大好事。既利于经历过那一时代的知青们回顾以往，理清脉络；又利于今天的年轻一代，懂得和理解他们的上一代人经历了一段什么样的岁月；还给历史留下了一份真切的记忆。

对于知青来说，无论你当年下放在哪个地方，无论你在乡间待过多长时间，无论你如今是取得了很大业绩还是默默无闻，从那一时期起，我们就有了一个共同的称呼：知青。这是时代给我们留下的抹不去的印记。

历史的巨轮带着我们来到了2012年，转眼间，距离那段已逝的岁月已40多年了。40多年啊，遗憾也好，感慨也罢，青春无悔也好，不堪回首也罢，我们已经无能为力了。

我们所拥有的只是我们人生的过程，40多年里的某年、某月、某一天，或将永久地铭记在我们的心中。

风雨如磐见真情，

岁月蹉跎志犹存。

正如出版者所言：1700万知青平凡而又非凡的人生，虽谈不上“感天动地”，但也是共和国同时代人的成长史。事是史之体，人是史之魂。1700万知青的成长史也是新中国历史的一部分，不可遗忘，不可断裂，亟求正确定位，给生者或者死者以安慰，给昨天、今天和明天一个交待。

是为序。

自　　序

恋爱的季节是随着插队落户的岁月开始的。

就是在插队落户初期，我认识了今天的妻子王淑君，开始了我们的初恋。那是特殊年代里的爱情，那是艰辛苦涩的日子里最值得珍视的一份感情。

从1969年相识，到1979年元月结婚，连头搭尾10年时间，其中几乎7年半的日子，我们是在分离、在两地相思中度过的。相互联系和沟通的办法，就是通信。在那几年里，我们每年互相要给对方写出四五十封书信，几乎是每隔5天至7天，就要寄一封信，很多时候密度更大，差不多每隔三五天就要写一封信。这些书信，成了我精神上的最大慰藉。在劳动之余，在每天不间断的学习创作之余，写信是我最愉快的一件事情，也是我唯一的倾诉感情的方式。当然，每次收到她的信，我也总是读了又读，直到把信纸都焐热了，并要在接到她的下一封信时才把她的上一封信放进信封，珍藏起来。至今我还记得，到了她的信该来的日子，我总要站在寨子高处的堰塘边上，望着邮递员走来的山垭口，热切地、焦虑地、默默地等待着。如果这一天收到了她的信，那么，整个黄昏和夜晚我都会感到身心愉快、精力充沛，整个栖居的小茅屋里仿佛也充满了温馨的气息。守着一盏小油灯，我会写到很晚、很晚。而倘若没有收到她的信，我便会在邮递员离去以后，久久地傍着夕阳踟蹰，沮丧地踏着薄暮回到那阴暗潮湿的茅草屋里。

那年头山寨上没有电话，打长途电话要到远在十几里外的公社邮电所，况且音息非常微弱。而电报贵至7分钱一个字（后来降至3分钱一个字）。对一整天的繁重劳动只能换来二角几分、一角几分的知青来说，利用电报和长途电话联系，几乎是不可想象的事情。所以，我们唯一的联络办法，就是写信。

一晃近30年了，我们的命运发生了很大的变化，临时的动迁不算，我们搬过十几次家。在搬家的过程中，凡是能丢的东西，包括一些家具，包括喜爱的书籍，很多都因迫于无奈而舍弃了。唯独这些书信，我和妻子都珍藏着。我装在我的书柜里，她放在她的小箱子里。可惜的是，有不少书信，由于她居住的工棚被风雨所掀，雨水浸透了信封和信纸，字迹模糊得已无法辨认了。就是这些残缺不全的信，我们也还保留着。想想吧，那个年代留到今天的邮票、信封都成了价值不菲的东西，别说这些饱含着我们青春的汗水和眼泪、希冀和憧憬的书信了。前两天，有两位记者来到家里，看到书桌上摊满着这些书信，他们随手拿起几个信封看，看到信封上的邮票、信封角上印着的小小的宣传画、信封上的语录乃至“敬祝毛主席万寿无疆”的红字，情不自禁地举起相机一阵劈里啪啦地拍摄，逗得我妻子好一阵笑。

我想，与其今天提起笔来，凭借着记忆，在往事中搜索枯肠，苦思冥想当年的那些往事或是真实的思想，不如把这些书信稍加整理，略作适当的注解，也不失为一种回忆的形式。书信中的语言是那个时代的语言，书信中写到的细节是那个时代的细节，书信中提到的人和事也只可能是那个时代的人和事，而且书信中感情的宣泄和倾诉，也是那个时代独有的。

我很为自己的这一想法激动，并且也获得了妻子的赞同。而当我着手这一工作的时候，才感觉到，其实它并不比我重新写一本书来得轻松。

书信太多了，读着每一封信，那个年代里经历的事情就历历在目，像过电影一般在眼前晃。不知是因为年代的久远，还是那时的墨水质量差，即使没被雨水浸透的文字，有好些也已淡弱得仅能勉强辨认了。但有一点是可以肯定的，那就是透过信笺上年轻稚嫩的文笔，读者诸君能够看到两颗年轻炽热的心的跳动。

促使我腾出时间来编撰这本《往日的情书》还有一个原因，那就是随着现代通信技术的发达，长途电话已经极为普及，电脑、传真机、可视电话进入普通人家已经成为现实。从邮电部门传来信息，今日的书信已比过去大为减少。人们预言，当我们步入下一个世纪的时候，书信将更加大幅度地减少，直至从我们的生活中消失。

不知读者以为然否？

叶　辛

1998年3月1日深夜

目　　录

往日的情书

1969：一切从这里开始

1. 淑君致叶辛

承熹①：你好！

收到你的来信，我十分高兴，你终于到上海了！从你的来信以及让小石和冯柏令带来的字条，得知你路上并不是一帆风顺的，而是受到了一些小小的波折。但那算不了什么，这对我们青年人来说，是经受了一次风雨，你说对吗？

承熹，自你走后，我心里总是忐忑不安的。这次我应该送你到贵阳，但事情是那么不凑巧，队里又闹意见，怕他们风言风语的，所以，没能送你，望你原谅！

自你走后，刘小炎天天去陪小妹，因前天，你们队里的男生都走光了，邵竹琴也去二队住，所以，小妹昨天已搬到我们队里来了。我们一定听你的话，和睦相处，互相帮助。你的妹妹，也就是我的亲妹妹，你说对

① 承熹：叶辛原名为叶承熹。

吗？望你和你妈妈放心！

关于你要捎给小妹的东西，你自己送到我家去。我已给家里写信了，可能最近我姐姐要回贵阳一次，你可以叫她顺便带来。关于那个瓶子，我也和家里说过了，我爸爸会拿给你的。

承熹，从你的信中，看出你的心情不怎么好，我劝你不要这样。暂时说来，你应该是幸福的了，你要珍惜这暂时的幸福时光，丢开一切痛苦，在上海痛痛快快地玩一玩，你说对吗？

目前，我们公社已走很多人了，杨柳一队和你们队几乎都走光了，现在只剩下两幢空房子。其他队也走了不少。本来，我也想回去的，公社目前采取的态度是不支持也不硬阻止，但考虑到种种原因，家庭方面的、经济方面的，并且小妹也不愿意回去，我姐姐又要回去了，所以，决定不回家了。

我们一切都很好，请放心！最后，祝你愉快！

刘小炎和王佩群向你问好！

盼你来信！

王淑君

1969 年 11 月 29 日

【附笔】

这是我妻子写给我的第一封信。那一年，她 18 岁，我 20 岁。

那是秋末冬初，劳动了一年以后，贵州乡间进入了冬闲时节。我花 30 元钱，买了一张车票，回到了上海。在给妹妹写信的同时，也给她写了一封信。这封信，是她给我的复信。

可惜的是，最初我写给她的几封信，她都没有保存下来。那时候，我们还没有进入恋爱阶段，从她的来信中也可以看出，我们只是比其他男女知青稍接近一些，就惹起了一些“风言风语”。这就是她在信末端端正正署上“王淑君”三个字的原因。

但是，从信中的字里行间，看得出她对我的关心和柔情。

承熹：你好！

自贵阳回来后，看到了你的两封来信，我十分高兴。但没有及时给你回信，想必你也能原谅我吧？回队以后，就开始出工，是薅麦子。起得早睡得晚，所以，也没有空余的时间，但这只是客观因素，主要是因为近来心情很不愉快。

目前，我们这里一切如旧，关于小妹，我一定会很好地和她相处的，请放心。小妹总是那么活泼、可爱，和她在一起，的确能使我开朗不少，忘掉心里的一切苦闷。就是有一点，小刘的脾气不太好，常常让我和小妹觉得不开心，尤其是和邵竹琴相处以后，不知从哪儿听来一些是非，起初，我觉得很生气，但后来想到你每次来信所提到的“小事糊涂些，有些事记在心里”那句话，就觉得这样做是没有意思的，只要自己心里明白就行了。看人，也不能只看到别人的缺点，要多看看人家的优点，心胸开阔一点，你说是吗？唉！这就叫做人，没有办法，只好自己安慰自己了。

从你的来信中，得知你目前生活得很愉快，让我感到欣慰不少，做人嘛，本来就是那么一回事，美好的青春，为什么总要忧忧悒悒地白白浪费呢？年轻人就要振作起精神，看到光明，看到美好的未来，朝气蓬勃地生活。承熹，你说我的想法对吗？如认为对的，望你也能这样做。但是，我也不是一条糊涂虫，过去了的一切，已在我的心灵上，留下了不可磨灭的创痕。从我刚刚懂得生活开始，生活的艰难就已赤裸裸地摆在我的面前，对于这一点，我不是不懂的。我也曾为生活忧愁过，但发现这样是没有意义的，应该学一学“今朝有酒今朝醉”的那些人，反正“船到桥头自会直”的，所以，望你今后不要这样说了，真正的友谊，不是建立在金钱的基础上的，如果这样，我觉得这种人实在是太卑贱了，但我们也应该看到现实。不过，我总觉得，应该尽量在苦中找乐。目前，最主要的是使自己身体健康，这样愁东愁西的，会把身体毁了的，这也就是毁了自己的一切，你说我的想法对吗？

关于上海市慰问团的事，小妹也一定跟你谈过了吧？所以，你可以尽量放心地在上海多玩一段时间。

今天，邵竹琴回上海，小妹和刘小炎都去送她了，就我一个人留在家里。所以，给你写了这封信。写得很不好，也没有写到你所要求的那些事，但我今天实在是不想写了，以后慢慢告诉你吧。望原谅，不多谈了。

祝健康、愉快！

淑君

1969 年 12 月 20 日

1970：苦涩日子里最珍贵的

2. 淑君致叶辛

承熹：你好！

上次写给你的信收到了吧？不知你近来生活是否愉快？身体可好？很是想念！

现在，这里的天气已是十分寒冷了，气温都在零度以下，昨天已是零下9度，但据农民们说，这还不算冷，更冷的天气还在后头呢！一眼望去，已是一派北国风光的景象了。由于天气冷，一点事儿也不能做，真觉无聊。所以，要在这里度过整个冬天，对我们说来，真是一个严峻的考验了。

现在，我们这里一切都很好，请放心。

从你给小妹的来信中，得知你在文学研究上很成功，使我很高兴，在这里，向你表示热烈的祝贺！望你再接再厉，更上一层楼。但遗憾的是，我却没有看到过你的作品，以后有机会，能给我看几篇吗？

承熹，不知什么原因，近来越是空闲，心里就越是觉得不快，难道我们就这样碌碌无为地在这个山沟沟里度过自己美好的青春，甚至一生吗？“前途”这两个字，在我心里永远是一个问号！不多写了，手都冻僵了。

祝新年好！

淑君

1970 年 1 月 7 日晚

承熹：你好！

你在本月 3 日发出的信，我们 13 日才收到，正想给你写回信，恰巧又接到你 11 日发出的信，所以，关于这里的许多事，让我放在一起来谈吧！

从你的来信中，知道你为小妹和小刘闹分歧的事，很不放心。但请你相信，事情的发展，并不像你所想象的那样，现在这里的空气已经比较缓和了。虽然内心不然，但我们也别管这些了，反正这就叫做“人”，这一切，就是人与人之间的关系。社会上这种事多得很，是没有一个人不会被别人议论的。但我不相信这一套，只要自己站得正，坐得稳，就不怕风吹浪打，你说对吗？你让我告诉你所听到的一些流言蜚语，我想在信上也不便谈，让我以后慢慢地告诉你吧，反正都是一些无中生有的事。

事情是这样的，我和小妹为了送王佩群回上海，在贵阳住了几天，回来后她对我们的态度就大不一样了，尤其是对小妹，这些我在以前就告诉过你。但我们总是抱着团结——批评——团结的态度来对待她，曾征求过她的意见，但当时她却无话可说。不过从她平时的一些言行中，我猜想她主要是听信了一些流言蜚语以及自己心胸狭窄所致。虽然她对我还是如旧，但她的内心世界在这件事中已经彻底暴露了。通过这件事，更让我进一步认识了这个社会，认识了人与人之间的真正关系，这倒是一个不小的收获！

你的几次来信，都让我谈谈我的过去，我也实在谈不出什么，主要是水平有限。今天，在这里就简略地跟你说说，以后见面时我们再详细说。

我的童年，可以说是在一种快乐而又平静的气氛中度过的。那时，我父亲不在家，母亲每天要上班，虽然哥哥姐姐都十分喜欢我，但是，他们从来不让我到弄堂里玩。他们放学以后的一段时间，是我最快乐的时候了，由于如此，我自小就养成了一种好静的习惯。

读书以后，由于成绩优良，班主任十分喜欢我，让我担任中队主席，在同学之中，我也颇有一点儿威信。所以，小学时代，可以说是在表扬声中度过的。在这样优越的环境下，我不免产生骄傲的情绪，听不得半点儿批评，为此，父母和哥姐对我的批评是不少的，但这些批评，却没有真正地触及我的灵魂。

进中学以后，由于我们的班主任十分重视阶级路线，她轻视出身不好的人，这个打击对我太沉重了，我渐渐地变得沉闷了，也开始认识到了家庭的历史。从此，我百事不管，上课到校，下课离校，为此，还受到老师的“表扬”呢！无产阶级文化大革命的一声春雷，彻底地拉开了社会的大序幕，它使我变得聪明起来，但我对于这一切，都抱着旁观者的态度。在这段时间里，我是一个彻底的逍遥派，除了家务劳动以外，就跟哥哥一起学照相（哥哥是个摄影爱好者），看看书，同时，家庭的问题更彻底地摆在我的面前。我开始尝到了生活的艰难，并和父母一起分担着这一切。毕业分配开始，我没有做任何努力，随着时代的潮流，被卷进了上山下乡的高潮中，就这样，来到了贵州山区。

这就是我过去的生活。生活，给予我一些什么呢？除了童年时代尝到的一点快乐，它所给予我的是忧愁和痛苦。我觉得，像我们这样生活，实在是毫无意义的。我很想使自己的一生过得有意义些，但是这一切都是环境所致、社会所致，我们也是无能为力的。因此，我目前是抱着做一天和尚撞一天钟的思想，社会上的一切事情，已把我搞得晕头转向，我自觉是非常幼稚的，在生活这条漫长的道路上，刚刚迈开了第一步，更加艰难的生活历程还在后面呢！

从你的来信和家里的来信中，知道上海目前疏散工作进行得很紧张。我家也是要疏散的，父母今后还不知要去哪里呢。想起我的家庭，我心里就甚感凄凉。

别的也没有什么，目前这里一切如旧，就是天气太冷了，手脚经常是僵的，天天不出工，在家呆着觉得很无聊。

祝愉快！

淑君

1970 年 1 月 17 日晚

承熹：你好！

我已于本月 3 日到达这里，本该早就给你写信，但考虑到种种原因，所以，一直未动笔，望原谅。

今天，接到你的来信，知道你准备9日来接小妹，我是这样考虑的：如你有事，来一次，也不妨；如只为接小妹，我想你就不必来了。这样可以节约点车费，反正我和哥哥可以去接她。并且，回久长，我哥哥可以送我们到贵阳。我这个建议不知提得是否恰当？我这样实事求是地说，你不会生气吧？

我准备等她来后，休息一天，11日上午乘94次列车一起回久长，我已去信告诉刘小炎，大概她也告诉你了吧？所以，希望你这天到久长车站接我们，可能的话，多找几个人来，好吗？余言面谈。

祝好！

淑君

1970年4月7日

【附笔】

从前一封信的1月17日，一下子跳到这封信的4月7日，是因为她和我妹妹叶文最终还是没有在山寨上度过冬天和春节。就在春节前些天，她们一同回到了上海。

而我，由于比她们早回上海，一过完春节，就匆匆忙忙地回到了山寨。她们是迟至3月底4月初才由上海回到贵阳的。

这封信，就是在她们到了贵阳市郊一个叫二戈寨的地方，她写给我的。

当时，她的姐姐在贵阳南站工作，在二戈寨的铁路新村里有一个小小的家。那里，后来也是我路经贵阳时常常落脚的地方。

贵阳，虽是个省城，但对于我来说，却是个举目无亲的地方。

【附】

我的省城情结

在很长的一段时间里，省城对于我这个外来人来说，不但是陌生的，而且是有点骇人的。

记得最初接触到省城贵阳，是我们初来乍到的1969年早春。在上海上火车的时候，我们被告知，此行的第一站是贵州省的省会贵阳，然后，再由贵阳分别奔赴各自将要去的乡村插队落户。但是，当我们疲惫不堪地坐了两天两夜火车，即将抵达贵阳的时候，我们接到通知说，我们必须在贵阳前面100公里的一个小站贵定下车，从那里分乘卡车直接到各个县城去。什么原因呢？据说是贵阳的两派正在武斗，怕不长眼睛的枪弹伤着听毛主席的话远道而来的知识青年们。而当我们真的乖乖地坐上卡车分散走开以后，却又被人告知，真实的原因是怕我们这些上海来的小将们卷入当地的两派斗争，把已经非常复杂的形势搞得更复杂了。

第二次接触到贵阳，对我来说就更为难忘了。那是1969年的盛夏，由于水土不服，由于山乡里连月的体力劳动，也由于吃得过于简单，我的牙痛得难以忍受，而在乡村又治不好，只得到省城里去找医生。哪晓得牙没治成，反而在省城里遇上了荷枪实弹的武斗，平生第一次听到了真正的枪声。害得我第二天步行了近100里的山路才回到了乡村。为此我曾写过一篇短文。

再后来，武斗的风波虽然是平息了，但从省城里传来的消息，总是让人心惊胆战的。一会儿说什么小偷们在开会，一会儿又说在公安厅门口有人开枪，一会儿讲骑兵旅的马队是一色的白马，威风凛凛地在省城的大街上检阅，一会儿传去年10月1日的肉票到今年的5月1日还没买上肉——听来总是让我们哭笑不得。

农闲时节，耐不住寂寞，知青们成群结伙地到过一次省城，留下的印象就是小摊上难得一见的猪头肉上叮满了苍蝇，黔灵公园里的动物散发着难闻的臭味。几乎所有的公共汽车上都没有窗玻璃，而且过站都不停。百货商店里不是少这就是缺那，小偷多得防不胜防，而火车几乎永远都是晚点的。一句话，印象差极了。回到乡间，知青们说起来，总是不住地摇头，并且说与其住在这样的城市里，我们宁愿回到乡下来清静。

总之，每去一次省城，我总要想起临离开上海时母亲告诉我的那个地方只有一条街的话。母亲是抗战逃难时路经贵阳的，她的记忆已是久远的往事。我曾经在茅盾先生的文集中也读到过类似的描述。和只有一条街时的贵阳相比，我们见到的贵阳算是像个省城的模样了。但是，从心里来说，我和大多数知青的心情是一样的，不喜欢这个城市。

但绝没有想到，若干年之后，我会成为这个城市的居民，而且一住就是8年。1982年，当我搬进这个城市的时候，我差不多已经习惯了乡村里的幽静生活，习惯了山野的情趣和大自然的风光。但是，我必须走出来。《蹉跎岁月》这本书的出版和电视剧的播出，使得本省和外省的许多文学界的朋友们要来找我。他们大多数是来约稿，也有来拍电视专题的，来采访的，来做文学访谈的，来交朋友的。我居住在深山老林一般的猫跳河畔的水电站上，两天才有一班从省城开来的班车，只停半个小时或是一个小时，使得要来找我的人很不方便。有一次，四川文学研究所的一位年轻评论家从成都拍来电报说要来找我，他从成都飞到贵阳，又从贵阳坐了颠簸的班车来到水电站，在水电站修建的歪歪斜斜的芦席棚招待所里整整住了3天，完成了预定的关于写我的报告文学的任务。回去那天，我攀山走小路，送他到设在岭腰间由木板搭起的临时汽车站，才拿到他在成都拍来的电报。他虽然离开了水电站，但是，到了贵阳之后，还是没有买到回成都的机票，结果只得在旅馆里过了春节。这件事使我至今想起来心中都不是滋味——类似的难堪事当然还不止这一件，遇到的多了就促使我下决心要到城市里去。我的户口早在1979年就已落进了贵阳，于是，我们小小的三口之家就此成了省城里的居民。

当我举家搬进贵阳的时候，贵阳已不是我插队时那个混乱不堪的省城了。毕竟是1980年代了，贵阳也充满了勃勃的生气，充满了令人兴奋的活力。我尽自己的适应能力，以图尽快地融入省城社会的生活节奏。作家的身份使我有了很大的宽容度和接触面，1983年，当选为全国人大代表使我和省城社会的各族各界都有了广泛的联系。我为省城里的居民伸张正义，我深入到大小厂矿去采访，我兴味浓郁地观察着窄窄的巷子里的一切，我津津有味地品尝着省城里的风味小吃，并且职业性地收集关于省城历史的材料。我记录下和“恋爱豆腐果”有关的几个民间传说，我还和人讨论肠旺面究竟起始于哪个年头，我有意识地记下那些新中国成立前地方军阀的奇闻轶事，我甚至还留神到，即使到了八九十年代，省城贵阳的人们还是像三四十年代那样津津乐道地讲军阀周西成买汽车抬进贵阳的故事。前4年，我居住在贵阳的名胜黔灵山麓；后4年，我又居住在“水从碧玉环中出”的甲秀楼边，都是省城里的风景名胜，都是贵阳人引为骄傲的地方。几年时间，我走遍了省城里的大街小巷，上至省长市长，下至黎民百姓、普通职工及打工的“川军”，我和他们都有所接触并打过交道。我还担任了近10年的省青年联合会副主席，在这个组织里结交了很多世世代代居住在省城里的朋友。我开始熟悉省城、喜欢省城，并且确实考虑过要一辈子居住在这里，当一个内地省城的居民。更为令人惊奇的是，在离开了省城多年之后的今天，我还会时不时地思念起省城里的生活。到南明河畔散步，到黔南第一峰登山，星期日的清晨，到偌大的山清水秀的黔灵湖上泛舟。哦，省城！在我的命运轨迹里，已经留下深深的印记。

大约在居住了六七年之后，我开始用手中的笔来表现省城的生活。一部是《省城里的风流韵事》，另一部就是《家庭的阴影》，第三部则是《炫目的云彩》。三部书都是15万字左右的长篇小说。

这三部书最早的构思篇幅都远远大于后来完成的字数。起笔写的时候，我都计划要写40万字，但是都在写到10万字的时候改变了主意，写成了现在这个样子。什么原因呢？思来想去，总觉得再往下写，故事仿佛还是能读下去的，但是，意思也就是那么一点点了，于是乎就决定刹车。这一层意思我在其他的场合曾经讲过，算不得新鲜。没有讲过的另一层意思，那就是对于省城来说，我终究是一个外来者，和从小生活在省城里的人相比，我缺乏的是一种从根上开始的体验。我不熟悉省城里拉煤巴的小工，我不了解省城破街陋巷里的生活，我几乎很少同省城里的小市民打交道。在进入省城社会的时候，我已经是一个作家了，我从一开始，接触最多的，就是省城里的文艺干部、政府官员、文人墨客、画家、书法家，新闻界、出版界、理论界，乃至各族各界的头面人物。我不认为这是一种局限，但我又总觉得还没有把我已深深体验和感受到的省城社会淋漓尽致地写出来。愿命运假我以时日吧，我还要写的！

承熹：你好！

分别已有几天了，答应你的事情，到今天才执行。其实，这几天我总是在考虑着这个问题，但不知为何，换了一个环境，心里反觉不定。今天，我努力克制自己，给你写上几句话，可能你看了也不会满意的。但请你原谅我，因为我不是一个笔头勤快的人，这一点，你也是晓得的。

那天，上了汽车以后，我和邻座的两位攀谈起来。他们也是在久长上车的，去北坳知青那里玩。其中一位是贵阳的知青，仁怀县的。开始，我的精神还挺好，但过了沙子坡以后，就感到头昏心烦，也就无心和他们闲谈了，更无心观望车外的景色了。虽然山区的夏景同样是迷人的、令人陶醉的，但生理上的反应，已使我无法观赏这锦绣山河。5 点钟，汽车总算到达了目的地。下车以后，感觉恍恍惚惚的，幸亏这两位好心人，他们帮我拎东西，直到送我上了去二戈寨的公共汽车。到家已近 6 点，姐姐已下班了，小玮还在楼下玩耍。

这里的生活，可以说与上海的生活不相上下，每天姐姐和姐夫上班以后，就剩下我和小玮两个人，很清静。望着窗外连绵起伏的山岭，一排排整齐的瓦房，一大片翠绿的庄稼，照理说，心情应该是舒畅的、悠闲的，但一点也没有这种感觉。看到那灼人的太阳，不免想起农民的生活，心里就很忧悒。难道我们宝贵的青春年华，就要在默默无闻地挖泥巴中度过吗？我多么希望自己有点“出息”啊！但现实却又是这么明确地告诉了我。对于生活，只能忍耐，对于前途只能等待，命运只有让上帝来安排了。

承熹，有一点我早就想说，我希望我们之间的爱情，能够成为一种前进的动力。因为，我们还年轻，有许多东西我们还要学习，单纯为了爱情的爱情，其结果必然会使人变得庸俗，变得低级趣味，你说对吗？你不要太热切了，你的感情，我是理解的，我也完全接受。不过，过分的热切也不好，它会妨碍我们进步的。真的，承熹，把感情的激流抑制一点吧！我这样坦率地提出意见，你不会生气吧？你会不会怪我是个不懂感情的人，就像过去怪我对一切都毫不在意一样呢？其他也想不出什么了，望你能愉快地生活，这是我最大的安慰了。

祝愉快！

你的淑君

1970年8月1日

【附笔】

4月上旬，淑君从上海回到插队的山寨，经历了春耕大忙季节，经历了入夏的薅秧、锄草。7月份，去贵阳二戈寨姐姐的家，代她姐姐、姐夫看他们的女儿王玮，也就是她信中提到的小玮。

这是她在姐姐家里给我写来的信。从信中可以看出，由春至夏，我们的爱情发展神速。已经进入了心心相印的相互爱慕阶段。同时也看得出，她当时要比我理智得多。关于我们的初恋，我写过一篇短文：《我们的“爱之路”》，也附在本书里①。

秋天，我要去湘黔铁路工地。当时她所在的大队没有安排知青去，眼看着我们即将分离，她写了平生第一首诗，和一件毛衣一起送给了我。

在感动之余，我也回写了一首诗感谢她。同时极力鼓动她一起到铁路工地去。她经再三考虑，果然找到了杨柳大队的支书，要求上铁路工地，并获得批准。

【附】

毛线衣

你为我编织了毛线衣，
这毛线衣，
织进了你的心意。
我穿起这件毛线衣，
那温暖，
直暖进我的心里。
毛线衣，
它是你织的，
贯注了你的无数深情。

---

① 见本书第298页。

毛线衣，
穿在我身上，
激起了我的无限热情。
我们的两颗心相依，
永远不会离开——相依，相依。
让我们的心，
永远永远这样地爱恋。

承熹

1970年国庆草作

为了庆祝承熹21周岁的生日，为了我们的临别纪念，我凭着一颗赤诚的心，抑制了分别的痛苦，毅然提起笔来，作了我有生以来的第一首诗。虽然很不像样，但却灌注了我全部的心血和热情。

你是我心灵的主宰，
你是我生活的希望。
我的一切，无保留地，
献给你——我最亲爱的人。

我的心，
像这本子面样火红。
我的生活，
如这纸似的洁白。

用你的双手，
在它上面画出最美的画。

生活，是多么无情，
命运，故意捉弄我们。
我们面临分别的痛苦，
但我深信，
爱情的花朵，
定能结出丰硕的果实！

在承熹21周岁的今天，赠送这个日记本，礼轻情意重，愿它作为我们爱情的见证！

你的淑君

1970年9月25日

1972：思念伴我每一天

3. 淑君致叶辛

亲爱的熹：

我们就这样分别了，从主观上讲，真不相信，可是，现实却千真万确地告诉了我这一事实。这是一次不愉快的分别，生活的未来，将给予我们什么呢？

现在，排里正在开批判会，但我却利用这个机会给你写信。你一定到县里了吧？颠簸的旅途，一定很累，可是，你今晚住在哪里？在哪吃饭呢？车上发生了意外没有？这一切的一切，我真想马上知道。还有，原计划的事情都能办到吗？

茫茫的黑夜，吞没了我的爱。在这里，我再也见不到你的音容笑貌了。泪水伴随着我度过了这一夜晚，身边好似缺少了什么，我感到无比孤独和恍惚。晚上，我把《座右铭》贴在心上，心里好像有了点安慰，渐渐地睡了。可是猛地又醒了，原来贴在心上的《座右铭》

掉了。我睁大了眼睛，心中感到内疚。承熹啊，我醒悟了，我对不起你，我使你伤了心，真正地使你伤了心。我们的命都很苦，可是，我没尽到我应尽的义务。我不相信我们就这样分别，我决不会负心于你，等着吧，承熹，我会回到你身边的，不久就会回来的，我不能想象我未来的生活中没有你的情景。在我的生活中，不能没有你呀，没有了你，我便没有了生活的乐趣，我便会变老，便会失去朝气、失去青春。承熹，你会负心于我吗？或许，另外一个姑娘会把你引诱过去，那么，我呢？我决不能再去爱另外一个人了。到那时，我只有死……我不敢想下去，我心头淤塞了，泪水已在眼眶里打转。不，我要马上回到你身边去。承熹呀，你一定要对得起我呀！

今天，我差一点被连长批评，写检查。原因是昨晚去团部没有向他请假，不过，我向他说明一切以后，总算免了。

承熹，我和小妹一定会好好相处的，你放心吧！我唯一的希望就是你能好好生活，不要想得太多。我知道我这么说是没用的，事实上，我已让你伤心了。都怪我，都怪我，原谅我这一次吧，最后一次！今后，无论大事小事，我一定听你的话，我深信你是一个好人，是我在这个世界上唯一的最最亲爱的人。承熹，让我们把心中一切不愉快的阴影统统抹掉吧，建立起更纯洁、更坚固、更美好的爱情！

我不会忘记你的话，经常写诗，好好学习。我有决心把自己培养成更聪明、更沉静、更美丽的好姑娘。好，今天心里很乱，暂不多写了。不过，对于你，我是不隐瞒自己任何观点的。承熹，你相信我今天所说的这一切吗？你现在好像对我不太信任，这一点我很难过。今天所说的都是我最真实的想法和做法，你会说我是假的吗？

承熹，刚刚分别一天，却好像分别了很久。小妹说她时时觉得你在门外叫她。而我，眼前总浮现出在砂场上分别时的情景。一想到这些，我便想哭。早晨学习时，我又差点哭了，但我用理智克制住了。我明白，流泪是最无能的表现，眼泪不能把你哭到我的身边来。我总觉得是一种可恨的东西把你从我身边拖走，但我说不清它到底是什么。昨晚躺下不一会儿，小妹就哭了，我心里更难受得要命，恨不能也大哭一场。我默默地边哭边说："还我承熹！还我承熹！"我多么想再去团部看你一眼哪！无情的命运，残酷地捉弄着我们，承熹呀！我们多么可怜哪！唉！

说不写又写了这么多，现在快到半夜1点了，大家都睡了，我还不想结束这封信，就像我们分别时那么恋恋不舍。迫切地盼望着你来一封详尽的长信！承熹，你一定要给我好好地写信，从你的字里行间，我会知道你的一切的。

承熹，你知道我这会儿的心情吗？

热烈地吻你！

你的毛头①

1972年2月28日晚

① 毛头：叶辛对淑君的昵称。

【附笔】

从上一封信的1970年8月，一跃而至这一封信的1972年2月底，一年半的时间里无论是在插队的山寨上，还是在我们双双到做工的湘黔铁路会战工地上，我们都生活在一起，在同一个民兵连队里。她和我妹妹在女民兵排，我在男一排。但我们同在一个连队食堂里吃饭，同在一个工地干活，可以说是朝夕相处，感情日增。尽管两个星期才有一天的休息，工地上的活儿都很繁重，可我们仍能在闲暇时呆在一起。

到了1972年，湘黔铁路工地的大规模土石方工程逐渐接近尾声，上工地的民兵们分期分批回归山寨。我就是和一些民兵先期离开工地的知青之一。

作为上山下乡的知识青年，初上铁路工地时，我们都曾怀有幻想，希望铁路修成之后，能被留下来，成为铁路战线上的第一批工人。但事与愿违，路还没有修通，我们就被逐批通知回山寨了。

对于我们来说，最大的痛苦还在于这次人为的分离。她被留在工地上，而我得先走。尽管明知几个月以后她也会回到山寨上来，但这毕竟是热恋中的别离啊！

可以说，这是我们进入热恋以后的第一次分离。

于是，便有了这次分离以后，我们之间的第一批通信。总共有40多封。

为了让读者们更真实地了解铁路工地的生活，我把以往写下的关于铁路会战工地的文字，附录在这里。

【附】

在湘黔铁路工地

湘黔铁路工地的生活，最初是“天当铺盖地当床”，男同志每人发一根棍子和一张芦席过夜；后来住进了工棚，由每人八寸宽的铺位增加到一尺八寸，固定下来。终年累月地吃南瓜汤、咸水煮巴山豆。想着写东西，想着收集点素材，所以，我没闲心去弄吃的、找住的地方。每天上班前、下班后带着一个小本子，去记录苗乡的地理环境，房屋结构；去问当地的苗家，鱼为什么养在稻田里？坡上的树都叫什么名儿？林子里有些什么鸟？婚丧嫁娶时为什么非要按一定的程序办？当地流传着哪些民歌？上山对歌时，男女青年之间唱的是些什么内容？新中国成立前的山岭河谷是这个样吗？有没有土匪？商人们怎样进这一带山岭里来……问完了，回到工棚里，倒头便睡。第二天一早，不待别人起床，我又爬上山头，去看米色的稠雾如何从山谷里袅袅升起，去听雀儿怎样开始清晨的啼鸣，去看苗家姑娘们蹒跚地挑着担上坡，去观察苗家寨上怎样开始一天的生活……山野、树林、河谷、楠竹丛，大自然的一切，让我心动，让我能更好地感受和思索。是的，那年头没有创作学习班，没有刊物，身边也找不到一个老作家对我辅导，连爱好文学的知青也很少。即使有，也不一定谈得来。不过，生活已经在告诉我，我经历的一切，对我是会有用的。我随身带的小本子上，记的东西越来越多了：人们的对话，吵架时骂的污言秽语，老年人口中的谚语，接触某人某事的零星感受，思考的点点收获等，我都随时记下来。我还试着给周围一些熟悉的人写小传，这件事后来启发我在写长篇小说时对人物进行分析。同一种人物见多了，同一现象看多了，以后写他们时，脑子里也就不空了。

我在羊肠小道上跋涉着，艰难地跋涉着！为我的这些努力和追求，我开始付出代价。牙在连年的剧痛后一颗一颗地脱落，一遇天阴雨落，膝关节就隐隐作痛。这当然都是这段生活给我留下的纪念。

4. 叶辛致淑君

毛头：

当我凝视着你们的身影在黑夜中远去的时候，我的心里感到阵阵的难受。说心里话，这一次分别，带给我的是无尽的烦恼和苦闷，我比前两次离开上海都难受。我大概站了有5分钟，小秦①说："回去吧。"我转过身去，走回团部。下面是我们的对话：

"我晓得，你们是很难过的。"小秦说。

"嗯。"我点点头，"分别是痛苦的。"

"回去以后怎么办呢？"

"我自己也不晓得。"

"能分配工作就好了。"

"那不是我的意愿啊。"

此时已走到郎岱工棚前。"几点了？"她问。

我看看表："刚过8点。"

---

① 为避免出书后不必要的麻烦，书信中所有知青的名字，我都用小秦、小王、小刘相称。

“去看电影吧。”

“我不去。”

“那你干啥？小贾也在看电影，你没处可去。”

此时走到转弯的邮电局门口了。我说：“我想一个人走走。”

“你真不想去看电影？”

“我不去。”我站着不动，说，“你先走吧，让人看到不好。”

“你怕什么？”

我不想讲话，她往前走了十来步，猛地回转身，又问：“你去不去？”

我仍然不做声，转身走了。在路上逛了一圈，才回政治处。小贾果然在看电影，我烤了一会儿火，把小贾叫回，吃了一个馒头，洗了脸、脚，又跟小贾谈了一个多小时，谈话的内容就是这次转战。他搞不懂，我为什么不愿意走，我解释了，他也没有继续问。10点钟，电影散了，我刚要上床睡觉，小秦又来了。我说：“我要睡觉了。”

“坐一会儿。”她指指板凳，当时田政委也在。我说：“明天赶车，必须睡觉了。”说完，就脱衣服。她又说：“那我走了。”说完，站起来走了。

我把衣服脱了，上床睡觉，可左睡右睡睡不着，好不容易迷糊了一会儿。2点半又醒了，开始胡思乱想。不知啥时又做起梦来，想到你，心中好难过。梦醒时，已经是6点过5分了。我马上起床，到妹妹处搬出行李，上车。可是车实在太挤了，仅东西就放满了。左拖右拖，一直拖到8点半才开车。人坐在东西上，高出了车厢。就这样，一路颠簸着出发了。

出发前，妹妹给我煮了点饭吃。小秦又买了两个馒头，我没要。

她把馒头扔上车，结果掉在地上，还是黄主任捡起来给我的。

车很慢，出了谷陇，自有一番美丽的风光。高山顶上，水晶般的冰凌包着电线杆、电线、树木，煞是好看。人们的情绪也挺高，简直美极了！就是风大，高山上和低洼处，简直相差一个季节，风像刀子一样直刮脸。我一直不说话，11 点才到黄平县吃饭。菜是肉，4 角。11 点半又出发，一路上，我回忆着我们刚上路时的情形，2 点到独山。5 点到贵定吃了一碗面，7 点半到达贵阳。我想下车，可周围没有一辆三轮车，离太慈桥又有 6 里路，只能下决心去修文。当我一离开谷陇，就意识到，去修文是幼稚的。果然，9 点 1 刻到了修文，东西无处放，只能放在招待所。而司机的女儿早已把此事忘了。在招待所吃了饭、洗了脸，10 点半了，人相当疲倦，却怎么也睡不着，想念你们哪！我睡在三楼，还有四连的一个知青。第二天，我早早地起床要回久长，可没车。在修文逛了两圈，吃了一个馒头，找到支前办，把我的情况谈了。王同志说："回队没房，我负责出证明。至于今后怎样，要找知青办主任。"知青办主任是党委常委。在饭店吃了中午饭，一个丸子汤，4 角 5 分。吃完饭又去支前办，开了证明。然后，又找到知青办主任家。她问："你叫什么名字？"我回答了，并把情况谈了。她说："你是上次转战的，名单我们这儿有，现在先回去住着，有了消息我们会通知你。"我解释说："我是昨天与干部们一起刚到，因上次回队有困难，所以，团里叫我过了春节走，因此，才回来。"她说："好，你放心，不用急。"

到了下午，我们才在生产计划组看到名单，小姜（八连的）在水泥厂，与我同车到的那位四连的知青（就是因为超假被开除的）也是水泥厂。现在他们两位都去体检了。你的名字已属于转战了的，我的也是，都在名单上写着。可是，你还在修大桥。四连那位的名字与我们一样，都属于二月初转战的，要是他这次晚到一天，分到水泥厂的第二次体检（就是今天）就错过了，那也就无望了。当我明白地意识到这一切的时候，我就觉得：我错了。我没有坚决地让你与我同往，错了。你呢，更是错了。我昨天如不找到知青办主任，她还以为我和你已在生产队生活了，她根本不知道我们未归。毛头呀，这里的官，都是互不通气的。我希望你不要懊悔，设法回来吧。这一点我最后谈。

我又提出找车，结果王同志给我介绍了两个人，现在已经谈妥了。昨天下午到今天早上，我整整找了一天车。你是体会不到人世的淡漠与艰难的，真的，毛头，我一个人四处奔波受罪，你是不晓得的呀！10 点，我才找到车。下午 4 点我就要回久长了。现在是 11 点 3 刻，我在 10 点半吃了点饭，然后，一直写信到现在，就在修文饭店的桌子上，周围的人都在吃饭。

昨天晚上，我们睡在招待所，今天一早就起了床。在这里，我没有一个熟人，有的全是虚伪的人情。今天晚上，睡在哪里，我自己也不晓得。

毛头，从这封信起，我将把每天的生活，都详细地告诉你，你会觉得啰嗦吗？昨天下午，我给你和小妹，还有团部四位，各写了一封短信，叫小王带回。给团部四位写信，主要是感谢他们在我临走时的关照。这是礼貌。

我很想睡觉，很想知道你的一切。毛头，设法回来吧，分别永远是不利的。事实和想象在你我的头脑中，就是如此的不同。

让我在修文祝福你一切安全无恙！

要想着我，每天，我都要看你的相片。你呢？也看我的相片吗？好吧，暂时写到这里。

愿你——我的亲亲一切都好！

甜甜①

1972年3月1日中午

毛头：你好！

昨天3点半到4点半我坐车到东明湾。下车后，找了一个农民一起把东西搬回队。当晚在罗主任家吃晚饭并住下，一切还挺顺利。就是心里不平静，一直想你，这是除你之外谁也不晓得的感情。毛头，你想我吗？

今天队里给我分房子，是小妹她们原来住的那间。没有电灯，没有水桶，没有煤，总之，什么都没有。我必须通过自己的努力，让这里的一切有生气。

3月份，开始大招工，到4月底结束，我准备在这段时间里努力一番。

收到我的信后，请让小妹去找唐指导员谈谈，让他给姚润章或罗世新来一封信。你们看如何？如觉不当，就不必写了，我自己写吧。

今天去了你们队，一个人也没找到，碰上了小丁。原先是要分配她的，可她一回来就东跑西跑的，在队里造成极坏的影响，大队不同

① 甜甜：淑君对叶辛的昵称。

意。她去过贵阳（没请假），也在别的大队乱跑。

我的意思是，你设法回来吧。因为你的名字已在转战之列。昨天在修文，知青办主任说：三四月份分配照顾从铁路上回来的人，在生产队的知青留待三四月份以后。那就是说，以后回来，铁路上的知青，加上生产队的知青，人数就更多了。

据罗世新说，小钱回上海后两三天，上面因照顾她一个人，决定把她分配到贵阳气象站（贵阳广播站），可惜她走了。而现在小丁一回来有两个人，那么，照顾一个人的问题就不存在了。

再说，如果此时县里到生产队来通知你去体检，你人不在，又怎么办呢?

我准备在星期日去贵阳一次，在那里寄出给你的信。

毛头，你是我唯一的亲人，你是我最最好的爱人，可惜你不相信我。临行前一天晚上你对我说的：有了工作，就看不起……之类的话，让我相当痛心。这句话表明了你对我的不信任和不了解。我看不起那些得过且过的人，更看不起那些一有工作就自以为是的人。我早就说过：你有了工作，看上了别人，我会自己走开的。现在我会说：我有了工作，如你没有，只要你留在农村，我也不要工作，情愿陪你。这不是疯话，不是吹牛，这是我的心里话。你要相信我，我既然对你好，就会好一辈子。到今年年底为止，如果我们两个人都没有工作，那就看出结果了；如果你有或我有，其中一个人没有，那也能看出谁的心是真的，谁的心是假的了；如果两个人都有，也能看出爱情对我们的考验了。毛头，我不想把一些坏事情告诉你，但我有时又不得不告诉你。就是沙雁三队的那个小戴，小王的邻居，她和我们连李老二的哥哥，生麻风病的一个癞痢头发生了关系。他们两个人在一起睡觉，事情连县里都晓得了。这种事初听，我根本不相信，可这恰恰又是事实。毛头，我对这种事情，除了摇头叹气之外，只能更进一步地得出结论：丑恶的事情往往就发生在我们身边。“癞痢头”固然可恶，但小戴就能原谅吗？提起这件事，我就相当气愤。我不想写了，也许你能明白我的心。

甜甜

1972 年 3 月 2 日

【附笔】

这是我在离开铁路工地，经过 500 多里地的跋涉，回到插队的山寨路上和抵达以后写出的两封信。所有的心境都如实地记录下来了。

对恋人的思念支配了我的情绪，其中夹杂着脱离集体生活的苦闷，孤苦伶仃一个人的寂寞和世态的炎凉。信中提到的小秦、小贾、小丁等人，都是上海知青。其他人名我也都作了适当的处理。虽然没有褒贬，但终究有很多年未联系了，还是文字上处理一下比较妥当。这一点想必读者自会理解的。

这两封信是装在一个信封里寄出的。信封上的地址是：贵州黄平谷陇湘黔铁路会战修文县民兵团新四连。她写给我的信，就从这个地址寄出的。

毛头：你好！

今天是 3 月 4 日。早晨起来，我就正式搬进原来小妹她们住的房子里去了。整理了一下东西，在老乡家吃了早饭，就去白马洞。因为，昨天去公社，一无所获，只给你们寄出了信，连灯泡也没有，今天想去白马洞碰碰运气。一路上，春光明媚，山清水秀，我虽然疾步地走着，但望着沿路景致，过去和你一起去白马洞的情景就出现在眼前。不知为什么，一想到你，我就想哭。到了新寨，我买了一个竹皮热水瓶，1.91 元。猪油和炒菜锅、酱油均没有。又去白马洞，正巧，碰上那个姓陈的女服务员，她卖给我二三两熟猪油，解决了我最大的困难。我还买了一包味精，吃了一碗肉丝面，然后，就回来了。路遥腿酸，休息两次才到家。收了棉絮就铺床。天近黑了，小赵叫我去吃饭，碰上一位老乡，他把你的来信交给我。我忘了吃饭，在暮色中看完了你的信。我不敢眨眼睛，一眨眼睛，就想哭。看完信，我望着群山，愣着。一阵风吹来，我想起了一句诗：望着群山，不见毛头的倩影。

毛头，我的亲亲！我心中的天使，你为什么对我说这些话呢？我决不会忘记我一生中最宝贵的初恋，也决不会忘记你对我的情义的。我过去写过许多誓言，可惜我不会写诗。你认为我那些话也是诗吗？不，没有真正的感情，我是不会写出那些句子的。不要说小秦，就是比她再美丽几十倍的姑娘，也比不上你那一对沉静美丽的大眼睛。那一对眼睛，不是长在你的脸上，而是长在我的心上啊！

我不是朝三暮四的人，我懂得什么叫做真正的爱情。我对揆初，对好多人讲过：不管你对我怎么样，我都要对你好，好一辈子！我一直是这样想、这样做的，哪怕是在发脾气的时候也是这样想的。我要对得起你，对得起自己的良心，要是我再去想另外一个姑娘，我会受到良心的谴责的。

不谈这些了，你相信我吧！

昨天在公社，碰到你们大队王支书，他跟我打完招呼，便问："你爱人没回来?"我惊愕了。他似乎看出了我的惊讶，又问："你妹妹叶文没回来?"我点了点头。在我们队，也有好多人包括大队主任都这么问我。看得出来，他们是善意的。我 24 岁了，在他们眼里，这是再正常不过的事了。相反，如果在这个年龄还没有女朋友，他们倒觉得奇怪了。他们也理解我们：城里人谈恋爱与农村两样，不分配工作，他们是不会结婚的。总之，这一切都说明，我们有过的顾虑是多余的。

告诉你一些小事：小冯、小邵的工资都是 18 元，满师以后是 30 元几角，小张是 23 元 5 角，一年以后是 26 元 5 角（满师、涨级以后，就不会再加了。这是他们自己说的）。所谓分配工作，无非是看重那么一点点工资。而我历来是最看不起金钱的。我亲眼见过，一个家庭每月由几百元钱的收入一下子变得必须精打细算了。而一个人一生中的变化是很大的，我们为什么要因为这种小事而阻碍了真正美好的东西呢？不说了，一说，心里就难受，想哭！

夜已深了，我是在罗主任家写信，必须考虑回去睡觉了。因为，那间屋里没有灯，漆黑一片。

暂时不想去贵阳，在姐姐、小哥哥那儿我很拘束。我常想，让我一个人在乡下过一段孤独的日子吧，这样对我一生有好处。但有时候困难极了，真想去贵阳。可一想到必须学会自力更生，也就咬咬牙不去了。

我也想回上海，公社的罗仁富劝我回去一次。我不能回去，我必须学会忍耐，学会一个人自力更生地生活。这是生活教给我的经验。

小时候，我看过一部电影《一个被遗弃的女人》，现在我明白了那个女人为什么那么痛苦和难受了。别人是不会理解我的心的……让省略号来代替我下面的话吧。坐在旁边的人已经在说："怪不？叶承熹写写信就哭起来了。"

信必须结束了，我还要去找水洗脸、洗脚。

过了星期日，我的生活就正常了。我要出工，要修改《春耕》，看一些书，认认真真地学习。

毛头，我不责备你，我也恨我们的命运和我的软弱无能。让我温存地亲亲你，我的心！我没有对你说过，你的身上有一股特殊的芳香，这芳香常常在我的嗅觉里感觉到。这可能是唯心的，可是这在我的感觉里是千真万确的。

毛头，我的爱！让我拥抱你！怀着温存的心亲你。我再说一句：我相信你，因为我爱你！回来吧！真的回来吧！我不敢想象，这恐怕是我们的长别呀！就写到这里。

愿你一切都好！

你的甜甜

1972年3月4日夜10时

5. 淑君致叶辛

亲爱的承熹：

29日寄出的信，你该收到了吧？这几天，天天盼你的信，可总是让我失望，心里忐忑不安的，难道你忘了我吗？

今天是星期六，这会儿正是傍晚时分，周围的一切都笼罩在银色的纱帘中。宿舍里很安静，只有三四个人，大多数人都去洗澡了，小妹也去了。门外的院坝上，正在进行篮球比赛，廖宗礼、葛才贵他们都参加了。可是，却不见你的身影，离别的忧愁又重新袭上了我的心。亲爱的，你现在在干什么？也许，你也在默默地望着远方的山岭，想着我——你的毛头？也许，你在心中暗暗地咒骂我？也许，你正在哪家的茅屋里和别人谈天？不过，无论你在干什么，在什么样的环境下，当你忧愁的时候，当你心中感到孤独的时候，或者是沉重的劳动压得你喘不过气来的时候，只希望你想到：毛头是永远爱你的！承熹，尽管山山水水把我们分开，但我们的心是相连的。请你记住，在600里以外，永远有一位姑娘在望着你，你必须好好地生活，为了我，也为了我们！

我们仍旧在钢筋房劳动，天天抬钢筋，很累，一点也没意思。据说，马上就要从全排抽出18个人跟其他排参加灌混凝土工作。每天的生活都十分紧张，早晨6点起床，开始出操，8点上班，仅中午有两个小时休息，晚上7点又开始学习至9点半。批判会还要延续半个月。

这几天，我休息，零星的琐事，占去了不少的时间。这几天，天气十分晴朗，使我常常回忆起我们以前度过的那段美好的日子。翻开那本《座右铭》，看到你的那首长诗，我常常想，初恋是多么珍贵呀！我不知道命运还会怎样折磨我们。我知道你怨我、恨我，是吗？承熹，自你离开后，我更忧郁、孤独了，没有人安慰我，也无处诉说。我极力使自己平静，多学点东西，写诗。但不行，一点也不行。我变得迟钝了，变得愚蠢了。

你怎么不给我来信呢？生气了吗？或者是有其他什么原因？快来

信吧！要不，我会不放心的。因为星期六晚上不学习，所以，才有时间写上这些话。明天也许不休息，但我仍旧休息。明天，我一定要强迫自己写一首诗。不要忘了给我来信！我的心！

谢揆初的钱已寄来了，65 元。

你的毛头

1972 年 3 月 4 日晚

亲爱的承熹：

每天都在盼着你的来信，昨天又写了一封，准备今天寄出。可是，早晨一起床，眼皮就跳，怀着侥幸的心理，想等一天。果然，傍晚就收到了你的来信。看了你的信，心里真不是滋味，既难受又悔恨。让你一个人孤独地生活，让你到处受罪，全是我的缘故。从分别的一瞬间，我便意识到自己错了，彻底地错了。在上封信中，我也谈到了这一点，再说一次，今后无论什么大事小事，我一定听你的话。事实让我真的相信了，你是一个好人，一个真诚的人，对于你，我再也不会有任何猜测和怀疑了。其实，我早就不应该有这种想法，只是社会上许许多多的丑恶现象让我不能不这么想。我一直认为一个人只能依靠自己，不能依靠别人。现在，我认识到，自己虽然和你相处已有 3 年的时间，可对你了解得太少了。把你也放到这种圈子里，实在是错误的。承熹，我让你伤了心，你能原谅我吗？从今天开始，我要把你真正地当做我最亲最亲的人，我们的心是紧紧相连的。我怎么能忘记我们的海誓山盟？请你相信我，我决不是一个水性杨花的人，我们不是早就说过吗？只要感情好，生活再苦也是甜的。承熹，我这样说，你会生气吗？也只有对你，我最亲爱的人，我才会这样坦率。不过，我必须说明，这只是以前的想法，从今天开始，它们决不会再在我的脑海中留下一丝一毫的影子。我知道，你生气了，我很内疚。承熹，这辈子我能补偿回来吗？

今天是星期日，本是大礼拜，可没有休息。叶文去上班，我在家，写了一首诗，附上。还有谢揆初的一封信。

最近，我们的劳动一直很累，幸好这几天我没去上班。有一天，小妹都累哭了。沉重的钢筋，一刻不停地搬运，手痛腿酸。但又有什么办法呢？转战毫无音信，从我自己来说，也十分想回去。今天收到小哥哥的来信，他也希望我回去。所以，你可以和小哥哥商量一下，想想办法。在这里，我也可以直接向连长或张参谋提出转战，一方面强调身体不好，另一方面也就是小哥哥的原因。希望你们赶快办。

今天是星期日，晚上没有学习，大家都去十一连看演出了。开始我也去了，但没心思看，又回来了。想到你一个人在乡村孤单地生活，决定给你写信。承熹，分别仅几天，但思念之情是无法形容的。每天晚上，我都要把《座右铭》贴在心上，才能渐渐入睡，人们都说我瘦了。分别是痛苦的，它会把我折磨死的。不，我要尽快地回到你的身边。

小妹和我一定会和睦相处的。她对我很关心，现在也只有她能安慰我了。

最后，希望你生活得好！我们的命运都很不幸，我们不应该再自己折磨自己了。让我在远方深情地吻你，我的甜甜！

愿一切都好！

你的毛头

1972年3月5日

另外，附上昨天写的一首诗。

【附】

心

春风，请你轻轻地吹，
小鸟，请你快快飞翔。
带上我这封写满深情的信，
快快飞到我爱人的身旁。

当我孤独的时候，
你就在我的身边。
我紧紧地捏着小小的盒儿，
它上面还存留有你的温暖。

当我忧愁的时候，
我把小红本儿——《座右铭》，
紧紧地贴在心上，
爱情的激流在我心中荡漾。

我怎能忘记，
我们初恋时的山乡。
如今，你却孤单地，
孤单地生活在那个地方。

门外，天气晴朗，
大自然愉快地向人们欢笑。
可我悔恨的心呀，
什么时候才能开朗？

我怎能，
怎能忘记我们的海誓山盟。
临别的誓言，
时时刻刻回响在我的心房。
春风，轻轻地吹，
小鸟，快快飞翔。
请你告诉我的爱人：
“孤独的岁月不会久长，
我很快就回到你的身旁。”

亲爱的承熹：

每天，我总是要把你的名字在我心中默念几十遍。不知为什么，我希望天天见到你的信。从 5 日收到你的信以后，到今天才过 4 天，但我却好像过了漫长的 4 个月似的。今天晚上想再给你写信，但中午便收到你的来信。拿到你的信时，我们正在工地上劳动，是别人从家里给我带来的。每当拿到你的信，我的心就激动万分，连手都颤抖了。看了你的信后，我想哭，但是，我不能哭，我必须抑制自己的感情，我还在上班呀，如果一不小心出了事故，该怎么办呢？为了你，我必须要好好地生活。

承熹，你生活的艰苦，我能想象得到。每当我洗衣服的时候，我便会想到你的衣服也该脏了。可是，谁帮你洗呢？虽然在信中，你不责怪我，但我知道你为处理日常的生活琐事，在到处奔波，孤单而又艰苦。虽然我在你身边也不能帮你减轻负担，但在精神上至少要比现在愉快得多。每想到此，我心里就有一种强烈的负疚感。承熹，我对不起你，我没有尽到我的责任，我没有给你带来快乐，相反却是烦恼。你不会理解一个人犯了错误后，当她认识到自己的错误时那种痛苦的心情。承熹，我难受极了。望着工地外连绵的山岭，我的泪水已在眼眶里打转了。周慧琴仿佛看出了我的心事，走过来跟我开玩笑，但我也只能苦笑一下。

承熹，要是你知道我每天是在怎样的心情中过日子就好了。难受、孤单、内疚、思念占据了我整个心灵，无论做什么事情，我想到的都是你。我越来越爱一个人沉思了。晚上，躺在床上，我总是瞪着眼睛，心上贴着你的信或《座右铭》，从我们宝贵的初恋想到这次痛苦的分别，想到我们平时恩爱的情景。我也想过，如果这次分别，是长别，那该怎么办呢？这会把我们折磨死的。不，要是命运真的这样残忍，那我们也不该示弱，你说对吗？

承熹，我们都不在你身边，你必须要好好地生活，不要太节俭了。对于我哥哥、姐姐，不必拘束，他们都是很随和的人。寄给你这封信的同时，我也给姐姐写了一封信，希望她在生活上能帮助你。至于小哥哥，我 6 日也给他去了一封信，把情况谈了，详细情况，你可以和他谈，共同商量。

关于转战的事，据说，总指挥部要求 3 月份转战一批，但各个团都不同意，准备工程完成以后再转。鲤鱼塘一号大桥完工，可能要到 5 月初，不过，我尽量争取早点回去，你和小哥哥商量一下，好吗？

再告诉你一件事，小秦从今天开始，要搬到我们排来住了，她在这里搞宣传，因为，这里成立了一个指挥组。她对叶文很好，比我对叶文还好。当然，我会尽量克服自己多疑、心胸狭窄的缺点。我不能再自己找事生气了，自己折磨自己。别人说我这段时间老了许多，为了你，为了我们美好的爱情，我必须要愉快一些！

承熹，我的爱！离开了你，我是多么难受呀！你信中所说的一切，我都是理解的。请你相信，我不是坏人，也不同于现实中的一般女子。我懂得爱情的意义，我有一个姑娘应有的尊严，我一定会变得更沉静、更美丽的。

让我在这里深深地吻你！我多想扑在你的怀里痛哭一场呀！承熹，我知道你一定生气了，原谅我好吗？后天，是我 21 岁的生日了，可你却离我这么远。我根本没有心思为自己的生日庆贺，愿我们在新的一年中，爱情更坚固吧！

愿你愉快、健康！

你的毛头

1972 年 3 月 10 日

6. 叶辛致淑君

毛头：

这是第四封信了，现在，我可以安心地给你写信了。今天是3月6日，现在是下午4点54分。我可以有一个多小时的时间给你写信，然后再烧晚饭。昨天，我去赶场，买了一个铁锅、几斤菜、酱油、鸡蛋、刷子等，准备安安静静地过乡村的生活。再过几天，我就准备出工。我想看书，想修改《春耕》，可是一坐下来，你的身影就出现在我的面前。仿佛你就在我对面静静地坐着，默不做声地用那双沉静、动人的大眼睛望着我。于是，我就更加想念你，嘴里喃喃地唤：毛头，毛头！当没有应声时，就只能叹一口气。然后想着，你在干什么？学习还是工作？上白班还是夜班？这样我就什么事情也做不成了，除非有人来打乱我的思路。

赶场时，我遇见许多熟悉的与不熟悉的人，听到了不少事情。当完成采购任务后，我便回家了。昨天是第一次生火煮饭，晚饭是8点半吃的，没有水桶，没有电灯，这些困难你是能想象到的。当一切弄完，9点1刻我上了床，用手电筒照着，把你的来信轻轻地念了一遍。今天早晨8点起床，生火、煮饭、整理房间、洗衣服、挑煤炭、整理书籍。本来还想洗被子，可是没有肥皂了，只好算了。

毛头，你给我写了一封多么好的信啊！

生活的困难，在我面前是很多的，仅这几天，我就遇到了许多束手无策的事。每当这个时候，我就很难受，很悲哀。我不同于别人，一难受，就不想活。有时候，我喃喃自语：毛头，要是你在我身边，能给我增添多少生活的勇气和信心啊！我的情绪，将会怎样高涨啊！

你的这封信，虽然不及你亲自来到我身边，但也给我增添了生活的勇气和信心。

毛头，给我多多地、天天地来信吧！毛头，你对我是多么重要啊！我不重复你信里的话，我与你一样，没有了你，生活对于我，就丧失了一切。

说实话，这一次，你给了我相当沉重地打击，我是非常伤心和痛苦的，我只能偷偷地忍受戳心的难受。在别人面前，我还要很高兴地解释你为什么没有跟我一起回来的原因。当小秦问我“你们俩确实很好吗”的时候，我还要固执地点头，说：“很好。”这实在是给我上刑啊！我离开上海的时候，陈秋智给我写了一首诗：“你问他们是什么罪，该这样地苦劳。”我痛苦的时候，我也要问：我犯了什么罪啊？毛头，我本不该对你说这些话的，因为我爱你，我相信爱情的伟大。

这几天，老天赏脸，一直是阳光明媚的。毛头，我听你的话，不胡思乱想，我相信你。在参加一段劳动之后，我就修改《春耕》，学习、读书，过正常的生活，并设法使自己胖一点。让你见到我之后，很自然地叫我一声：甜甜。

每当夜深人静，我总想得很多，我要克服这个毛病。毛头，我心中的天使，我的生命，我是多么爱你啊！

到 3 月份，是我们插队落户整整 3 周年。我们都还年轻，都还纯洁。虽然我们的出身都不好，注定了我们不能做更多的事，但我们自己，必须做一个真正的人。

金色的余晖映照着屋脊，傍晚来临了。毛头，你们此时也下班了。你可曾想到我？今天我想早点睡，明天去你们队，把你的箱子抬来，拿点肥皂。让我今晚安静地睡一觉，在梦里看到你对我亲切地微笑，好吗？我准备在农村找一些素材，写一些短诗，同时准备一下《岩鹰》的创作材料。这当然还要等一两个月，因为对修桥等，我还没有生活。

毛头，把你的诗寄来，勿忘！我想再看看你从前写过的诗。我在等你，等你回来。如果因为出身问题，分配还要拖半年的话，我们一起回上海，去桂林和杭州玩一玩。那时，一定会很幸福的。当然，一切都要等慰问团回来，才能听到最准确的消息。

人们都回山寨了，这几天，我还有意无意地把我们过去走过的地方都走了一遍。一点没变，可是，你已不在我身边了。毛头，岁月如流啊！（3 月 6 日傍晚）

（3 月 7 日）今天没有出工，昨晚睡得早，可睡得并不好，想你，毛头！这两天，我们寨上有两家要结亲了，有一家的老人却要死了。喜事和丧事，隔了不到 100 步远。我 9 点半起的床，挂起了蚊帐，烧了饭，晒晒东西，就这样，半天又过去了。明天我要帮人去结亲，后天有人要结婚了，再后天又有人要结婚，要去喝喜酒。毛头，我多么想你啊？你快点回来吧。否则，我真的支持不住了。也许，我会逃走的。这两天，我的心情相当不好。唉！我为什么要把这些告诉你呢？你每天给我写信吗？你生活得怎么样？一切可好？腰还痛吗？想我吗？孤独的生活是不好受的，真是不好受的呀！

（3 月 8 日）今天我去帮人接亲，巧的是，女方家正在村中心，小王的商店旁边。我也看见了她，她略微整洁一些，胖一点，脸上的表情很满意，也比上次见到时白了些。她算是帮我忙，让我买到了一袋洗衣粉，这样，过两天我就可以洗被子了。乡间的婚礼挺俗气，直到晚上 11 点才睡觉。去睡觉的人家是罗忠明家，又臭又脏，我只能半倚着，衣裤没脱地过了一夜。在黑夜里，7 个小时我都在想念你。毛头，我似乎觉得，你就站在我面前，很温存地亲我。可睁开眼睛一看，是黑夜。毛头，我又流泪了。我想起列宁夫人克鲁普斯卡娅，在列宁流放期间还跟着他去，在西伯利亚一起生活。我们不是伟人，可是，毛头，你将怎么回来？铁路上又说转战的消息没有？来信吧，只要有时间，天天给我来信，我一天比一天想你啊！

（3 月 9 日）今天回到生产队，喝了点酒，和李克勤交谈了一会儿，便想睡了。眼下正有空，给亲爱的毛头写下几句话，等天一黑，就写不成了。明天，我不去接亲了，我必须好好休息。毛头，钱与布票均已寄给你们，望查收。我决定在月底去贵阳。听我的话，两天或者三天给我寄一封信好吗？否则，我要寂寞死的。毛头，你理解我的心吗？你是我的生命啊！我真不知道离开了你，该怎样生活下去？希望你来信，多多地来信，两天或三天给我寄一封信，我天天给你写，好吗？

天黑了，看不见了，明天再写，毛头！

（3 月 11 日）毛头：昨天我没有写，趁天气好，把被子洗了。洗被子时，边洗边想你。晚上，我早早地睡了。可是，寨上办喜事、办丧事，又放鞭炮又吹唢呐，一直闹了半夜，直到 12 点左右才睡着。

今天，我想修改《春耕》。可是，门前在吃喜酒，吵得很。一会儿小丁又来了，所以，我又什么也没做。这几天，我只看了点书。

毛头，我目前只有一个要求，那就是你两天，最多三天给我寄一封信，一个月也只不过一元多钱的邮票。你同意我的要求吗？你也要像我一样，把每一天的生活和思想告诉我，愿意吗？否则，我要寂寞死的。毛头，你同意两天给我寄一封信吗？说呀！

我们常说人生空虚，一切都是假的。我一生只有两个渴望：一个是文学，它是人类最优秀的文化遗产，我热爱它。一个就是你，我最爱的人，这也是真实的。我不希望在我们俩的爱情中有一点点的欺骗和虚伪。如果这两种真诚的爱都没有了的话，那我就不想活了。

毛头，我的心啊，给我来信吧！“我必须在每一天的每一小时内听到你的消息，因为一分钟就等于许多天。”这是罗密欧出走时朱丽叶的话，这也是我的心里话啊。

你将怎么争取回来呢？毛头，分别越久，给我们带来的痛苦就越多。你真的愿意早点回来吗？毛头，这一切你是怎么想的，就怎么告诉我，行吗？千万不要为了安慰我就说些好话，那是欺骗，不是真正的爱情。你要理解我这颗心（这句话我说了几百遍了）。毛头，仅仅为了完成人生的一件义务，我是不会这么早恋爱的。我一直在寻找纯洁、珍贵、真诚、专一的爱情，这一点你还不明白吗？你千万不能让我失望和痛苦啊！我受到过太多的打击了，你也忍心用你的手来打击我吗？毛头，我们亲过、拥抱过，人生中最珍贵的东西建筑在我们两个人的心上，我们已经是不可分割的两位一体了，你说对吗？

毛头，昨晚寨上放电影：《白毛女》、《打击侵略者》。我到12点才睡。早晨一起床，我想到是你和小妹的生日。让我在这里祝福你们，在新的一岁里，走向光辉灿烂的生活！毛头，让我用爱人的心，衷心地祝福你一切都好！我给你送上亲切的吻，热烈的拥抱，你接受吗？

毛头，回来吧！真的，你如真能在大事、小事上听我的话，就回来吧！

暂时不回来，就两天给我写一封信，两天寄一封信来。好吗？

这封信今天寄出，你要在17日才能收到，而我收到你的信，却要等到22日以后。这是多么漫长啊！从22日以后，我希望两天或最多三天收到你一封信，好吗？

为了不使信太重，我只能不写了。盼你来信。

我时时刻刻想你，真的，我简直不知道怎么安排自己的生活。毛头，我的宝贝！给我来信，再忙也要写。顺便谈谈你将怎样争取回来？

亲你！

你的甜甜

1972年3月12日

毛头：我最亲爱的人！

收到你的信，你不晓得我是多么高兴！今天去赶场，我一直在找邮递员，这是一个懒家伙，后来在大坡脚一个农民手里拿到信，我迫不及待地打开它。毛头，在你的生日里，在你睡下以前，我深情地吻你！我不在你身边，没有什么东西送给你，我只能说：甜甜的一切都是属于你的，我愿意为你活着，也愿意为你死去。

你一直说我怨你，我不怨。就是怨，我也常常怨我自己。在我们相处的日子里，我不该使性子、发脾气。我常常在起床以前责怪自己，我知道，这辈子，只有你对我的好，才是真正的好，真正的爱。你是爱我的，毛头，我也是爱你的，让我们在今后的日子里，让这种崇高的爱，更牢固、更温存体贴，好吗？毛头，我做什么事都想你，一睁开眼睛，我要看你写给我的第一封信；坐起穿衣，我要想起你给我织的毛线衣；铺床时，我要想起你给我洗被子；吃饭时，我要想起你把好东西留给我吃；走路时我又会想起你和我去散步和美好的过去；劳动时，你那双美丽的大眼睛一直鼓励着我；夜深了，我会望着群山，喃喃自语；看书时，我把书中的女主人公与你对照；躺在床上，我会想到你的细心和温情，就是在梦中，你也带着最亲切的微笑，含羞温柔地亲我。毛头，你就像我的影子，一直在我身边，一直在我脑海里。我对自己的心保证：在将来，我如果再对毛头使一次性子，骂一次人，我就必须跪在毛头面前求她饶恕——我决不这么做了。在这一点上，你已经不相信我了，我保证过许多次了，不过，我愿意再保证一次，我错了，我再也不这样了！

毛头，你原谅我的过去吧，甜甜求你原谅，你原谅吗？

寨上有人给了我一个灯泡，这样我就可以安静地给你写信了。毛头，这些天来，我一直在想你，也在想《春耕》。我的心乱极了，除了写信，我什么也没做。《春耕》在牵着我的心，你也在牵着我的心；上海在牵着我的心，命运也在牵着我的心。我脑子里的想法比什么时候都多，我真想把它们一一讲给你听。

安顺工学院招生了，一个大队一个，大队让我去。在大学里念一年书，当然是好事，可是，我拒绝了。大队让我去，上面也要刷下来的，我这种出身，还是自觉一些。学校的大门，应该欢迎工农兵的子女去。毛头，我还想到你，真的去了，也不见得好，一年后毕业，谁知又分到哪儿？再说，你回来后咋办呢？由于这几个原因，我拒绝了。你说我做得对吗？要是你在身边，有许多事，我们就可以商量了。毛头，快回来吧！

我的《春耕》即将走上“审判台”，我必须时时和上海通信。月底我去贵阳，想把《春耕》带去给姐姐、姐夫看看，如何？

毛头，你写了一封多么好的信，写了一首多么好的诗啊！为了这个，我宁愿做你的奴隶。真的，诗好极了，除了语言的真挚外，更重要的，是感情的真挚。

我想在这段时间里，把《春耕》的定稿再修改一遍，然后写《岩鹰》。你说好吗？

毛头，我答应过给你买一个照相机，可惜你不在。否则，今天就能买了。等你回来，我一定去买。你想要什么？如果当面不好意思说，就在信里告诉我。

毛头，我深情地吻你！你是我的心，是我的生命啊！

愿你在新的一年里，取得更大的成绩！愿我们的爱情，散发出更加迷人的芬芳，放射出更加动人的光彩。

今天就写到这里。

你的甜甜

1972年3月13日晚8时

毛头：我心爱的亲人！

昨晚9点多，又拿到了你3月10日的来信。看了信，我心里很难受，这更增加了我的忧愁。我想你，每当看书或写字的时候，总觉得你站在身边，可抬头一看，又是虚幻的。每天醒来，我的脸上总像被你亲了一样。很难设想，我将怎样来开展自己的生活！除了看书，我什么也做不了。看了你的信，我深深地懂得，只有你是真心实意爱我的，世界上除了你，我的心里话还能对谁去说呢？也只有你才会这么关心我、想我。母亲也是关心我、爱我的，可是，她用的是另一种语言和方式。我亲爱的毛头，我的一切都是你的，我的一切只能属于你。看了你的日记，我掉泪了。你不要这么想，作为爱人，我是应该这么做的，只要你愿意，我会一辈子守着你的。在你身边，望着你，再艰苦的生活也是甜的，只要我们的爱情永恒，“粗茶淡饭分外香”。毛头，不要说什么对不起的话，我看了很难过，与其说你对不起我，不如说我很对不起你。一分离，我简直想捶自己，当初我怎么会忍心对你发脾气哪？唯一可以解释的，只是我爱你。可是，我爱得多蠢啊！真的，毛头，相信我，我再也不会发脾气了。如果真有一个上帝的话，我会向他忏悔的。毛头，你一定要原谅我呀！

回来吧，毛头！尽快回来吧，我是多么想你呀！

我想3月下旬去贵阳，顺便把《春耕》带去给姐夫看看。你要尽量争取在转战前一个人回来，因为上面有文件，生产队只有一个女生的，要及时安排。

我在修改《春耕》的定稿，昨天改完11节，估计明天就完了。报上发表了《龙江颂》京剧本，值得一看。竟然与我的《春耕》第三部大同小异，可见创作思路是有一致性的。

上海撰初不久就要上送《春耕》，故我心情也很激动。从各地报纸上发出的征文稿来看，缺少文艺稿子，特别是长篇小说。我想与姐夫商量一下，是否带着《春耕》去贵州人民出版社一趟。许多迹象表明，目前正是机会，我不能按兵不动了，不能稳坐钓鱼台了，我必须抓住时机。这事我正与上海方面商量。

我还没出过工，鸭儿①还出了五天呢。生产队的活是割长茅草烧田，我既没有镰刀又没有扁担，所以，算了，过两天就完事了。

收到我的信，你可以再给小哥哥去一封信，叫他在二十六七号拍电报，我把信一并寄去。由于队里的关系，月底不一定让我去贵阳。先做好这个准备，如果那时下雨，我是一定去贵阳的，我们生产队目前没有钱，我只拿到62元买粮食的钱。

这就是我的生活：起床、生火、煮饭、吃饭、看书、写作、睡觉。整个脑子里只有你的形象。毛头，回来吧。我真忍受不了孤独的生活啊！反正县里张政委是一个人也不肯放的，万江留下了5个民工，张政委勒令3天之内交回来，对方也只好交了。所以，和他们一起回来并不好，世界上哪有一律进工矿的机会呢？回来总要呆在生产队，那时铁路上回来的人多了，我们又够不上条件了。还是现在回来吧，你考虑一下。

说实话，有你这样的爱人，我是幸福的、自豪的。毛头，让我深深地亲你，我心灵的天使！不要生我的气，要原谅我过去的缺点。热烈地吻你，我最亲爱的人！

愿你更沉静、更美丽！

你心上的甜甜

1972年3月14日中午12点

---

① 鸭儿：是生产队里一个年轻人的小名。

7. 淑君致叶辛

亲爱的承熹：

傍晚下班回家，收到你12日的来信，浑身的疲劳一下子减轻了许多。每次你的来信，都给我带来无限的温暖，对我现在的孤单和寂寞都是一种最大的安慰。可是，随之而来的便是内疚和难受。倚在门边，望着远处朦朦胧胧的山岭。我沉思了好久，好久。承熹，你的痛苦，你的艰难，我知道，是我带给你的，我知道你恨我。但是，承熹，请你相信我，真正地从心里相信我，我不是一个坏人，我有一颗称得上“真正的人”的良心。承熹呀，在这里，我是很孤独的，我把自己唯一的希望和安慰，都寄托在你的来信上。和你一样，我希望每天都能看到你的信，可那是不可能的。从9日收到你的信，到今天已将近一个星期，多么漫长的6天呀！我知道，你寄信要比我们艰难，但你在主观上也一定要努力呀。在这里，我保证两天给你寄一封信。承熹，你要相信我，要坚信我们的爱情，我命很苦，而且我的性格又是生来不合群，要是你都不相信我，那我还能再去依靠谁呢？我只有去死。失去了你，也就失去了我生活的全部意义。承熹，我决不是为了安慰你而说好话。相信我吧！相信我吧！要不，我会难受死的。

承熹，你无时无刻不在我的心上。哪怕劳动再累、再紧张，只要一闲下来，你的影子就出现在我的眼前。每天晚上，我抱着你的信、你的相片，怀着对你的无限思念之情，渐渐入睡。但当我一睁开眼睛的时候，心中就会涌上一股惆怅、空虚，好像失去了什么似的。这种心情，都是从与你分别以后才有的呀！承熹，你在我的心中占了何等重要的地位！你是我心灵的主宰，是我生命中的甜甜，让我在这里拥抱你，疯狂地吻你吧！

近来，这里的工程十分紧张，计划大战三、四两个月，完成鲤鱼塘一号大桥，所以，五连全部都在大桥工地上。每当见到小胖他们的时候我就想到你，想到我们一起劳动时的情景，想到寒冷的雨夜你替我上班时的情景。过去的日子再艰苦，也是宝贵的。承熹呀，我们必须珍惜时间，珍惜我们现在宝贵的青春时代。

承熹，如果生产队里的劳动不紧张，我希望你能早点去贵阳，哥哥姐姐家我早就去过信了，并且你可以和小哥哥商量一下。我十分想回去，但最近听说转战要等工程完成以后。我想去请假，顺便说一下反正要转战了，干脆转战。也许，司令部看到我的名字，我再直接跟张参谋说，他们会同意的。你说呢？如果目前不同意走，这样至少为下一批转战打个基础。承熹，早点去贵阳吧，农村生活很艰苦，你去贵阳呆一段时间，对身体是有益的。去贵阳，你给小妹买一些好点的东西，祝贺她 20 岁的生日。

我们的布票和钱均已收到。可是，不知怎么搞的，我们俩才 104 元，如你有空，到徐星那里去问一问好吗？最近，我们这里发生了一件小事，小刘的钱包在开箱子时不小心掉了出来，不知谁把她的 15 元钱拿走了，钱包仍旧放在原处，至今也没查到此人，老孙正在调查此事，小刘气得直哭。由此我就想到我们的钱，我想给你寄去，但又怕小妹有想法。原来的 20 元，加上揆初寄来的 65 元，还有我这次 50 多元，加起来也不是一笔小数目，还是把它存在银行里吧，你看行吗？

现在，可能已近 11 点了，学习一散，我就给你写信。外面，正淅淅沥沥地下着春雨。每当下雨，我心里总有一种凄凉之感。人们都熟睡了，可我还在给你写信，一点睡意也没有。小秦还在这里，她不搬来了，可能过几天就走。每当上床，我就更觉得孤独，小妹和她有说不完的话，我只能把头偏向另一边，陪伴我的只有你的书信。把它们贴在脸上、心上，我便感到了你的温暖。

承熹，近来我心情很不好，但是，有时我却不得不装出一副高兴的样子来应付周围的人，这实在是违背我的心愿呀！心里实在难过极了，就偷偷地躲在被窝里哭一场。寄上我10日写的一篇日记，本来不想把这种心情告诉你的，怕给你增加负担，但我实在太难受了，不告诉你，还能告诉谁呢？但你看了，千万别当一回事，我毕竟大了，我懂得这一切的，为了你，为了我们的爱情，我一定能忍受这种委屈的。

给你写信，越写越没有睡意，但我必须睡了，明天还要上班。在钢筋房上班很危险，再加上我这个人走路也不行，所以，要时时提防，生怕跌跤。

承熹，你一定睡熟了吧？梦见我了吗？没有灯泡，你可以去问问姐姐、小哥哥，他们一定有。去贵阳吧，那里会给你解决一点困难的。

下次来信，你要写清楚收到我几日寄出的信，好让我心里有数，是否有信遗失。你一定要尽快地、经常地来信，好吗？要不，我会寂寞死的。

承熹，不知怎么的，我近来经常放松自己，一方面也是由于时间紧张的原因，我知道，这是不好的，前天为自己的生日写了一首不成体统的诗，下一次给你寄去。你要好好修改《春耕》，不要让其他思想干扰了它，我看你还是听一下揆初的意见吧！

附上小钱的来信。

睡吧，我的甜甜，让我在这里再深情地吻你一次！

愿一切都好！

你的毛头

1972年3月15日深夜

【附】

日　　记

今天还是在钢筋房上班，一天下来，实在太累了，坐下就不想再起来了。可是，别人在干，我也只得硬撑着。恨、怨占据了整个心灵，回到家没有谁来安慰我，只能孤零零地往床上一躺。

夜，春雷滚滚，大雨倾盆而下。我的头痛得厉害，没有参加非党团员的学习，便早早地睡了。多么孤独啊！在这样大风大雨的黑夜，农村更是凄凉，承熹，你害怕吗？我能猜出你现在的心情，也一定和我一样，感到孤单而又难受，是吗？让我在这里拥抱你吧！你是我的甜甜，只有在你的身边，我才能感到生活是甜的。虽然我们远隔千山万水，但我的心是永远爱着你的。你不要难过，不要悲伤，让我们再经历一次爱情的考验吧！我深信，暂时的分别，会使我们的爱火燃得更炽烈。

怀着对承熹的无限思念之情，我渐渐入睡了，但浑身的酸痛又把我折磨醒了。第一个感觉便是我在孤独和沉闷中生活着。这里，没有一个人需要我，没有一个人对我热情。我感到痛心而悲伤，但又有什么办法呢？我为失去一个真挚的朋友而深深地伤心着，但这已成为事实了。感情的隔阂使我们相互间变得十分淡漠而虚伪。我相信，我们过去的那种互助互爱的亲热感情，已像潮水似的流走了，它再也不会回来了。我很委屈，我不是一个虚伪的人，对我的朋友，我一直抱着真诚的态度。而在这个世界上，像我这样的人往往吃亏，没有一张能说会道的嘴，别人是不会了解你的。我知道，我也有错，我心胸狭窄，我嫉妒，我有很强的自尊心。但也只有对我最亲近的朋友，我才会有这样的感情。唉！我不能再多想了，这样会把我折磨死的。我今后必须要学会更孤独、更沉闷地生活。承熹，我深深地感到离开你是多么痛苦！世界上，只有你一个人理解我，连我亲近的朋友都对我产生了看法，我该怎样生活在这个世界上哪？我很伤心，又哭了，但泪水也冲不走我心中的愁云……我必须快快地回到承熹的身边，他是我唯一的亲人了！

1972 年 3 月 10 日

承熹：

昨晚写了许多，可总好像没把心中的话说完似的。今天趁中午休息的时候，再给你写上几句。这会儿可能你们刚刚出工，对吗？农村的劳动，可能要比这里轻松一点。

最近，纪律特别严，就是去鲤鱼塘寄一封信，都要向班、排长请假。这封信，我准备上班的时候，借去厕所的机会把它寄了。

上午，我们又是抬钢筋，真累，腰酸背痛，可回家，又是老白菜。对这一切，我实在腻烦极了。

承熹，虽然在信中，你没有责备我，但我明白你的心。看了你的信，我心如刀绞似的疼痛，我知道，我对不起你，你骂我吧，把你心中的一切痛苦都告诉我吧，这样，你心也许会好受一点的。我常常想，我们都很苦，我们不能再互相埋怨了。让过去的一切，像流水一样地流走吧，我不希望它在我们心中留下一点影子，好吗？

不多写了，一会儿又要上班了，我很累，心里又不好受，明天再给你写。

愿一切都好！

你的毛头

1972 年 3 月 16 日中午

8. 叶辛致淑君

毛头：我的心！

今天，我去赶场，拿到了你 15 日深夜写的信。回来以后给你写信。我似乎病了，一到晚间，就很痛苦。每天夜里，总要醒五六次，睡得一点也不好。我一直在想你，昨天晚上做了一个可怕的梦，梦里的你对我说："我们这次分别，是一次长别。"我忍不住，哭起来。醒了，当时是 5 点半，我就再也睡不着了。我出了 4 天工：

第一天	出鱼塘里的肥泥	15 日	星期三
第二天	捞沟，出鱼塘	16 日	星期四

第三天	上水库填漏洞	17 日	星期五
第四天	出鱼塘	18 日	星期六

4 天都不算吃力，可一到晚上，就是睡不着。我总觉得自己病了，但又不敢去看医生，我生怕医生说我得了相思病。前天，我在浑身不舒服中发着寒热睡着了。在梦中，你来了，我想睁开眼睛，可是睁不开，你亲热地把我抱起来，又温存地吻我。我们两个都因为分离后的重逢而激动得哭了。可是等我醒来，却又是无尽的黑夜。

毛头，今天我买了一点菜就回来了。我没心思玩，更没心思与人应酬，就是想你。这是我们 3 年中第一次分别，不好的分别。所以，脑子里总离不开你。听许开俊说，修完了大桥你们都要回来，那么，我做的梦是不对的。我希望你早些回来，这只是我的希望。

明天，我仍旧出工，出到星期五，星期六我去贵阳，好吗？

《春耕》今天晚上修改完了。有空，我必须再写一本小说。这是一定的，我必须写作。

我天天给你写信，时时把我的一切告诉你，并尽量抽空寄信。

毛头，不要难过。看到你每天这样生活着，我很痛苦。听我的话，亲亲，不要难过。小妹不懂事，你要谅解她。你们都大了，各有各的生活道路。以后回来，我给你讲许许多多动人的故事，你没有听过的故事。你要坚强些呀！命运不会永远委屈我们的。我们自己只要意志坚定，生活总会向着美好的方面前进的。道理我也说不清，总之，随着时间的推移，会好的。鲁迅说：地上的路，本来是没有的，走的人多了，也便成了路。在小学、中学，你想到过要插队吗？刚刚开始插队，你又想到过修铁路吗？美好的未来怎么到来，也是你不晓得的，像路一样，只要走的人自己去努力，总会有的。什么是友谊？

友谊，就是在一个堡垒里战斗，就是统一的思想和意志，就是人制造的刀剑，就是共同的理想和愿望，就是生死不渝的信仰和共同的怀疑、一致的行动，就是共同的事业，就是同生共死。没有这一切，一时的友谊自会消失，人也不必为此而难受。马克思的父亲对马克思说（当时他明确了与燕妮的关系）："你得到了像你这般大的青年很少能够得到的幸福，你找到了一个比你年长而且老练的品德高尚的朋友，要珍视这种幸福。真正的友谊是人生的无价之宝。你能不能对自己的朋友信守不渝，永远做个不愧于她的人，那将是对你的人格、灵魂、心灵以及道德的很好考验。这才是真正的爱情，无私的友谊！"

法国有一个人类学教授李费福，他是印度支那人类学的著名学者。他年轻时要到印度支那的丛林中发掘古代寺迹，那里气候酷热，变化极大，植物病很多。他的妻子（不会生孩子）毫不犹豫地抛弃了巴黎的贵族生活，与李费福一起来到了印度支那。在艰苦繁重的发掘工作中，她协助丈夫组织挖掘人员，披星戴月、风餐露宿地工作，克服着一个上流妇女想都想不到的困难。因为她懂得，李费福的事业是高尚的事业，是他一生中最重要的工作。更可贵的是，当时的李费福还是一个贫困的学生，既没有名气，也没有地位。后来，妻子被毒气熏死了，他在死亡的妻子身边捡了一个孩子。李费福完成了自己的事业，回到巴黎，又经过几年的研究，终于成功。这个孩子不是他妻子生的，是印度支那安南人（少数民族）养不活丢弃的。李费福为纪念自己的妻子，给孩子取了妻子的名字香玳。而到了巴黎，所有的人都认为这是李费福和香玳在印度支那生的孩子。李费福为了顾全妻子名誉的完整（他的妻子随着李费福的成名也变成了一个杰出的人物在人们之间传颂着）而默认了这一点。这是 1930 年的事。

过了20年，女儿香玳已成了巴黎一所大学的高材生，一个地地道道的巴黎人。除了李费福，谁也不晓得（连香玳本人也不晓得）她的血是安南血。香玳十分美丽，她有一个未婚夫，是巴黎军事学院的少尉军官叫马丁·焦里尔。他们有着3年的恋爱，而一次变故却把他们拆散了：马丁少尉被派往法国当时侵略越南的印度支那战场。临别之夜，他们商量了好久，决定订婚。他们把这个决定告诉了李费福。李费福同意他们订婚，但告诉他们，真正的爱情不是订婚这种形式，那是什么呢？于是，他就把他与妻子的故事讲给了这对年轻人。这就是我上面说的1930年的故事。

这是一个很动人的故事，是千真万确的事实。这不是我讲的故事，这是真实的传记。真正的爱情故事在现在是越来越少了，很多人由于自己内心的丑恶也越来越不相信有这类事。可是，为什么高尚的爱情总是发生在伟大的人物身上，而渺小的人物只有虚伪的爱情呢？这似乎是一个规律。也许，这一类的故事在我的头脑里太多了，所以，造成了我目前的这种恋爱观。但是，这是对的，我为什么不坚持呢？也正是为了这个，我才痛苦、难受。

毛头，这封信写长了，我必须结束了。请你放心，我会正确处理小钱以及类似的事情的。我真心诚意地爱你，把你当作我的终身伴侣和心灵上的明珠，我决不会做对不起你、对不起自己良心的事情。

另外，你要保重身体，腰痛就不要出工了。一来表明你做不动，二来也是需要休息，三来对转战有利。

对我的来信，你一定要放好，落在别人手里就不好了。钥匙一定要保管好。

天黑下来了，亲爱的人，我还写了一篇《鱼塘月色》，以后寄去。前几天写了一首诗，那里我的感情多，韵脚少，一起寄去。

今天，应该是你们的大礼拜，不知你们休息否？也许，你们还在干活呢。

毛头，我心灵上的天使，让我柔情地亲你，热烈地拥抱你！再见了！明天我再给你写。

我的头有点晕，又有热度了，必须停了，亲我！

愿你更加美好！

你的甜甜

1972 年 3 月 15 日夜

毛头：我心爱的亲人！

15 日寄给了你一封信，也是从那天起，我开始出工了。

我一直在等你的来信，可是邮递员总说没有，我简直恨起那个邮递员来了。

如果没有意外，我下个星期六，25 日去贵阳，先去姐姐那儿，再到小哥哥那儿，每处呆两天，然后在回来之前，给你发电报。

这两天我天天晚上畏寒、难受，可是在白天，又似乎什么事也没有了。因此，睡得不好，失眠，时时刻刻都在想你。有时候，实在烦闷。一大间房子，只有我一个人生活在这里，是孤独、难受的。有时想：要是我一个人重病在这里，死去了，也没有人知道。

每天，我大约 8 点左右起来，生火、烧饭、挑水、理家、写信，然后，在 11 点左右出工。中间有一次歇气，晚上 6 点左右收工，烧晚饭。有灯的话，我就看书到12点，没有灯就睡觉。不管是早睡还是晚睡，总是睡不着；不管是疲劳还是闲逸，也是睡不着。想起你，就没完了。毛头啊，相思的心情是难受的，没有你在身旁，我简直难以生活。你回来吧，真的，无论如何设法回来吧！在谷陇，我求过你，现在我再求你一次。我相信，我们的爱情不是求的啊！

《春耕》修改了33节，还有17节，后天就可以完成了。我心中还有好多写作计划，可一个也写不出来，心静不下来。于是，只能看书。真的，一到夜里，时间就可怕地难熬。夜幕是讨厌的东西，你用手摸它，摸不到；你想跑出它的控制，更办不到。黑夜往往给人一种沉重的压抑感。

我也曾经想过：在人的生活中往往会出现“沉重的时刻”（记得我用这个名字写过一篇短篇小说），这时候，人仿佛离开了自己的生活，把自己的过去回味一番，又低下头来，像对着新生儿似的看看自己的现在。它使人感到压力的沉重，但同时，又怎么样呢？总不见得真去死，人必须前进，对吗？我想得很多，也很乱。

春天迈着不紧不慢的脚步，正在用它那绚丽的色彩装点山区。油菜花已是一片金黄，不久又要打秧田了。一年之计在于春，春天带给农村的是春耕，是繁忙紧张的劳动。它带给我们的是什么呢？毛头啊，是分离！是可怕的分离！我又变了，睡不好，想你，整天心神不定。我也在想，必须要有一种推动力，来使我脱离目前的这种心境。可是，那很难啊！

你的甜甜

1972年3月17日中午

【附】

夜，思毛头

夜间，总不能入眠，出了茅屋，沿寨散步，更加想念亲人，写下了这首诗。

啊，夜深了！
鸟儿在林中静悄悄。
远处那黑黝黝的山坡上，
有一团火光在闪耀。
我怀着恋心散步到山腰，
火啊，火啊，你燃着！
闪烁我的眼睛，
扰乱了我的心。
这儿没有我的亲人，
这儿没有毛头的倩影——
陪伴着我，
恢复一天的疲劳。

啊，夜深了！
冷风飕飕，松树林在呼啸，
烟火点点，夜雾飘飘，
月牙儿从云后探头，
奇怪地对着我观瞧。

风啊，风啊，你轻点吹，
不要吹熄了烟火，
那黑夜中的一线希望。
风啊，风啊，你慢点走，
别呼啸，别大声喧闹，
疲乏的我，带着我的心，
要骑着你向着黄平县飞跑。

啊，夜深了！
亲爱的人，
你可曾听到：
夜莺在枝头啼叫，
风儿在空中呼啸。
那太空行程中的月亮，
望着分隔两地的我俩，
在轻轻地微笑。
它仿佛在说：
“爱情的力量和秘密，被揭开了，
我要带着你俩的心飞跑，
让热恋的人儿相会在，
明晨拂晓。”

承熹

1972年3月17日夜

9. 淑君致叶辛

甜甜：

昨天中午给你寄了一封信。今天收工回家，又见到了你15日的来信。这封信的速度是最快的，要是经常如此就好了，至少能让我们都减少一点寂寞，你说对吗？

看了你的信，心里分外高兴，浑身的疲劳好像减少了许多。甜甜，每当别人告诉我有信的时候，我第一个想到的便是你。于是，就会激动得脸发红，迫不及待地打开你的来信。当熟悉的字体映入我的眼帘时，就感到格外的亲切，恨不能一下子就把信看完。看了一遍又一遍，总好像看不够似的。

拿到你的信，正是我打水上来要洗脸的时候。我顾不上洗脸了，小妹喊了我几次，我都没有洗。饭后，又要集中开“大战12天，完成百米任务”的动员大会。但我的心早就飞到了你的身边，我想散会后，一定给我的甜甜写一封回信，不管时间多晚。

承熹，你对我太好了，让我再亲切地、温柔地喊你一声：“我的甜甜。”我是理解你的，你不要对我说那些请求原谅的话了，我心里内疚极了。看了你写的这些话，我简直要哭了。唉，不说这些了，我们不应该相互埋怨，我知道那是造成你、我这种脾气的最根本的原因。

承熹，大队要送你去安顺工学院，这真是一件好事。固然，出身是个大问题，像我们这种出身的人，现在能上大学，真是比登天还难。如果大队真有让你去的意思，不妨试一下，你千万不能为了我而放弃这个机会。不过，我也知道，录取的可能性是极小的，反正这对自己没有坏处，侥幸碰碰运气也未尝不可。再说，既然下面推荐了你，领导就知道你的表现是好的，这样对今后的安排也会有好处的。

甜甜，今天收到你的这封信，最让我高兴的是《春耕》将要“接受考验”了。它能给我们带来什么呢？让我在这里祝福它吧！希望它能顺利地通过这个关口，和广大读者见面。承熹，你必须把它的情况随时告诉我，好吗？

这里我也听到了不少怪事：小刘和十四连那个姓李的关系已确定了，姓李的还把她弟弟带来玩。小陈和十四连姓王的钢筋工（就是那个劳改犯）好上了。听到这些事，我只能朝着他们轻蔑地哼一声。我明白，之所以会发生这种令人难以置信的事情，一切都是“钱”字在作怪。这样我更觉得我们爱情的纯洁和珍贵了。让这朵爱情之花，像荷花一样“出淤泥而不染”，永葆纯洁和清高吧！

现在，还是大战之际，已有两个大礼拜没有休息了，好不容易盼到这个礼拜，又落空了。再忙，我一个星期也要给你寄两封信。和你一样，除了给你写信，几乎没有心思做其他事情。一方面也由于时间的关系，中午两个小时，有时要洗洗衣服，所以几乎连看书的时间都没有。我真为自己这样碌碌无为地混日子而感到担心。

承熹，我不知道用什么语言来表达对你的思念之情。一有空闲，我就拿出你留下的小油盒儿，抚摩着它，感到无比的亲切与温暖。我吻它、亲它，因为，这是你天天用的呀！

今天，收到小哥哥的来信，我希望你早点去贵阳，我很没主意，一切听你们的。

噢，你今后来信，要用好一点的信封，今天这封信到我手里，边已经有点破了。我再给你寄去 5 张邮票，可能你买邮票不大方便，有邮票，就可以让别人带去寄了。

你是不是叫王加军捎信来了，我们至今也没有收到。

甜甜，我必须睡了，现在可能到12点了。你不要烦恼，你要想到，毛头在600里以外，时时在望着你哪！我相信，我们的分别是暂时的，因为我们都是好人，命运不会这么残忍地对待我们的。

今天，暂时写到这里。抄上我那首不成体统的诗，原想好好改一改，再给你看，可一没时间，二没心思，就这样将就自己了。我知道，这样放松自己，你会生气的，我必须要时刻勉励自己，不再做懒人了。让我在这里深深地吻你！睡吧，我的甜甜，我们会在梦中见面的。

愿愉快！

你的毛头

1972年3月17日深夜

【附】

二　十　年

当青春的脚步，
跨进第二十一个年头，
生活再也不是，
孩子似的嬉戏。

我深深懂得：
人生不是湖面上的小舟，
它如同大海中的巨轮，
随时和恶风巨浪在搏斗。

坚定，勇敢，
使我顺利地行走了二十个年头。
对着时间老人，
我一点也不害羞。

二十年的岁月，
没有白白地流走。
对着生活的未来，
我再也不会忧愁。

向前看，
决不向后瞅。
我要迈开坚定的脚步，
跨进时代滚滚的洪流。

1972 年 3 月 11 日

甜甜：

昨天中午休息的时候，给你写了几句话。但下班回家，我哭了。昨天一天的劳动，实在太累了。我腰痛得厉害，可是，还得一次又一次地去抬，几十斤重的钢筋提在手中，腿又软，手又痛，泪水几次涌到了眼眶，但我都强忍住了。我怎么能当着众人的面流泪呢？再说，眼泪又能给我带来什么呢？终于盼到下班，拖着疲惫的身体，回到家里。走过五连的门口，我自然地向那里望一眼，可是，没有你的影子。我想，要是在这个时候，能看到你一眼，心里也许会好受一点的。刚走到院坝，一个篮球打在我的脸上，引起众人一阵哄笑。我又羞又恨，一进宿舍，便埋头在床上偷偷地哭了。我明知眼泪是一种最无用的东西，可是，我又不得不借它来发泄自己的感情。

晚上，我没有参加学习，早早便睡了。但心中却充满了对你——我的甜甜的思念。现在，有谁会来安慰我呢？我把你留下的小油盒儿紧紧地握在手里，抚摩着它，回想着你平时对我的关心和爱护。甜甜，你这会儿在干什么？也许，正在忙碌着煮晚饭吧？

甜甜，我天生的性格就是忧郁型的，唯有在你的身边我才感到快乐。我不看重金钱，我要的是真正的感情。我相信你，你是一个好人，你相信我吗？我觉得在农村，我们同样可以建立一种美好的生活，只要我们的感情是真诚的，你说呢？

甜甜，我再喊你一遍，以后，我一直喊你甜甜，你说好吗？

你的毛头

1972年3月18日中午

甜甜：

昨天没有给你写信，今天，趁着还没有睡下的时候，给你写上几句。

这两天真的把我们都累坏了，除了三顿饭以及睡觉的8个小时以外，我们几乎都在工地上，这会儿刚刚加完夜班回家。但是，再累，我也不能忘了给你写信。

这几天工程特别紧张，我们在3天之内必须完成二孔预制桥梁钢筋的任务，所以，这两天正在拼死拼活地干。我简直形容不出这种感觉，但是，甜甜，再苦再累的时候，我也是在想着你，也只有想到你，我才能坚持下去。当朝霞刚刚露面的时候，我们在学习，我就想，这会儿你可能正要生火煮饭了；当中午和煦的阳光铺满整个大地的时候，我又想，也许你要出工去了；当落日的余晖，把金色的光芒洒在屋顶，大地披上了金色的衣裳时，我们排队回家，这时我习惯地把头转向五连，但见不到你的身影的时候，马上意识到你已经离开我了，于是，心里便是一阵阵地难受。我会想，这会儿也许你正孤零零地一个人在那间茅屋里坐着，也许站在门口望着茫茫无际的山岭想我呢？以前那间充满生活气息的房子里，现在一定是冷冷清清的。想到这些，心里就不好受。有时，我会一个人静静地倚在门旁，望着远处，眼睛里充满了泪水，直到一切都变得模糊，它们要涌出来的时候，才赶快扑到床上，偷偷地把它们擦掉。

我的甜甜，自从你离开以后，我几乎没有一天真正地快乐过。有时，我一整天除了说几句必要的话外，其余什么话也不说，脑子里全是对你的思念，眼前时时会出现你的身影。有时心里实在太难过了，就用你对我的爱，对我的深情厚谊来安慰自己。我会默默地对自己说：不要紧，承熹会理解我的，他会对我好的。只要有承熹，我什么也不怕。

我的甜甜，也许你就要睡了；也许你在为我书写一封亲切的信，那多有意思啊！让我在这里吻你，我就在你的身边。

今天暂时写到这儿，明天，也许会轮到我休息（因为我们已整整一个半月没有休息了，所以，悄悄地实行轮休），我再给你写，好吗？

你的毛头

1972 年 3 月 19 日夜

甜甜：

昨天我没休息，因为，休息的人太多了，所以，没有安排人轮休。已有 3 天没有给你寄信了，本来，我准备昨天晚上给你写的，可是，昨天晚上这里放电影《铁道卫士》。宿舍里的灯泡又坏了，因此，没有写成。看了一会儿电影，实在是没有意思，因为，身边没有了你。但是，又仿佛你就站在我身边似的，当我要回头跟你说话的时候，一看身边站的却是别人，只能懊丧地叹一口气。看了一半，我再也站不住了，也没有什么力量支持我看下去，于是，便一个人回到宿舍，早早地睡了。但是，心里却无限寂寞。要是有电灯，我就可以给你写一封信，在信里对你说说心里话，这样也许能减少一点孤独感。

甜甜，从昨天起，我们排抽出了 15 个人参加灌浆，分成三班。我们上海知青中，只有小刘、小王、小傅 3 个人参加灌浆，我和小妹仍旧在钢筋房。人少了，工作倒也没有以前苦了。一切我都会注意的，你放心吧！

甜甜，时间过得真快呀，每当我走过鲤鱼塘，看到路旁的那棵桃树已是花满枝头，我便会想起去年的这个时候，我们一起游览安澜桥时的情景。唉，又是一年了！我常常想，久长的风景一定比这里好多了，可是，我却不能和你在一起了。不，这只是暂时的。我们今后一定会有机会的，到那时，我们要到更好的地方去游玩。就像你说的那样，我们一定会使自己的青春过得更有意义的，你说对吗？

甜甜，我们的《春耕》命运怎么样了？快来信告诉我！噢，上次我忘写了，你快去贵阳吧，把《春耕》带去，征求一下姐姐、姐夫的意见，这样会有好处的。

甜甜，你现在身体怎么样？生活得怎么样？一切的一切，都来信告诉我，我需要知道你每天、每时的生活情况。

甜甜，我现在常常放松自己，一天劳动下来，加上开会学习，累断了腰，也搞昏了头。我不大看书，也懒得写诗。我知道这样你会生气的，会骂我的。最近，我一直考虑写一首关于钢筋工的诗，但是迟迟不愿动笔。不过，最近几天，我一定要完成它。甜甜，你相信我吗？现在，宿舍里一直是很吵的，因为，有的上白班，有的上中班，有的上夜班，也有像我一样上正常日班的。但是，在这种环境里，更能锻炼自己，培养自己完美的性格。

甜甜，天已渐渐地热了，你把棉衣和不穿的厚衣服晒一晒，放到箱子里；卫生裤和卫生衫，洗得动就洗一下，洗不动就晒一晒，反正过不了多久，我就会回去的，你说好吗？

你要好好生活，闲时，就到外面走走，因为，农村的自然环境是很好的，这样会使你的心情愉快些。你一定要注意身体，无论劳动、吃饭和穿衣。我也会很好地生活的，因为我懂得，我应该是独立的，我不需要依靠别人生活（当然，除你以外）。每天，除了做一些必要的事，说一些必要的话以外，闲下来，就是学习或给你写信，我要把我的爱，全都倾注到你的身上。晚上我常常回忆自己一天的生活，说了哪些不该说的话，做了哪些不该做的事情。甜甜，让我们再见面时，都感觉到彼此变得更美丽、更聪明、更沉静、更坚定、更勇敢了，好吗？

甜甜，我准备把我的布票寄给姐姐，请她给我买一件两用衫和一件衬衫，你说好吗？你会不高兴吗？不要不高兴，不是我把你当成外人，因为，我觉得这样做比较好。还有，去贵阳，不要忘了给小妹买东西，如果看到好的绒线，给我买一斤，好吗？我的甜甜，让我在这里再亲你一下！我的眼睛永远望着你。今天，我只能写到这里了，因为，马上又要上班了。

愿沉着、坚定！

你的毛头

1972 年 3 月 21 日中午

甜甜：

今天是 22 日，早晨醒来，我想到的第一件事，便是你应该给我来信了。多么难熬的一天呀，无论劳动还是休息时，我想到的都是你，你会给我写些什么呢？你会告诉我每天的生活和劳动，你会告诉我你的思想和感情。好不容易盼到下班，可我失望了，今天没有信，这真比什么都难受。

每天，我都是在沉闷、孤独和失望中生活着。我常常想到从前，如果我不高兴，你便会关心地询问我、安慰我，耐心地向我解释一些问题，直到我心中的疙瘩都解开了。可现在呢？我又能去向谁诉说呢？我很悲观，简直不知道每天除了上班和给你写信以外，再做点什么。每时每刻，我脑子里都充满了对你的思念。

（这是我昨天晚上写的，由于太疲倦了，所以没有写完。）

（3 月 23 日）甜甜：我心上的人儿！

今天仍旧没接到你的来信，为什么呢？是不是我信中的话让你生气了？如果你真的是为此而生气，那么，你应该原谅我！因为，我对你所说的话，都是我的心里话。如果连自己的心里话都不能对你说，那我该怎么办呢？你要原谅我，在这个世界上，也只有你，才能真正地理解我，才能原谅我的过错。但是，无论如何，你要来信呀！

昨天和今天，我们钢筋房的工作都是比较轻松的，因为，这个月的任务我们不但提前而且超额完成了，现在基本上是在进行一些整理工作。不过，明天我们还要到包老山去绑钢筋，路远，回来可能又要半夜三更了。这样明天可能就没有时间给你写信了，所以，今天无论如何，我也得写完这封信。明天，我能收到你的来信吗？快告诉我呀，我的甜甜！你不知道我这会儿的心情，外面是雷声隆隆，倾盆大雨，每当这种时候，我心里便有一种凄凉的感觉。要是你在这里，哪怕我们不是坐在一起，我也会有一种安慰和寄托的。可是，现在你却离我这么远。你这会儿在干什么？你害怕吗？我知道，一个人的生活是十分寂寞的，你不要害怕，不要伤心，如果你心里难受，就拿起笔来，为你的爱人——毛头写信吧！把你心中的喜怒哀乐统统告诉我，把你的感情全部倾注到信纸上。我会理解你的，你要相信我！我知道什么叫真正的爱情。好，不说这些了，只要你时时记住，毛头在远方望着你呢！

下面，谈谈我最近的生活。

每天清晨不等吹哨我便醒了，先习惯地想一想你，有时候想得实在睡不着了，便起来给你写信。每当给你写完信，心里便会觉得舒服多了。然后，便是规定的出操、学习、上班。中午两个小时，有时洗洗衣服，但更多的时候，也是用它来给你写信、寄信，直到下午上班。晚上，吃饭、学习，睡觉总是在10点左右，但也不能很快入睡，我要回忆一天的生活，要想一想你，要翻一翻你的来信。总之，只要一有时间，我就会拿起笔来，给我最亲爱的人写信，告诉他我的一切。

甜甜，这个月，我买了一双卡普龙袜子和一本漂亮的日记本。这次我们生产队寄来的钱，我得了52元。我准备给姐姐寄10元，请她给我买衣服，你说好吗？现在，我们的存折里是125元。小妹给妈妈寄去5元，她又去岩英买了一瓶菠萝汁和牙膏、电池，2元多，再加上我买袜子、邮票、日记本花了近3元，这样，比原来算的要少存20元。

我们的布票、钱、棉花票均已收到。但是，不知怎么搞的，队里才算我们俩750个工，但粮食却分了不少。

今天，我收到一封小丁的来信，你碰到她，就告诉她，来信已收到，过几天有空，我再给她回信。甜甜，你什么时候去贵阳？告诉我。你去贵阳，也应该给自己买一件好点的衬衣。别忘了，在我回来的那一天，我希望你穿得整整齐齐地来接我，好吗？今天已经很晚了，不能再多写了，明天有更艰苦的工作在等着我。甜甜，你睡了吗？我想你现在也一定在给我写信呢！写吧，尽情地写吧，因为，我要知道你的一切。让我在睡前，热烈地吻你！

愿好！

你的毛头

1972年3月23日

甜甜：我心灵的主宰！

今天，我病了。昨晚给你写完信躺下后，一夜没有睡好，头痛得厉害，鼻子塞，嗓子痛。这可能是因为天气变化，昨天上班时少穿了衣服着了凉。今天，大家都去包老山绑钢筋了，我没有去，宿舍里仅留下我和另外一个病人，还有一个看家的和一个搞宣传的。病人的心，是十分寂寞、难受的，我多么需要得到安慰呀！在床上睡了一天，也整整难受了一天，过去的日子，像演电影似的一幕幕地在我面前浮现。当我病了的时候，不管我是睡了还是醒了，你总是一次又一次地来看我，关切地问长问短，可现在呢？剩下的仅仅是幸福的回忆了。当我迷迷糊糊地将要睡着的时候，好像是你推门进来，走到我床边望着我。我猛地一惊，醒了，抬头一看，谁也没有。原来只是一种幻觉，我只好又失望地睡下去。醒来的时候，我把唯一的希望寄托在你的来信上，如果今天再收不到你的信，我可要恨你了。承熹，你一定要经常来信，两三天寄一封，要不然，我要责怪你的，我会想出各种各样的怪念头的。真的，你不知道几天收不到你的信，我心里会是什么滋味。

傍晚，我刚刚起床，便收到你的信。看后心里十分难受，你这样生活着，我实在是不忍心，我感到揪心地难受。我知道，造成你现在这样的境况，实在是我的过错。承熹，你要原谅我，你不要想得太多了，这样对你的身体是十分不利的。我们相爱已经3年了，你应该了解我，我不是一个负心的人。相信我吧！分别只是暂时的，今后，我决不会再离开你了。“同甘苦，共生死，白发偕老。”这不仅仅是誓言，也是我发自肺腑的声音。如果你真的相信我，就应该抛弃这一切不好的、乱七八糟的想法，很好地安排自己的生活，这对我才是一种真正的安慰，真正的爱。我知道我的话是无用的，但是，作为一个爱人，你应该听我的话。在这个世界上，也只有我们才能真正地理解、真正地相爱。我不是一个下贱的庸人，我相信，我们的爱情决不是建立在金钱的基础上的，没有真正的感情，是绝不会产生像我们这样强烈的爱情的。我的甜甜，你相信我吗？快快回答我呀！

你身体不好，要找医生看看，一定要看。平时吃饭、穿衣都要十分注意。你的身体让我十分担心，我没有尽到一个爱人应尽的责任，你要懂得爱惜自己，不但是为了你自己，更重要的也是为了我。你不是说过，我们俩已成为不可分割的“两位一体”了吗？你身体不好，我又没有能力，而生活刚刚开始，今后，我们将怎样来展示呢？

今天是24日，明天就是25日了，你去贵阳吗？姐姐来信告诉我，她已于星期一去成都出差，去一个星期，回来后又要去上海。你可能碰不到她了，不过，你跟着姐夫在一起，也会很有趣的。有时间带小玮出去玩玩。今天，我求人买了3斤白糖，听说贵阳买不到白糖，连同上次买的那块红条子花布，准备寄给小玮，我很想她。跟小哥哥，你要亲热点，我觉得他是男人中少有的好人，你可以和他多生活一段时间。同时，把我的情况向他谈谈，你们商量好后再告诉我，好吗？

最近，工作一直很紧张，一号大桥已完成一半，现在是全力以赴，看来下个月就能完成任务了。在工作上，我一定会十分注意的，请你放心。

给小妹的信中，你告诉她你可能要教书，是公办还是民办？我觉得你适合做这种工作。而像水泥厂、钢铁厂，你能胜任吗？如真的有此机会，你决不要推辞。

今天，我又把以前写的诗都看了一遍，你要把我寄给你的诗都保存好，以后回家，再把它们全抄上去好吗？

我相信，我们都是好人，是善良的人，命运决不会委屈我们的，我们会永远生活在一起的。夜已深了，外面蛙声一片，我亲爱的人，你可曾睡了？你写的那首诗，我念了一遍又一遍，仿佛看见你的身影在山寨的黑夜中漫步。不，我也在你的身旁，陪伴着你哪！让我在睡之前，再吻你一次，带着我的吻，你会很快地进入美好的梦乡的。每个人都睡了，我也不能再多写了，让我们在睡梦中相会吧！

愿沉着、坚定！

你的毛头

1972年3月24日深夜

10. 叶辛致淑君

毛头：我的爱！

你一定在惦念我了，怎么这么长时间不来信呢？

我病了，很糟糕地病了。从星期日晚上我把信交给一个久长中学生寄去以后，就病了。星期一勉强出了一天工，从星期二开始，就躺下了，发烧，起不了床。我躺着，不吃也不喝，也没有吃没有喝。箱子用报纸罩住，门从里面关上了，陪伴我的只有那盏昏黄的灯。那盏灯因没有开关，日夜亮着。星期三，我饿极了，强支撑着起来，用苞谷糊糊煮了一锅粥，吃了两碗，就又睡下了。那天晚上，罗世新的二儿子从门缝里塞进了你 17 日深夜写的信，我挣扎着起来拿着信看了一遍，我哭了，这一夜我不仅没睡好，而且浑身难受。以往发烧，总超不过 39.5 度，这一次恐怕是超过了。我已经不可能有完整的思想，念头一个接一个可就是连不起来。我找了两本历史书，也看不进去。这一夜不知是怎么过的，茅屋外狂风呼啸，时而有猫走进我的屋。我第一次感到，黑夜是可怕的。到了星期四的中午，我又饿又渴，忍着头晕目眩起床，用苞谷糊煮粥、烧开水。下午，正好大队的赤脚医生从大院坝走过，我叫他进来。他给我量体温，39.3 度。打了针，吃了药，我又喝了两杯开水，关上门，把所有的东西都盖在身上，可能是前一天没睡好，这回睡着了，但是睡得并不好。到了晚上，我出了一身汗。星期五的早上我感到头脑清醒了许多，起床煮点饭。用手摸摸额头，烧退了，可是人很虚弱。平时我煮一顿饭，从生火到吃饭，只需一个半小时，昨天竟用了 3 个小时，但我毕竟是好起来了。

今天我出工去了，就在大院坝里挑青粪，不重，这个星期就这么过去了。自然，在病中，我想得很多很多，也很痛苦，我不想说这些了，说这些只会给你不愉快的生活再添上不愉快，那我是不情愿的。星期一我曾给小哥哥寄一封信说今天去贵阳，但去不成了。一来我瘦得可怕，二来什么也没准备，一点精神也没有。走路、看书，都感到不舒服，劳动一下似乎好一些。

你的信我又看了一遍，小哥哥的信我也看了。小哥哥一定是误会了你的意思。其实请假的目的仅仅是为了能排上下一批转战的名单，并非为了马上转战或准假。老实说，在大会战的日子里这也是不可能的。当然，对于我是无时无刻不想让你早点回来。要是这次生病时有你在身边，我也不至于痛苦到这种程度了。但是，事实不是这样。收到我这封信，你可能已经提出请假了，如还没提出，你也可以提出来，需要拍电报，你来信我收到后就去贵阳拍。如不需要，我就不去贵阳了，看你的意思。其实转战与否，取决于你本人，而不是小哥哥或者我。如果一心想回来，没有信或电报，同样也是能申请的。就像已经有过的事情一样，信或电报只是一种证据或理由罢了。

这次生病使我冷静了许多，也痛苦了许多。我觉得我必须活下去，同时，我也晓得我不会死，如果我能这么轻松地就死去，那我还是满足的。从昨天开始我看了两本历史书，这比小说好一些，不煽动情绪，却很讲道理。

从我的病我想到你们的身体，你们也一定要千万注意，病是可怕的，它会使一个人的情绪、精神和体质加速衰老，特别是在大会战之际。

鲤鱼塘一号桥恐怕在4月底也完不成，我知道修桥的速度和放大炮之间的百分比。因此，具体什么时候请假合适，你比我更清楚。如果你认为目前请假不妥，也可来信直言不讳告我，不必怕我有什么想法。因为，事实毕竟是事实，想象是想象，你想象中很可怕的事不一定怎么可怕，你想象中十全十美的事也许还有许多丑恶。如你一旦请假，就要时常催催，加深印象，否则，仍是起不到作用的。请顺便问一问廖宗礼、张明友钱的事究竟如何，让他来信谈一谈，或让他给张明友去信。

一切望你自己多多小心，我脑子很乱，写不出什么，精神上也不好，过两天再好好写信。

深深地拥抱你，我的亲亲！

你的甜甜

1972 年 3 月 25 日

毛头：

下午才写完信，就收到了你 21 日的信，该写的下午都写了，我就不重复了。现在是 10 点 20 分，队里正在开社员大会，我坐在床上给你写信。明天又是星期日了，不知你们能否休息？不过活不重，休息不休息也是一回事了。我是相当孤独的，6 点收工，6 点半就吃完了晚饭，一直看书到 10 点，并给撄初回了一封信。《春耕》没有政治问题！这就是第一句答复，至于第二句、第三句答复，要到 30 日以后，或者更晚一些时间。因为，这里有一个地域观念及负责范围问题。很可能上海会指示撄初他们一些什么并叫我把稿子送到贵州省文化局去。这事儿我要到 4 月 5 日左右才能知道，因此，这更决定了我暂时不能去贵阳，而要在4月5日以后去，这样可以一举几得。况且目前生产队活不重，我现在出些工，以后就可以少出些。在贵阳我一定留心买一斤毛线，如在久长或白马洞有，我也可以买，这事儿我会办好的。你买两用衫和衬衫，可以等自己回来后在贵阳买，何必麻烦姐姐呢？再说，买了你又要让他们寄，一来一往，日子都过去了。不过你若自有想法，叫姐姐买也可以，我是没有意见，也不会生气的。同时，到了贵阳我也会给小妹买东西的。

目前最主要的，对我来说就是《春耕》的命运。虽然今天身体好了一些，但还是很乏力，头晕，特别是看书久了，更是这样。星期一至星期四天气很热，昨天起又开始冷了，屋里要生火。目前这段日子，我有时间，想攻一下短篇小说。

你们队的工分我未去问，想明天在场上回来后找王正忠问一问，再一起去徐星那儿。我估计你们队是以女劳动力同等劳力评的，故只有两千多分，这样的话，你们就吃亏了。

我不能静下来，一静下来，心里就很痛苦。因此，迫使自己看书、写作、构思、写信。以前我不怕有病，这一次我怕了，真的怕了。

你给我写的信都是很好的，我时时放在枕边细读，现在有了灯，更好了。

修铁路的形势如何？鲤鱼塘一号大桥的主体工程将在什么时候结束？转战又将在什么时候？这些必须写明。因为揆初来信说，《春耕》如真在上海选拔，我就必须在4月份回沪，他的语气很肯定。所以，我必须做到心中有数。来信勿忘了谈谈，因为，你一次也没谈起此事。你必须有自己的计划，定计划的人是你，而不是小哥哥和我，你是大人了。

老实说，真想你啊！在病中，几次都是迷迷糊糊地看见你坐在床边，可一睁眼，又不见了。“往日的感情，只留下眼前的凄清；病中无所倚，空有泪满枕；几时归来啊，毛头，你几时会回到我的身旁……”

快点回来吧，毛头！

已经11点了，我眼酸头晕，不写了。此时，你一定闭上了那双美丽的大眼睛。好好睡吧，我的亲亲！让我深深地吻你，你愿意吗？

说实话，我有时实在想倒在你温暖芳香的怀里哭一场啊！

你的甜甜

1972年3月25日夜11时10分

这两封信均是病后所写，情绪很不好，又零乱，你要原谅！过两天我好一些再好好写。贵阳的春天是美丽的，你回来后我们一起去玩玩那该多好啊！眼前我一个人，真不想去。我对姐姐、小哥哥是生疏的啊！

【附】

鱼塘月色

夜已深，月亮渐渐升高了。茅屋外大院坝里娃儿们的欢笑声、喧闹声，早已听不见了。我披上了棉衣，锁上了门出去。

从茅屋到鱼塘，只有几十步路。穿过青石铺的院坝，走过一段泥路，顺着山路再走上十几步，就到了。白天，寨路上牵牛的、担水的、挑担的行人很多，一到晚间，路上就没人了。从砖瓦房里透出的灯光斜照在路上，一长溜儿，很动人。不知谁家的收音机里，放着铁梅唱的“听罢奶奶说红灯……”在清静的夜晚中传来，更显得味浓。鱼塘的一面，长着五棵高大的柳树。另三面是塘堤。虽然月光不浓，可是一眼望去，明亮的水面上像洒了一层银一般。

白天，这水是绿茵茵的，可是在这个时候，水上像长了眼睛，在初春深夜的寒风中，闪出粼粼的光来。

听老人们说，这鱼塘是土改时期青年妇女突击队挖的，当时是一块田，挖出来养鱼。事隔20年，青年妇女突击队里的姑娘，在寨上都成了娃儿成群的妈妈，而唯有这鱼塘，却越来越美丽。不是吗？这里除了养鱼，还能洗菜、洗衣、洗猪草。当年栽的柳树，如今已长得可以让人在树下歇凉，前人栽树后人乘凉这句古话，在这里得到了验证。鱼塘里，隔几年出一次肥泥，总能增产许多苞谷。

没有风的时候，塘面上映出那五棵粗壮结实的柳树的倒影，很美丽，像一幅幽静细腻的风景画。风一吹来，倒影便散了。柳枝发出飒飒的响声，像一曲音乐。“五九六九，隔河看柳。”柳枝上已发了半寸长的嫩叶子，在白天看是青幽幽的，晚上看却是黑黝黝的。弯弯的柳枝婀娜多姿，像一个个害羞的姑娘。那五棵柳树的倩影，靠着月色，全映在水面上。望着它们，我禁不住想起了那个荒唐的皇帝，叫柳树姓杨的传说来。这传说固然可笑，可后人却把柳树统统称为杨柳了。

月光如流水一般，静静地洒在鱼塘上，洒在沉睡了的山乡万物上。不远处起了一层雾，从塘堤上望去，门前坝、苗岭、大路、水田、大土坡，在淡淡的月光中历历在目。远处的山上，白天铲的草灰燃起了一团一团的火。在黑夜里，群山显得愈加巨大，愈加巍然不可侵犯了。

望着远景，看着鱼塘，心里涌起了思念之情。此时，毛头在干什么？你那美丽的大眼睛闭上了么？你那温厚的嘴唇还微微翘起吗？毛头，你知道你的甜甜在鱼塘边想你吗？还有上海，还有我的故乡和朋友们，还有我的未来。这一切，都像不远处起的雾一样，萦绕着缠绵在我的心头。

天上有一层云，悄悄地慢行着，月亮也在踌躇地走着。过午夜了，我来了倦意，回到茅屋去。

唯有月色下的鱼塘，没有倦意，没有思想，还是那样美丽，那样动人。

11. 淑君致叶辛

甜甜：

今天，我去参加灌浆，因为，我们班有一个人病了，排长让我替她一天。上的是白班，4 点就下班了。今天，劳动不算累，上午仅干了 3 个多小时，下午由于架木模和修高架索，占去了大量的时间。下班以后，我去邮局办完了昨天没有办完的事情。这会儿，正坐在坝头的大批判专栏后面，一个人静静地准备给你写一封信。我要告诉我的亲人，我每天的生活，我的感情，我对你的思念之情。

承熹，这几天由于感冒，浑身不舒服，心里烦躁。昨天劳动十分轻松，本想给你好好写一封信，可写了一半再也写不下去了。望着蔚蓝色的天空，披着春装的大地，我的心却好像还是在寒冬腊月里一样，眼泪快要涌出来了。于是，只好不写了。一到晚上，我就感到浑身乏力，像是白天干了什么重活一样，只得早早睡了。由于昨天没有给你写信，今天一天我心里都是忐忑不安的，承熹，我每时每刻都在想念着你呀！

承熹，这几天身体恢复了没有？你的生活又怎么样？每天吃什么菜？快告诉我。我常常为你的身体担心，我们又不在你的身边，你要特别注意保重自己。如果病了，那怎么办呢？谁来服侍你哪？我知道，你是很节俭的，可不能这样呀，身体第一，你说对吗？

承熹，最近，我变得特别懒惰，不想做事，不想动脑筋，心里总有一股莫名其妙的烦躁，总想找个清静的地方呆着。只要一睁开眼睛，心里就会一阵阵的难受，想到你的生活，想到我们这次不愉快的分别，想到自己做了一件对不起自己爱人的事情，让你一个人这样痛苦地生活着，心里就很内疚。我深深地感到，在这个世界上，唯有你是真正爱我的，也只有在你的身边，我才能得到安慰。但在你离开我以前，我却没能认识到这一点，现在，我真是后悔莫及。你要原谅我！对你，我寄予了无限的信任和希望。只有依靠你，我才能度过我的一生。

你的毛头

1972 年 3 月 25 日

甜甜：

今天，我被留在家里搞卫生。打扫了院坝，又扫了通往连部的那条路，上午过得很快。下午，我去邮电局，准备给小玮寄点白糖和以前买的那块红条子布，再就是给你和家里寄信，可是，今天是星期日，邮局没有开门，所以，除了寄出信外，什么事情都没办成。

下午，我们5个人洗了十多个安全帽，就算完成了一天的任务。

天气十分炎热，找不到一个清静的地方，我感到浑身不舒服，心里烦透了，什么也不想做，便搬个板凳，坐到房子后面，呆呆地望着远方的山岭，心里空虚极了。我不知道，这会儿我的甜甜在干什么？也许，你已在贵阳了？也许，这会儿繁重的劳动正压得你喘不过气来？甜甜，你知道我正在望着你吗？

你的毛头

1972年3月27日

甜甜：

昨天收到你的信，正巧我休息。看后，心里乱极了。这一天，我不知道是怎么过的，什么事也不想做，从屋里走到屋外，有时站在门口，有时站到大批判专栏后面，别人跟我说话，我都没有心思回答，心如乱麻，拿出笔和纸想给你写信，可千言万语又不知从何说起。甜甜呀，千言万语只归结为一句话：我对不起你，是我让你痛苦了。

甜甜，看到你这样生活着，我难受极了，你病了，更让我万分的内疚。可是，即使在病中，你还是那么关心我、爱我，对我说那么好的话，你对我实在是太好了！其实，你还不如狠狠地骂我、责备我一顿，这样，也许我会好受一点的，真的！在这个世界上，也只有你能这样宽恕我。我知道，在病中你一定想得很多很多，想的也一定都是十分不愉快的事。可是，你为什么要违背自己的心愿，给我写下那么好的话呢？我理解你的心情，对我你不必隐瞒任何思想，哪怕你狠狠地骂我，我也会理解你的。你一个人孤独地生活着，没有一个陪你说话的人，你要给我经常地、时时地写信，把你心里的一切，不管是爱我、恨我、想我，还是对各种事情的看法……统统告诉我。我需要知道你的一切一切，就像我在你的身边，了解你的生活和感情一样。在我的生活中，也只有看到你的来信，才是我唯一的乐趣。另外，从你的信中，我也可以学到不少知识。承熹，你今后来信，除了谈你的生活和感情以外，还要谈谈你所知道的，无论是当前形势或是其他什么事，好吗？自你走后，我简直像丢了魂似的，每天除了必须说的话以外，就再也不想说什么了。承熹啊，你不但是我最最亲密的亲人，也是我最好的老师！想到以前我们亲密友好地相处，我从你那里，学到多少知识呀！可是，现在留下的只有回忆了，只要一闲下来，我便拿出你的信和相片，细细地翻阅，仔细地端详。我为有你这样的爱人而感到自豪。看了你的相片，我恨不能飞到你的身边，亲个够，吻个够。你现在一定又瘦了，这怎么行呢？你要学会安排自己的生活，你要注意保重自己的身体。你这次得病，一定是重感冒，我们这里有好多人都传染上了。我也感冒了，快一个星期了，不过，我自己会注意的，请你放心！还有一点，你感觉到不舒服，为什么还要去出工呢？

我对你有几点不放心：1. 你太节俭了，这样会影响身体的。小妹也经常和我谈到这点。2. 你不注意保重自己，无论出工或睡眠。3. 你要注意勤换衣服、勤洗澡、勤晒被子。4. 最后一点，也是最重要的一点，你不能胡思乱想，要学会控制自己的感情，学会自找乐趣。目前，我们分离两地，真是心有余而力不足啊！

这几天我休息，估计可能休息到星期日，因为，我还有一天轮休。休息在家，心里有一股莫名其妙的烦躁，什么事也不想做，更不想写诗了，闲下来就翻看你的来信，看你的相片。有时拿起《铁水奔腾》一书来看，看到你在上面划的记号，心里就有一种亲切之感。承熹呀，你无时无刻不在我的心里，每拿起一件东西，只要留下你的痕迹，我便会想到你，哪怕宿舍里人再多、再热闹，我也毫无愉快之感，我会想到你还在那么孤单寂寞地生活着。只要一想到你，心里便会一阵阵的难受，相思的心，真是无法形容啊！

到今天为止，这个月我们已超额完成了百米建桥的任务。鲤鱼塘一号大桥的主体工程现在已完成了一半，下个月还有6个桥墩和两个基坑的任务，照目前这样，下个月可以完成（今天小胖他们来，我问了一下）。云光说，他现在正设法请假，可是张德华说，现在请假，最多也只有一个多月了。所以，我觉得到4月中旬请假为宜，你说呢？那时你也正好去贵阳，从贵阳发信，好吗？

承熹，你要给小妹写信，昨天，她没有收到你的信，不高兴了。后来我向她解释，她甚至责怪我在你面前说了什么，以致你不写信给她。承熹，你说我冤枉不？不过，我也不会为此生气，事实会证明一切的。我要依然如故地对待她、关心她，把她当成亲妹妹。她很可怜，而且是个好心人，而好心人，往往容易上当受骗。她离开了你，离开了母亲，我就更要对她好了。承熹，我是这样想的，也这样做了。你放心吧！

姐姐已出差去上海了，我没有让她买衣服，可是我把布票寄到上海去了，请妈妈给我做衬衣。这样姐姐回来时就可以给我带来，你说好吗？同时，我也寄去了15元钱。已很久没有收到爸爸的来信了，小哥哥也同样如此，所以，我心里很不安，想念爸爸妈妈，想念哥哥姐姐，当然，最最想念的还是你。由于如此，晚上常常睡不着。即使睡着了，不一会儿就要醒，醒了就更不容易入睡了，而这个时候，心中的思念就更多了。

《春耕》没有政治问题使我感到十分欣慰，你要时时把《春耕》的消息告诉我。最近，大学又开始招生了，并且还可能招收一些表现好的——“可以教育好的子女”。我在想，要是《春耕》能给我的承熹带来这种机会，该是多么幸运的事啊！

你的身体恢复了吗？快来信告诉我。让我在远方祝你一切平安，永远健康！最后，让我怀着热切的、温存的心，深深地吻你！

愿一切都好！

你的毛头

1972年3月30日

12. 叶辛致淑君

毛头：我最亲爱的人！

你是想象不到的，现在是凌晨3点35分，从2点半醒来，我就怎么也睡不着了，我想你，想着想着，便一点也没了睡意。我坐了起来，怀着对你满腔热忱的爱和思念，写起信来。

毛头，让我在这深夜里，轻轻地吻你！我的天使，你一定睡了，一定又在做梦。让我抚着你散发着芳香的头发，深深地吻你那双美丽的大眼睛。毛头呀，这几天你忙吗？苦吗？想我吗？我真想你啊！

昨天，我去久长，正好有一辆车，我坐到了扎佐。在久长和扎佐，见到好多熟人，还意外地看见了你们排的小朱。扎佐显得相当挤，2 点半我就离开了，6 点 40 分才到家，走得腿很酸。晚饭后就在床上看散文集《幸福的日子》。

今天我是 9 点半起的床，煮饭、吃饭以后，到石头坡的后面挑了两挑煤，把我累得够呛。因为，我自己又砌了一个炉子，必须烧煤。前些天我用的都是小丁的砂炉，封不严，漏气。我又出了半天工，6 点半回来生火、煮饭、看书。另外，今天我写了一篇散文《山寨的春天》，11 点睡下的。可是，睡了 3 个小时，就睡不着了。好在有灯，就坐了起来，听着茅屋外的风声，给你——我最亲爱的人写信。

毛头，这个星期，我们久长又招人了。10 个人去硫黄厂，10 个人去钢铁厂。我不想去。一来，钢铁厂是社办性质的，亦工亦农，厂影子还没见到。硫黄厂在扎佐应烟河，负责人就是张××，那就更糟。我昨天路过去看了一下，没有碰上张××，什么也没有，除修了一条路之外，只是挖了几个类似煤洞的东西。张××也住在老乡家里。你没有挖过煤、进过煤洞，这个硫黄厂就分两个工序，一个是进洞挖含硫黄的矿，一个是烧窑炼矿，与烧磷矿差不多。我思来想去，经过认真思考，认为钢铁厂与铁路差不多，每月 28 元工资，3 元补贴；交队15元伙食费，一扣，没有了。再说干了一年以后或换人，或退回，或留下，没有固定，所以，我决定不去。硫黄厂虽没有这个麻烦，可是活儿太重，挖硫黄比挖煤更重、更苦，且没有保障。就是烧矿，整天也是累死累活地与石头泥巴打交道。更重要的是，县里办五小工业有个原则：有收益即办，无收益就散，故我决定不去。你同意吗？再说这都是由公社派人，大概上面也晓得这些体力劳动只要知青不行，所以，没有说明只要知青。当公社的负责人及王昌荣问我时，我没有表态。毛头，你说我的想法对吗？你愿意甜甜永远去干那种活吗？还有一个原因，就是这类工厂不要女的，那我不是一辈子不能与你在一起了吗？来信和我谈谈你的想法。

由这件事，我想到你，我觉得你必须回来。我考虑了再考虑才说这句话的。真的，一个人回来要好说话得多，两个人就糟得多，我想我目前的便宜就是一个人，什么也没有。团部小杨还未分，因为她的家在扎佐，可以等。我们就不同，你一个人更不同了，你仔细想想，如果从铁路上大家一齐回来，不要说铁路上女生多，就是公社，还有一大批呢。小丁刚回来，一个人，需要照顾，公社要安置她，她表现差，大队不同意，未派。此次小钱已从上海回来，公社就不考虑她了。所以，从这些例子中，我还是建议你回来，你自己好好想一想。你一安置，我的许多事就容易处理了。如你确实也想回来，你一边在那里请假（因小哥哥的事），一边强调腰一天到晚的痛，绑钢筋引起的，可能能行。再说，因为体质差回来，照顾性就更大了。毛头，你说呢？

尽量请假吧！小朱那里请假能归，难道你就不能吗？

回信详细谈谈你的想法，好吗？

4点半了，我坐得腰痛，想躺下了，让我深情地吻你，毛头！我的亲亲！

甜甜

1972年3月28日清晨4点25分

毛头：你好！

你26日寄出的信收到了，已经一个星期没有你的信了，昨晚我失眠了。心里想：怎么还没有来信？今天回来吃午饭，收到你的信，很高兴，真的从心里高兴！

这两天我好多了，昨天去公社，今天挑灰，明天还要去公社，把转回来的粮食换成粮票。县办工厂的招工名单已放到公社，大约过几天就要招工了。就是钢铁厂、化肥厂、农机厂、硫黄厂、水泥厂及煤场等。贵州省7所大学以及外省（包括上海第一医学院在修文招4名上海知青）所有大学招生组已全都到达修文，不久开始招生。中央计划会议和省政工会议结束了，中央计划会议中有“知青”一条；省政工会议中只指名招工，要照顾复员军人，没有照顾知青一项。具体内容是些什么还不清楚，我想问问上海方面。过不了多久，我就把人们对《春耕》的评论寄给你。噢，文化大革命后第一部长篇小说已经出来了，我在叫上海方面校对。这些事在4月中旬的信里可以更详尽地谈清楚。

目前，我正在静下心写散文《山寨的春天》和小说《风雨之夜》。《山寨的春天》已写好初稿，今晚就可以完成了；《风雨之夜》

还在构思。

教书是这样的：大队让我去问问久长中学，因为那里需要代课教师。我去问了，他们当即答应了。每月 26 元，交队 20 元。公社也同意了，只等县里批。又过了几天，我写了一张条子，学校负责人以前似乎有点认识我，对我印象不错，又看我的字写得好，是知青，就有意把我办成正式的教师，故又向县里请示。县里文教局至今未批。因此，我也不想谈。再说代代课可以，一辈子教书我也是心灰意懒，不想去争取，任其发展算了。至于五小工厂，我也是这个态度：在生产队安心劳动，他们让我去，不去也得去，他们不让即算了。反正总要生活，总要活下去，老实说，立即通知我走，我对生产队平静、自由的生活还有点留恋哪。我回来一个月，把所有的存书都看了一遍，还写了不少东西，在单位不可能这么自由。我也做好了思想准备，再在这里呆一段时间，出身不好，自然是个难题。比如，县文教局至今没有回音。有些事总与出身有关，这也不能否认。马克思主义者看问题是存在决定意识，故不考虑也是不现实的。

毛头，你收到信也得写明是哪天寄的。21 日寄了一封以后，我 26 日寄了一封，29 日寄了一封，今天又写了一封，请务必注意查收信件。

韩××那种事简直丑恶极了。人就是人，不能当作商品，这个顾客不要那个顾客要，这同买卖有什么区别？不过这类事也太多了，社会本身会给你当老师的。事实上，过去我对你说起这类事，你总是不以为然的。我也不愿多说，看吧。

你病了，要小心。我理解有病的痛苦，也理解你。真的，毛头，我永远爱你，也永远相信你，这一点你放心好了。

我们的命运是苦的，这不是我们不好，真的。我们都是好人，可是“谋事在人，成事在天”，有什么办法呢？等着看《春耕》的结局吧，这一场“审判”快要结束了（出工去，夜里再写）。

我爱你，相信你，这一年来，你毕竟懂事不少，这是我高兴和满意的。说实话，每天夜里，我总要醒来三四次，一醒来就想你。所以，我在白天总是拼命做一点活，夜里看书看得眼睛发酸才躺下。否则，连梦乡也不能进入。真的，毛头，我时时感到你温存的吻印在我的唇上，就是在梦中，我也很高兴。

小丁的信，随你回不回了。

去上海的人基本上回来了，我没与他们来往。你们的工分，看来我是起不了作用的，因此，也不准备去了，就是你们回来，也不一定能起什么作用。真的，有许多事你是想象不到的，你的头脑太单纯了！

小汤、小杨均在大队和清水代课，她们是过了春节才回队的。十四连那个李××我曾碰到过，至于那条“野狗”这里一无所知。

何塞·马蒂说：“劳动给人营养。”对我来说，确实是如此。如果一点不做，闷睡在家里，我简直不敢想象。

原来十连的4位男生给我来信谈起王××，把她说得一塌糊涂，这封信我留着，以后给你看看。你也许是第一次看到，男人们是怎样议论女人的。不谈这些了。亲爱的人，我生活的全部希望！

心

在半夜，在路上，

在群山之中，在静悄悄的河边，

黑夜，你这无形的神，
究竟带来了什么？
是笑，是歌，还是欢乐？
不，你带来了人类的心，
在心里，在人的心里，
不可能有夜的宁静。
风呼啸着，
露水无形地降落着，
任凭它黑，因为——露水会干，
风会停。
唯有那颗心，
总是起落不定。
心在搏动，象征着生命。
同时，它也勾起感情。
它眺望着远山近水，
也看着那山上的树林。
美丽的大自然，
神秘的宇宙天际，
我望着你的广漠无边，
也看着天上的月亮、星星。
你会怒号，你会微笑，
同时，你也会画出，
那美好的景致，
表示你的安宁。

可是我的心啊，
总也不能平静。

毛头，这就是我时常的感情和我的心。这不算诗，这是一种真实。

但我一定听你的话，毛头，我的天使！你的话对我不是无用，而是最有用的。我听你的话，好好安排自己的生活，身体方面也尽力注意，争取不生病。我晓得，我的一切都是你的，为了我，为了你，我一定照你的话去做。现在我经常洗枕巾，一个星期换一次衣服，这对我很不习惯，但我坚持着做，一懒，就觉得你用那双美丽的大眼睛柔情地看着我。我想起来了，你从来没有责备过我，但你总是这么看着我。毛头，你对我有多么大的作用啊！相信我，毛头，我最亲最好的亲人！我会听你话的，我一定要使心平静，要好好地生活，好好地过日子，就像你在我身边一样。我真想你啊，毛头！

今天是三月十六（阴历），一轮圆月正在冉冉升起，把柔和的光洒向人间。它望着我，也望着你呢！娃儿们在外面叫“月亮光，月亮白”，乡村的春夜，多么宁静，多么美丽啊！

今年，县里规定工值最低不能低于8角。虽然这不现实，但上面毕竟在抓了。要真是这样，山寨就更好了。

下一次，我把《山寨的春天》寄给你。因为太长了，这次不寄了，好吗？

亲亲，我的宝贝，我的生命！让我深情地吻你，热烈地拥抱你！明天，我再写，好吗？（夜里9点）

现在是11点了，《山寨的春天》写完了。我想睡了，毛头，亲亲！

明天我开始写《风雨之夜》。

今天我去公社，帮队里买筛子。顺便看看是否有人用粮票买米，那我就可以换点粮票，并且也可以听到一些消息。

我必须好好地生活，对吗？毛头，我必须听你的话，好好地生活，因为，我真心诚意地爱你啊！

据说，慰问团回来了，那就很好。不过，还没确定，过几天就晓得了。今天夜里，我把《风雨之夜》的草稿写好再睡觉，好吗？

我想你，让我真正安心是不可能的，因为我一直想你。你要注意身体，注意你的腰，工作时留心，千万不能出事故。

谢富治死了，你可晓得？你们排里有没有报纸？

对你自己，千万不能原谅、放松啊！不过，你不想写诗，就不要写了，等灵感来了再写。没有事可以练练韵脚，这很重要。

毛头，我的亲人！暂时不写了，水开了，我洗脸，整理整理东西到久长去。

亲亲，愿身体好！

你的甜甜

1972 年 3 月 31 日写完

13. 淑君致叶辛

甜甜：我的爱！

今天同时收到你和小哥哥的来信，小哥哥在星期六曾去车站接你，可是，没有接到。

甜甜，今天我们学习。因为，上个月超额完成了百米成桥的任务，今天进行整顿，明天是大礼拜，就可以休息了。这会儿刚刚学习完，我正要拿出纸和笔给你写信，就收到了你的信，这给我寂寞的心又带来了无限的欢乐。

昨天我没有给你写信，那是我最后一天的休息，我洗了衣、被，洗了头，一天搞得十分疲劳，晚上，我捧着你的相片，看了又看，吻了又吻，我把你的相片贴在脸上，心里默默地念着：承熹啊，我的爱！我愿你永远这么年轻、这么英俊！让我在这里祝福你一切平安！我们马上会相见的。就这样，你陪伴着我，进入了梦乡。甜甜，晚上我做了一个奇怪的梦，好像梦见你还在八连，你让我到你们排里去玩，我说这么多人，我不去，你就生气地走了。但是，我受到了娘娘的谴责，心里烦闷极了，一个人跑到黑洞洞的工地上。工地上到处是危险的洞，突然你出现了，我们俩兴奋地拥抱起来。然后，手携着手一起向光明的地方走去。当我迷迷糊糊地要醒来的时候，就想今天一定要去你们排玩。可是，当我完全清醒后，才意识到你离我是这么远。在这里，我再也见不到你的影子了。于是，心里就一阵阵地难过，更感到自己非常的孤单！不，我一定要尽快地回到你的身边。

承熹，我不希望你到钢铁厂或硫黄厂去，那种工作太苦了，我不能让我的甜甜去做那种粗劣的工作，就是在铁路上，有时看到你背水泥或做什么重活时，我都会难受得要哭，更不用说是一辈子的事情。甜甜，即使没有工作，我们也要苦在一起，真的。我知道，爱情的伟大之处，爱情的真正意义，是胜过生命的呀！一个姑娘，一旦把她的一切献给心上人的时候，离开了他，将是多么痛苦呀！甜甜，我愿意一天都在忙碌中度过，只有这样，才能勉强度过一天又一天漫长的日子。有时，我觉得黑夜太长了，太可怕了。黑夜盼天亮，白天一上班，又盼早点下班，承熹，每天我都是在这样痛苦的盼望中生活着。这几天，心里总有一股无名的烦闷，想念你，也想念家乡，想念爸爸妈妈。他们已近两个月不给我来信了，不知道是为什么？每想到这些，想到我可怜的爸爸妈妈，想到苦命的哥哥们，心里真是乱极了。

甜甜，今天晚上我们开会，评选先进班和先进个人，我们班除我以外，人人都评上了。我一贯是不考虑这种事情的，目前更是如此了。在这里对什么事情，我都提不起精神来，我自知这样是不好的，可是，就是克服不了。

承熹，今天开会谈了上个月的工作和下个月的任务。到上月底为止我们已完成了鲤鱼塘一号大桥二千多方混凝土，基本是一半多点，还有 3 个基坑没有挖。下个月是成桥 98 米。但是，上面指示三四月份不转战，原计划大桥在下月 20 日左右完工，现在看来起码要到 5 月初。现在请假是很难批准的，不过我想试一下，也许有好处。但是，如果一旦批准是短假，岂不麻烦了吗？我本想今天就去请，可是，小哥哥今天又寄来了一个邮包，所以，我想过几天再说。你看呢？过几天，你再写一封信来。

我不知道，我的甜甜这会儿在干什么？也许，你正躺在床上，瞪着一双深沉的大眼睛，想着远方的我吧？睡吧，乖乖地睡吧，不要胡思乱想了，让我深深地吻你吧！

你的毛头

1972 年 4 月 1 日晚

甜甜：

昨晚给你写了信，半夜醒来，我又睡不着了，真想你呀！半夜想起来给你写信，又怕弄醒了叶文（昨晚小秦没有回家，我们俩睡一个被窝），只好忍着。好不容易盼到天亮，我第一个起了床，整理完毕，就给你写信。今天休息，我什么地方也不去，老实说，也没有地方可去。天气不好，又不能做事，就准备给你、给小哥哥、给你妈妈写信。

昨天，叶文去廖宗礼那里，廖宗礼告诉她，5月初大桥是能完工的，那时除留300人搞扫尾工作外，其余的人都要转战。这300人是由一部分知青及城镇户口的人组成。现在，团部就开始整理档案了。我想，现在请假是白搭的，会战期间可能性极小（小朱由于经常生病，团长亲自跟张德华说的，而且是短假）。但是，我是绝对不留在这300人之中的，我想到那时（转战前半个月）写转战申请，从我个人来说，是有把握的：1. 我是属于转战之列的。2. 在这里，我的表现不算好，又是非团员，要留肯定是留积极的，你说对吗？而我估计要是留300人，小刘是不愿意回家的。

甜甜，每当夜深人静的时候，我就会想到你一个人孤单地生活着。除非十分累了，我才能勉强地睡着。一般的情况下，我是不容易睡着的，即使睡着了，半夜醒来，也会有很长一段时间醒着。我要想想你，想想我们的过去和未来，想想我目前的生活，想想我的故乡和亲人们。尤其想到你目前的生活，心里更是不忍。但是，在这样的条件下，我又是心有余而力不足！甜甜，昨天，小哥哥给我寄来的邮包，有榨菜、大头菜、萝卜干、话梅、糖、咸肉、猪油。等取回来，我请程英（她于上星期到这里）回去时给你带点咸肉、猪油，如果团部有白糖，再买5斤给你带去。

昨天，你妈妈给小妹妹来了一封信，她十分想念我们，所以，我今天要给她写一封信。据小妹说，5月份是你妈妈60岁的生日。甜甜，我们该怎样祝贺她呢？

甜甜，你在外边，看到有什么好诗，不要忘了给我寄来。近来，心里烦闷，不想写，但我倒愿意有几首好诗念念，以解心头之愁。

今天是星期日，你准备做些什么？去赶场吗？你必须要好好地给我写信，写长信。昨天拿到你的信，好像比平时薄了一点，心里便是一惊，是不是又生病了？当我看到你是深更半夜写的时候，才放心了。甜甜，你的病全好了吗？一定要注意身体！最近，天气忽冷忽热，前几天只穿两件衣服，这几天穿棉衣都觉得冷，你一定要注意添衣服。

好，今天就写到这里，让我怀着十分思恋的心，紧紧地拥抱你，深深地吻你吧！

愿你坚定、沉着！

你的毛头

1972年4月2日上午

14. 叶辛致淑君

毛头：我心灵中的天使！

今天已经是4月3日了，我还是没有收到你的来信。你病了，还是怎么了？星期日上街去，我看见原来十连的刘若国也请假回来了。

你呢？

自从30日收到你的信，今天已有4天了。这4天我生活得很好，因为，我下定了决心要听你的话，要好好地生活，我也晓得不好好生活你要生气的。星期六（1日）那天，好冷啊！我生了炉子，坐在炉子旁，写完了《风雨之夜》。8页，4000多字。那天，静悄悄的，那个阴阳怪气的炉子时燃时熄，我除了添煤，就背靠着床，右手倚着箱子，坐在小凳上写了4个多小时。写完了，自己也比较满意。昨天是星期日，也冷，但比前天好多了。前天，我们寨子后面的大坡上还结了冰。昨天赶场，我买了5斤半菜，准备吃一个星期。昨天、今天报纸都来了，可没有你的信。除了吃菜，3月份我一共吃了16个鸡蛋（8分），一斤猪油，一只鸭子（1.5元），35斤粳米。除了生病，除了想你，我其余的生活都是极平静的。我不和人们多搭讪，看见久长的上海人，就远远地躲开。与其和他们讲话，我更情愿与一个10岁的小孩儿聊天。目前，我给自己定的计划是攻短篇小说，过几天我就写另一个短篇《短促的第一课》。写完《短促的第一课》就写《记工员于小全的故事》。我边劳动边动脑筋，这样肩上的担子就轻一点，而美好的故事也容易想出来。写短篇不占时间，其余时间我就详细地构思《岩鹰》里的人物与情节，零星的时间我就看小说、想问题。这样出工是休息，看书写作也是休息。可怕的就是睡不着觉，每天晚上11点睡下，早晨7点就醒了。而在其中，最少要醒两次。因为，一躺在床上，就要想你，想你的生活，想你们钢筋工（滑稽可笑），想鲤鱼塘一号桥的进展，想那毫无情趣的生活。回来一个月，从没有听见过哨子，从没有人管我这管我那，从没有人催我起床、睡觉，以及硬逼着我听别人乱发议论。我同样生活得很好，而且灵魂也安静得多了。我给自己定了一个计划：一个月出20天工，4天赶场，6天休息，穿插起来，我的生活就很自在和舒适了，既锻炼了身体，又得到了休息，又不妨碍我看报看书写作学习。农忙即在眼前，但我很乐观。

贵阳大学化学系和中医学院，在久长招生，1日至10日报名。我没去报名，大队劝我去报，我想过一两天再去报。可惜文史、哲学不在我们这儿招，否则也可争取一下。

但我一点也不悲观，真的不悲观。虽然，我的生活比起更多的“蠢材”来要差得多，但我认为我活了23年，不管是手脚、灵魂或其他方面都是纯洁的，这就是我不悲观的原因。

毛头，我多么想你啊！晚上一想起你，就睡不着。往往一到11点就很累了，躺下就能睡着。可2点半或3点半一醒来，就再也睡不着了。有时迷迷糊糊地好像与你在一起，有时就一直醒着到天亮。你什么时候能回来呢？铁路上关于知青，又说些什么呢？来信吧，不要失约，两三天寄一封信，时常报告你的消息。亲爱的人，想你！

久长公社搞了一个磷肥厂，就在沙雁三队和四队临近铁路过去烧砖的地方，有20多个人，是钢铁厂的一半。你回来亲眼见一见这类县办厂矿，就会明白工矿究竟是什么样子了。农机厂的小邵和小周均住在厂边的老乡家里，这是我回到县里，在车站碰到她们时，她们亲口说的。

毛头，一定要保重身体，一定要珍惜自己，珍惜自己的灵魂与一切，为了你，同时为了我。不要忘记，我们还要共同生活四五十年呢！

让我温存地吻你，热烈地拥抱你，我最亲最好的毛头！

愿你坚强！

你的甜甜

1972年4月5日夜8点40分

15. 淑君致叶辛

甜甜：我的亲人！

今天收到你上月31日发出的信。自26日发出信以后，我在30日及本月1日又发出两封，不知收到没有？望来信告之。你的来信我全部收到，勿念！

甜甜，今天在上班的时候，我就打算下班后给你写一封信。下班以后，便收到你这封亲切的来信，读着读着，我便忘记了一天的疲劳，心里真是高兴极了！甜甜，你能这样好好地生活，对我来说，真是一种最大的快乐和安慰了，让我在心灵上也平静了一点。

甜甜，我要告诉你，我们今天开了一个誓师大会，到12点半才结束。这次誓师大会的目的是，决心在本月底完成大桥主体工程。目前，鲤鱼塘一号大桥已完成了全部工程的76%，上个月突破了百米关，完成原计划的129%，成桥103米，打混凝土2400多方。而这个月的成桥是76米，所以，要比上个月轻松一点。从表面上看，大桥已完成7个半桥墩，其余7个，5个都完成了地基，还有2个基坑未挖。从全团来看，主体工程也已完成了91%还多，所以，看来月底完成全部主体工程的可能性很大。甜甜，听了这个消息，我很兴奋，因为，到那时就将大批转战，我一定积极要求，我们一定会团聚的，你高兴吗？真的，有时我看着工地上一天一天升高的桥墩，心里就会觉得高兴，桥墩每添上一节，我们便早团聚一天。

甜甜，我一定听你的话，在工作中小心加小心，注意安全。决不能在这最后的一个月中发生一点事故，保证让一个完完整整的毛头重新回到你的身边。

甜甜，看到你这么爱学习，我真是感动极了。相比之下，我真惭愧。不，今后我决不再放松自己、原谅自己了，我必须抓紧时间，让自己多学点知识。

甜甜，离开了你，我真觉得不方便。我常常想起以前你给我讲的各种各样的事情，讲形势，为我选择合适的书籍。而现在，有时想看看《参考消息》也没法弄到。除了给你写信以外，就看你留下的书，还看了一本《巴黎公社》和《欧仁·鲍狄埃》，排里来了报纸，我也抽时间看。每当我懒了，不想动脑筋了，不想看书了，便用你来鼓励自己。我会暗暗地对自己说：这样不好，承熹知道了会生气的，不爱学习的人，承熹是不喜欢的，我要做一个承熹喜欢的人。于是，就又重新拿起书开始孜孜不倦地读了。尽管劳动累，时间少，我也不能放松自己。甜甜，你放心吧，我决不会做一个庸人，我要学习，争取做一个高尚的人。我常常记住你的那句话：“伟人有志，庸人唯愿。”虽然我们目前所处的条件是简陋的，但我的心，应该是高尚的，你说对吗？至于在日常的生活小事上，我也要严格要求自己，让毛头，变得更沉静、更坚强、更美满。甜甜，这是我的决心，并且我也正在这样做了。

我的甜甜，今天暂时就写到这里了，时间已不早了，虽然我还没有倦意，但我必须强迫自己睡了，为了明天的工作，我必须睡了。睡下去以后，我还要看看你的相片，还要吻你，再想想你，把你的相片贴在脸上，让你陪伴着我进入梦乡。甜甜，你呢？

你的毛头

1972 年 4 月 3 日晚

甜甜：

现在是刚刚加完班回家，虽然很劳累了，但是，我必须要为我最亲爱的人写上几句话。

甜甜，昨晚写完信以后，`仿佛心里的话没有说完。事实也真是如此，我还有一件事没有说。甜甜，你来信说久长中学需要代课教师，是不是代课也要经文教局批准？如果不是这样，我的意见是你先去代课。虽然这不是个理想的工作，但又怎么办呢？难道你真能到钢铁厂、硫黄厂去吗？我不愿意我的甜甜去干这种繁重的、粗劣的，而且是他所不能胜任的工作的。我们的出身不好，这对我们来说，是个致命的打击，我们做什么事情，都不能像其他人那么容易。但是，只要我们坚持不懈地努力，我想命运是不会委屈我们的。也许，代课会转正呢！我觉得，就你的体质，只能适合做教师，而且，这对你的写作也会有好处的。甜甜，这只是我的想法，你看呢？

这个月我们的钢筋任务很紧张，所以，时常要加班。但是，想到也只有这一个月了，自己也就稍稍有点安慰了。我没有别的希望，只希望你生活得好。甜甜，再忍耐一个月吧，一切都会恢复的！时间已经很晚了，明天再给你写，好吗？

愿你一切都好！

你的毛头

1972年4月4日晚

甜甜：

我已经睡熟了，程英今晚要走，她来向我们辞别，便喊醒了我，我立即起来，拿东西请她带给你（一块咸肉、一瓶猪油、一包笋干菜，白糖由于忙没有买到）。她急着要走，时间十分仓促，所以，也没有包好，望收到后立即来信。

甜甜，我今天感到特别累，在学习的时候，就开始打瞌睡了。所以，学习一散，破例地没有给你写信，早早地睡了。可是这会儿，却很难再睡着了。我想你，就又给你写起信来。

甜甜，今天我心里特别难过，除了感到孤独以外，还有一种说不出的感觉。我感到人生的艰难和乏味，再加上今天身体不舒服，浑身酸痛，更使我的情绪低落，看什么都不顺眼。一下班，就一个人躺在床上，心里充满了对你的无限思念。甜甜，你要是这时能来安慰我该有多好呀！你这会儿在干什么呢？你可曾知道毛头的心？

今天不多写了，也许明天能排到我轮休，那时再好好给你写。假如明天排不到休息，我也必须把这封信寄走，已有3天没给你寄信了，你一定又在惦记我了吧？最后，让我深深地吻你！

你的毛头

1972年4月5日深夜

【附笔】

相识3年，由相互爱慕发展到朝夕相处的热恋，突然，命运把我们活活地拆散了。一个留在喧嚣热闹、体力劳动繁重的湘黔铁路会战工地上，一个回到了沉寂荒僻的山乡，我们之间都感到失落了什么，都觉得极大的不习惯。而爱情的火焰仍在燃烧，相互的思念是如此的强烈，于是便有了这一封封频繁的情书。这封封书信，倾诉的是我们的爱情。但在每封信的字里行间，都能看得出当年我们的真实思想，以及作为“知识青年”的心态。我们渴望工作，我们希冀着被人理解。那时候，从铁路工地上回到县里的很多当地知青，很多城镇户口的青年，几乎都先后有了工作。唯独我们一些上海知青，远在离上海五千里之遥的陌生山乡，毫无关系可言。有的被照顾进了我信中写到的那些糟糕透顶、办不多久都垮掉了的五小工厂里；有的如我，由于出身不好，仍旧回到农村，继续那“接受再教育”的劳动。随着年龄的增长，面对这种明显的不公正现象，我生活得越来越压抑，越来越苦闷。唯有爱情，才是我孤寂的乡居岁月中一朵灿烂的花朵。

信中偶尔触及到我们的经济收入情况，也可以看出，那时候，我们的钱少得实在可怜，要维持日常的生计，必须精打细算。可以说，我们唯一拥有的，就是爱情了。

甜甜：我最亲爱的人！

我满心希望今天能收到你的来信，可是，我又失望了。甜甜，你怎么不给我来信呢？是不是又病了？或是发生了什么意外的情况？我真是不放心呀！你必须时时把你的一切情况告诉我。

甜甜，今天我轮休。本来应该昨天休息的，可是由于昨天留人在家开会，不能再留人休息了，故到今天才轮到我。甜甜，这几天，我心里非常不愉快。不知道是怎么搞的，昨天下班回家，浑身乏力，心里充满忧愁。坐在床前，想到自己的命运，想到我的家，又想到你，情不自禁地流下了眼泪，怎么也止不住。真想一个人跑到山坡上去大哭一场。甜甜，我曾经下过决心，不再哭了，甚至上班的时候，也在想，我不哭了，要做一个坚强的人，眼泪是一种无用的东西，它不能引起人们对你真正的同情。况且，我为什么要让别人来同情呢？我同样是个人，别人能生活，我同样也能生活。我是靠自己生活，并不是靠别人呀！可是一到难受的时候，就不行了。看，我是一个多么软弱无能的人呀！

为了使自己的心情平静一点，而不胡思乱想，我便把那个放书的箱子又翻了一遍，找出了《谈写诗的技巧》、《车尔尼雪夫斯基选集》和《怎样写钢笔字》，还有毛主席的一些讲话来看。我决心好好学习，因为，我们现在都很年轻，浪费时间是一种可耻的行为。

古人说："清明时节雨纷纷。"这几天，天天下雨，简直腻烦死了。想必久长也是如此。我常常想到，在乡下，下雨的日子是最最无聊的了，而且，做什么事情都不方便。看着门外的雨，我便想到了我的甜甜，这会儿不知在干什么？也许，一个人在家静悄悄地看书、写信？甜甜，这会儿我要是能长上翅膀，飞到你的身旁，陪伴着你，该有多好啊！甜甜，每天晚上，我几乎都是看着你的相片渐渐入睡的。而且，在梦中，我常常感到你在我的身旁，就像我们从前在一起的时候一样。

《春耕》怎么样了？你来信要谈谈它，我真想听到它的好消息。还有，你最近的身体如何？你的生活又安排得怎么样？请程英带去的东西收到没有？望来信谈谈。

久长的分配又是如何？教书有希望吗？对于未来，说实话，我是很悲观的。可是，命运是这样安排的，就像你所说的，成事在天呀！首先，出身就注定了我们的一切。（傍晚）

甜甜，这会儿我们刚刚散会，今天传达了关于大学招生的文件，许多人听了都很激动。但是，我对此却是无动于衷的。这关我什么事呢？虽然它是我的愿望，但那是很遥远的呀！据说，省内有 7 所大学，外省有 52 所大学，共招生 3800 人。具体到修文县招 25 名，其中，6 名要上海知青，是上海医学院和机械学院招生。听说在铁路上就要招 5 名或更多一点。

甜甜，今天没有收到你的信，是我最大的一件心事，你要快快来信呀！今天没有信，明天肯定又是没有的，要到后天才有，因为，这里是两天一班。

好，我不多写了，现在已是 10 点多了，你睡了吗？甜甜，我在这里看着你呢！你该睡了，安心地睡吧，让我们在梦中相会！

愿你健康、愉快！

你的毛头

1972年4月7日晚

甜甜：我的爱！

今天终于收到了你6日寄出的信，这是我盼望了好几天的事情，已整整有一个星期没有见到你的字了，叫我怎能不焦急呢？甜甜，你理解我的心吗？你是上月31日寄的信，到6日才又寄一封，整整一个星期，今后可不允许这样了！你要理解我，我是多么迫切地需要知道你每时每刻的生活呀！

这几天，心里很烦乱，没收到你的信，心里不免又要胡思乱想，当然，一胡思乱想了，就会把事情往坏的方面想。你是不是病了，或是发生了什么意外？甜甜呀，你时时都在我的心上呀！每当夜深人静，我便更加思念起你和爸爸妈妈来了，每晚都梦见和你们在一起。到白天，就盼着你们的来信。可是，一次次的失望，叫我怎么能忍受呢？忍受不了了，便会情不自禁地流下泪来。正因为如此，我常常不愿意自己有空闲的时间。每晚，我都要让自己十分疲惫了，才开始睡觉。即使这样，也不免要想上一段时间，才能渐渐睡去。把临睡前想的，统统都做进梦里去了，有时欢乐，有时悲哀。

甜甜，这几天，我们这里正在搞大学招生工作，采取群众推荐的办法。我们排推荐了冷逸芹和吕华章等几个人。听说小胖已填表了，还有五连的赵根宝、胡诗柏等人。能上大学是多么幸福呀！但是，我也知道，要做一个有用的人，并不只是这些表面的名声，重要的是自己的努力。历代的名人、发明家，往往出身都是很平庸的，可是，他们有志气，在实践中学到了更多的知识，获得了成功。我要做的，就是这样的人，我要学的，也是这样的人。甜甜，我一定要努力钻研写诗，这几天，我还在读《谈写诗的技巧》，以便给自己找到写诗的正确方向。

甜甜，我要回去的，一定会回去的。真的，对这里的一切，我实在是腻烦透了，我再也不能忍受这种生活了，这样下去，我会变老的，我的青春也会被这种繁重的、粗劣的工作夺去的，这是我不情愿的。大桥进展得很快，到昨天为止，已完成了 8 个桥墩。尽管如此，由于有些另外的原因，如镇宁的路基出险，影响了我们挖桥基，所以，估计要到 5 月中旬才能完工。不过，我想到 4 月下旬就开始请假，估计肯定不批，因为离转战不远了。如不批，就到转战前夕，再写申请，你看行吗？我估计是可以的。

现在已经很晚了，我不能再给你写了，熄灯信号早就吹过了，寝室里每一个人都睡了，静悄悄的。甜甜，让我在这里亲你，如你还没有睡，也该睡了，好吗？我们在梦中会见面的。今天暂时写到这里。不要忘了经常给我写信。

愿一切都好！

你的毛头

1972 年 4 月 9 日深夜

16. 叶辛致淑君

毛头：我的毛头！

想不到的事情就是这么多！

昨天晚上想早点睡，今天能早点起，可是昨天半夜我又发烧了。今天早上8点钟起了床，站也站不住，只好又躺下。睡到11点半才起，寨上几个小鬼帮我去叫来了医生，又是感冒，打了针，吃了药。今天一整天，什么事也没做，头昏昏沉沉的，难受得要命。就是现在写信，人也很难受。病中，人实在是难受的，思想不连贯，又做不了事，看不进书，只是想你，亲爱的人，你晓得吗？甜甜在受罪呀！

我心里是多么痛苦啊！夜深了，宽旷的屋里，又冷又静，真有点害怕。毛头，快点回来吧！你一定要回来啊！我的生活不能没有你呀！

别人哪！不，不，这个世界上无论谁，
我的心也不交给她了！
既是上苍决定的意思——
也是老天爷的心愿，
我是你的。（毛头，我是你的！）
我的生命原来就是，
和你必定相会的保证。
我知道，你是上帝送来给我的，
到死你是我的保护者。（毛头，到死你是我的保护者。）
……

在病中，念起这些诗，我愈加想念你。如果你还记得妲姬雅娜，那么，我的思念比她的更痛苦、更强烈。毛头，我怎么办呀？

这两天心里一直在盼着上海方面的消息，也一直盼着你能回到我的身边。可是，可恶的坏天气偏偏叫我生病，叫我心烦意乱。我希望一觉醒来，我的病就好了。那样，就可以劳动，可以写作，生活也可以充实一点。毛头，相信我，这次生病一点也不怨你，我不是褊狭的人。相反，在病中，想起你纯洁无瑕的大眼睛，就仿佛觉得你在我身边，我还会笑起来。是的，在病中，我也这么想：我们俩的未来一定是美好的，毛头，你相信吗？

《春耕》是到了该有回音的时候了。为什么还没信呢？我真焦急。

坐在床上，头又晕，腰又酸，想睡了。毛头，祝福我明天痊愈吧！让我亲亲你，希望幸福的喜讯明天飞来。不知为什么，这两天我总有这个预兆。拜伦说："我一觉醒来，发觉……"

我也希望！

深深地吻你，拥抱你！

你的病中的甜甜

1972年4月6日晚9点半

一觉醒来，神志清醒了好多。想了想亲爱的毛头，就起床了。走到外面虽然还有点头重脚轻，但毕竟好多了。外面空气清新，地上潮湿一片。我想起了唐诗："春眠不觉晓，处处闻啼鸟。夜来风雨声，花落知多少。"一场春雨，吹落了多少看上去那么美丽的花朵！潮湿的地上细碎一片，而我的病好了。但愿我们的爱情，能经得起风雨的考验！

希望新的一天，给我点燃起新的希望！

毛头，此时8点已过，你们已在上班。你在干什么呢？回来吧，设法回来吧，甜甜是多么想你呀！

你的甜甜

1972年4月7日晨8点3刻

毛头：

今天已是4月9日晚上9点1刻了。

7日，寨上放了一天假，我坐在屋里看了一天书，很晚才睡。

8日，我出工了，可是，干着干着，就感觉背冷、头痛。下午，发觉我的病又犯了。一收工，我煮了点泡饭，吃完就躺下了。躺在床上，我的头剧烈地痛，有热度。

半夜，我还在呻吟，在呼喊："医生，有医生没有？"下半夜我醒了，热退了一点，就这样一直迷迷糊糊地睡着。今天早上，我起不来，感到坐起来就难受。一直睡到12点半，才挣扎着起来煮泡饭，吃了两碗又睡，发了一点汗。2点钟我再次起床，决定去久长看病。

3点1刻到了久长，看了病，吃了药，并买了5斤菠菜。我拿到了两封信，一封是你的，一封是阿五①的。

《春耕》现在在上海人民出版社，是解放日报社推荐去的，目前没有回音，大概不久就有消息了。

谢揆初作为尖子人才到五七干校去了，劳动学习半年，回来以后搞整风运动。每个月可以回上海4天。这是阿五信中的两个重要内容。

今天由于赶场去晚了，没有遇到程英，我想明天去杨柳一队。我在这个月要写出几个短篇。

同时，这个星期六我决定去贵阳，在那里我会寄信、拍电报，同时，跟姐夫、小哥哥谈谈。

毛头，我很想你。过一个月，你一定要回来呀！

我心情很不好，就写到这里。吻你！

你的病中的甜甜

1972年4月9日夜9点40分

毛头：

今天是10日，8点半起床，头晕，吃药、煮饭、吃饭。吃了饭去杨柳一队，在杨柳三队遇到了程英，我跟着她去了生产队，在那里拿到了东西，帮她修了一道门，回来已是下午5点。

---

① 阿五：我的邻居席与昌的小名。他后来成了我的妹夫。

猪油、干菜、咸肉，这不仅是毛头捎来的东西，更是毛头的深情、毛头的心呀！毛头，你自己为什么不留着吃呢？想不到我还要拖累你，要是《春耕》给我带来了出路，该有多好啊！我一定要加倍地偿还你。

《春耕》正沿着一条艰难的但是很正常的路前进着，这一点我是非常高兴的，但愿它能指给我一条美好的生活之路。毛头，你说对吗？

我还没有痊愈，吹不得风，动不得脑筋。

慰问团到县里了，不知他们将带来些什么？

毛头，我决定本星期六去贵阳，一定去。在星期六那天寄信，回来的那天拍电报，好吗？

出工真不合算，星期六出了一天工，星期日医药费花了7角。我必须学会休息，但是，我明天还是要出工去。

《风雨之夜》写好了，《短促的第一课》只写到一半。

毛头，我亲爱的人！最近，《贵州日报》上登了征文作品，文章不算好，但诗歌写得不错，你们排里有报纸，你拿到看一看。看到一首有特色的诗，要想一想，最好记一下笔记。人家怎么写？第一段，第三段……怎么开头？怎么结尾？这样多想想，把感受、体会、风格记下来，以后自己写起来，就可以用不同的内容写出有特色的东西了，那么，这种特色就属于你自己的了。你现在会用韵脚了，要进一步提高。

本来6日寄了信，8日又该寄，可惜八九日我都病着，情绪不好一拖就拖了几天，今天才寄信。你要体谅我，在病中，我坐也坐不起来，更谈不上写信了。

毛头，深情地吻你！热烈地拥抱你！

愿你坚强！

你的甜甜

1972年4月10日

（请注意《牛田洋》、《海岛女民兵》、《新的高度》3本新书。）

毛头：我的亲人！

你10日寄出的信我今天收到，算来，你也好久没来信了。明天，我要去贵阳，一两天就回来。本来收到你的信我又不想去了，但想到小哥哥又要来接，所以，我还是去吧。

这些天，可能是由于生病引起的，心情相当不好，话也不愿意多说，也没多少人跟我讲话，连写信都没有兴致。我后脑的神经痛，这种情况过去一直没有过，这次痛了以后，不知为什么就不行了，写写东西要痛，看看书要痛，睡觉也要痛，这真糟糕！

我在贵阳呆两天就回来，因为我心里总有一个阴影，好像你是不会转战回来的。也许是这个阴影一直使我心情不好？

我的心情相当不好，是什么原因我也说不清，有时候我想明天就回上海，有时候我想到处玩玩，有时候又想写东西，有时候就那么坐着，什么也不做，看过的书一会就忘了。劳动又累又重，休息时又想入非非。这种不正常的心态使我想吼叫、想发怒。总而言之，我的心灵是很痛苦的。

也许不久这种奇怪的生活就会结束了，命运马上就指给我一条道路可走。唉，不说这些了。

星期二给你寄了一封信，星期三我出了半天工，搞院坝育秧，星期三晚上放电影《英雄儿女》。星期四，也就是昨天我把《风雨之夜》改好了。今天出工上久长买铧口，明天，我准备去贵阳。

上海阿五给我寄来了一本长篇小说《海岛女民兵》、短篇小说集《新的高度》，我看完了。这两本书无论从哪方面讲都不算好。

《春耕》在上海人民出版社放着，也许此时正在哪一位编辑的手中读着，决定着它的也是我的命运。我明知决定一本书的出版是比较慢的事，但还是很焦急。

你不必羡慕上大学的人，在久长报个名就可以填表。这次公社推荐小代去，还不知行否，因为上面要“66 届”的。我由于病着，走不动，没有去公社报名，考试的题目都是很简单的，如 $x^2+4=8$ 等。毛头，快点回来吧！否则我要寂寞死了。每天躺到床上，我总要想你。我写不动了，就写到这里吧。愿你坚强！

你的甜甜

1972 年 4 月 14 日夜

17. 淑君致叶辛

甜甜：

自 10 日寄出信后，今天已是 12 日了，已有两天没有给你写信了。昨天原想给你写信的，可是，连续的加班（吃了中午饭马上上班，吃了晚饭又加班到夜里 10 点）搞得我一点儿时间也没有。今天学习结束已是 9 点多了，洗脸、洗脚以后，这会儿又是 10 点多了，但我必须给你写上几句话。

这几天，我的生活算是较平静的，我努力克制着自己，不再胡思乱想，我要在宝贵的青春时光里，多学一点知识。这几天，我读的就是《谈写诗的技巧》这本书。甜甜，我现在常常感到知识的重要性，我不能再糊里糊涂地混日子了。大学填表的人已在检查身体了，上海女知青是顾瑞霖、陈为民和张慧君，五连有小胖、范永林和另一个上海知青，可能不久就要回县里了。

最近，鲤鱼塘一号大桥的进展飞快，正在革命加拼命。由于镇宁路基问题，要耽搁我们的时间，但估计 5 月中旬就会全部竣工的。我决定这个月中旬请假，听到有转战的消息，就写申请。

也就是学习散了后，叶文又去加班了，是排长约她去的。铺床的时候，我看到了她给你写的那封信的底稿，这对我是一个沉重的打击，想不到那种庸俗的、丑恶的现象，竟在我的身上出现了。承熹，不知道你是怎么想的？我第一次感到我在你们中间，甚至在你们家里是一个多余的而且是一个破坏者。我不想为自己辩护，因为没有必要。世界上每一个人都会认为自己是对的，别人是错的，但是，究竟如何，让事实来回答吧。这几天，我常常在沉思着如何做一个真诚的、美好的人？如何来珍惜自己的人格？这是你信中常常提及的。承熹，我会对得起你的。如果有一天，你真的认为是我破坏了你们兄妹之间的关系，那我会自动离开的。你放心，我会很好地对待叶文，要比以前更好。毛主席明知道林彪要夺权，但还称他为同志，还要找他谈话、帮助他。何况，叶文是我们的妹妹？用毛泽东思想来看问题，就是要善于团结那些和自己意见不同的人，甚至和反对过自己并且已被实践证明反对错了的人一道工作。承熹，我不想多说了，我也不想再向你保证什么了。我知道，爱情不是用甜言蜜语说来的，如果那样的话，那种爱情也是暂时的、浅薄的。真正的爱情，是心灵的相通和融合，你说对吗？我深信这句话：事实胜于雄辩。承熹，这是爱情对我们的考验呀！我心里是很难过的，想哭，但不能！我必须坚强地对待生活，对待生活中的一切大小风浪。

承熹，时间太晚了，心里的话还没说完，为了明天的工作，我不能多写了。这里静悄悄的，每个人都睡了，我也得睡了。最后，让我深深地吻你。

愿沉着、坚定！

你的毛头

1972 年 4 月 12 日深夜

甜甜：

昨天就该来信的，可是，不知怎么搞的，却没有信。昨天晚上 7 点钟才下班，很累，我想回家后一定能见到你的信，可是，希望却落空了。直到今天晚上才见到你的信，甜甜，你又病了，怎么搞的？千万要注意自己的身体呀！你身体不好，让我很担心，分别仅仅一个多月，你就生了两次病，这让我心里很难过，感到内疚，我能体会到一个病人的心情，而且，又是处在那样的条件之下。甜甜，你不要着急，不要难受，下个月，我们一定能团聚的。我现在唯一的希望，就是你能好好地爱护自己的身体，让一个健康的精神饱满的甜甜出现在我的面前。现在好了吗？快来信告诉我。

甜甜，这几天我们的工作很紧张，时常加班，就是不加班，也要学习到很晚，学习中央 12 号文件。不知你们听过没有？就是毛主席视察南方时沿途对干部的谈话纪要。因此，我常常感到睡眠不足，一上工地，就打瞌睡。今天看电影，我没有去，我要利用这个时间给你写信。

明天是星期六，甜甜，你去贵阳吗？准备什么时候回来？今天，我听到一个好消息，我们这座桥下月上旬就可能完成，这些工人 6 月份就要转战了，民兵留下一部分。甜甜，你快来信，我就去请假，到月底或月初，听到转战的消息，我就写申请，好吗？我相信，这个愿望是一定能够实现的。

甜甜，收到我这封信的时候，你一定也收到叶文给你的信了吧？我知道，你心里一定是很难过的，这给你还未痊愈的身体一定又带来了不少痛苦，这是我十分内疚的。甜甜，我不怪叶文，这是由于我平时不注意生活细节和感情上的培养，以致使她产生了想法，当然，也给她带来了一定的痛苦。她不懂事，但我也没有当好一个姐姐，虽然我时时提醒自己，但一遇到具体事，就在感情上闹别扭了，尤其是过强的自尊心和任性，在脸上就流露出来。甜甜，我不想在这里为自己申辩，今后我们有机会细谈的。因为，我相信你，我知道你也会相信我的。你是这个世界上最最了解我的人，我深信我是无愧于叶文的，也是无愧于我们的爱情的。真的，甜甜，我本来，是不想寄这封信的，因为，我想看看你的态度。但是，也就是由于我对你寄予无限的信任，所以，才把自己心里的一切想法，毫无保留地说给我最亲爱的人听。当然，有时我心里也是极不舒服的，为什么我要自寻烦恼呢？在家时，我是无忧无虑的，从来不受委屈的，可是，现在呢？在叶文的笔下，却是一个可耻的人，这简直是对我的侮辱。不过，再想一想，我爱的是你，并不是她，我不能因为跟她闹别扭，而影响我们之间的感情。今后，我要对她更好，努力克制自己，不再任性了，真正做一个姐姐的样子。甜甜，你也不必为此烦恼，就像她自己所说的“路遥知马力，日久见人心”，事实会证明一切的。今后，她也会明白谁是真心，谁是假意的。

甜甜，叶文的这封信，一定也给你带来了烦恼，这都是我不好，是我引起的。通过这件事，也使我认识到，生活在社会上，必须要善于做人，善于说话，否则，别人是不会了解你的，哪怕是你的最亲近的朋友。这也让我学到了一点生活的经验。甜甜，请你放心，我一定学会忍耐，我要很和气地对待她，但要再像以前那样，看来是不可能的了。唉！我第一次看到别人这样评价我，心里十分难受，总想哭，但眼泪又有什么用呢？

甜甜，看到你的《春耕》正在经受着“考验”，心里十分激动和高兴，我多么希望它能顺利地通过这严峻的考验呀！

排里的报纸，我是经常看的，看了一篇短篇小说和一些诗。我想，我也应该学着写一点短篇小说。不过，这里的时间太有限了，我很想念生产队里的生活，我想要是在生产队里，一定会多学一点东西的。《谈写诗的技巧》至少给我解决了一个诗的概念和什么叫诗的问题。现在，已近10点了，不多写了，电影早就散了。我唯一的希望是你要好好保重身体，不再让自己生病。这个星期日可能要休息，我再给你写信，好吗？最后，愿你一切都好！

你的毛头

1972年4月14日夜

18. 叶辛致淑君

毛头：你好！

今天一早离开久长，现在我是坐在小哥哥的办公室里给你写信。由于不方便，就写简单些，好吗？

收到信后，要迅速地去请假（或者选一个日子）。请完假后，不管上头批不批，你一定要去催催，不能因为他不批而不催，这样不好。天天催要觉得不好，就隔天去催。我与小哥哥谈了，他也希望你早日回来，不必留在那里。在催了一段日子之后，你就可以申请转战。到了临近转战时，你可再写申请，反正多写两次费不了多少事。如果按你信上说的，转战希望不大，那你就错了。毛头呀，有许多事情，你还不懂啊！你一定要听我的话，请假，催催，写申请，临近宣布名单时再写申请。否则你真想回来，有人还会不让你回来呢。不能马马虎虎，真的！毛头呀，我是多么希望你能回来呀！

收到信，如你觉得该拍电报，可以给小哥哥写信，说明原因，他会拍的。我就不拍了，好吗？

毛头，千万不要以为成竹在胸啊！

在这里给你写信较拘束，我想就少写点，回去以后，我一定写一封详详细细的长信给你，报告我这次旅途的一切情况。就写这些。

亲你！愿坚强！

你的甜甜

1972年4月15日

毛头：

我已从贵阳回到生产队，下面，我详详细细地把这次旅途的经历讲给你听。

星期六上午，我起床离开生产队时已有8点多了，踏着雨后的泥泞到了火车站。在10点14分坐上火车，11点10分就到了贵阳。在车上，我想：要是毛头跟我一起去，那有多好啊！小哥哥在站外接我，我们骑着自行车到了贵阳电厂。到了以后，洗了脸，就去吃饭。小哥哥把我带到一个陌生的女宿舍里，那里住着4个姑娘。我们和其中的一个姑娘，一起吃了一顿简易的中午饭：肉松、大头菜、酸菜汤。下午，我们同坐卡车到贵阳城内去了半个小时就回来了。我在百货商店买了一瓶辣酱，回来之后就给你写信，小哥哥忙他的事。4点钟我们同去洗澡，洗了澡回来就煮晚饭吃，是面条。大概小哥哥还在等那位姑娘，在那位姑娘来之前我已吃完，准备进城了。小哥哥送我到公共汽车站后就回去了。因为，我要看贵州省样板戏学习班演出的京剧《杜鹃山》，小哥哥已看过了。

我在城内逛了一圈，寄了信，看了看各种东西，天黑了，就进了贵州人民剧院。这是我离开上海以后3年中第一次进剧院看戏剧，戏剧的情节还好，就是演得不好，它描写的是在第一次国内革命战争时期党怎样领导一支农民暴动队伍成长的过程。主角是个女的，党代表，叫柯湘。演员们表演得不好，唱得也不好。7 点半开场，10 点 10 分散场。散了场出来，大雨倾盆，我没带雨具，冒雨回家。中途在春蕾广场一个人家躲了半个小时，在展览馆粗大的圆柱边躲了半个小时，在工人宿舍的铁门外躲了 10 分钟。但走到家，浑身上下全淋湿了，此时，已是 12 点。小哥哥在等我，他坐着看《参考消息》。我洗了脸、脚，他又煮了面条给我吃，吃完便睡了。我由于牙痛，不想睡，看报纸，但一睡着，醒来天已大亮。小哥哥比我起得早，6 点就起来了，洗衣服、做饭，8 点 20 分我才起来。起来后我看报，给上海阿五写信。不一会儿，昨天那位姑娘又来了（昨晚小哥哥是和她一起度过的），她帮着煮饭。大约 10 点半开始吃早饭，菜是咸肉、豌豆煮汤。11 点过 5 分，我们三个人一起出门。昨天说好去南站的，但小哥哥却决定进城玩，可能是那位姑娘的意思。到了贵阳，我买了一个锅、一斤榨菜、一斤饼、一斤大头菜并修好了钢笔。那位姑娘做了一件衬衫、一条裤子。在开发票时，我才晓得她叫段大琴。然后，我们一起去看了电影《亚非乒乓球邀请赛》，还有《毛主席会见尼克松》等纪录片，看完电影，我们又一人吃了一碗甜酒粑，然后，坐车回去。车很挤，真烦人。6 点到家，煮面条吃，那位姑娘和我们一起吃的。吃完面条之后，我看报，小哥哥画表，那位姑娘做杂事。8 点多她告辞走了，小哥哥未留住她。8 点半我表示要睡了，9 点我们躺下。可惜我牙痛，好久睡不着，听着发电厂轰隆隆的响声，心里很不平静，一直到睡着。第二天，6 点我们就起床了。小哥哥又陪我到车站，买了车票，我进了站。9 点，我回到久长，10点，到了生产队。

由于牙痛，我一边找草药，一边晒被子、衣服、整理房间等。一天忙下来很累，晚上早早睡了。今天一早起床，煮饭、吃饭、出工、挑粪、挑灰，一天下来累极了。回到家，我不想吃饭，就趁着薄暮给亲爱的人写信。

毛头，我真想你啊！在农村清静惯了，到了贵阳，昏头涨脑的毫无情趣，越发想你。所以，我只玩了两天就回来了。以后等你回来，我与你一起去，一定多玩几天，好吗？

你也许很想知道段大琴——你未来的嫂嫂吧？她25岁，清镇卫城人，在水电一处工作，已工作多年。小哥哥在我眼中，是个绝色的美男子，这就是我所见到的。因为，小哥哥好多东西都放在她那里，连饭碗、包等也放在那边，做衣服等也是他付的钱，我才肯定了这个事实：他们已经成熟了。她从绥阳县调来，小哥哥去年11月份来贵阳电厂，共计5个月的时间。这是我想象的。我问小哥哥："你什么时候结婚？"他先说："早呢。"后来可能觉得不妥，又说："没有条件。"我说："什么条件？"他没有回答。

毛头，这些我讲给你听，你可不要去问小哥哥。你只当不晓得，熬一熬，再过一个月，你就全看见了。若问，小哥哥对我就会有想法。这是我对你说的私房话，你千万不能去问啊，好吗？

亲爱的人，你请假了没有？会回来吗？回来吧，我真是太想你了！毛头，无论在什么时候，都想看见你，都想着你。

这几天去久长念书的娃儿脚跌断了，我就少了一个邮递员，但我尽量托人把信寄到你身边去，好吗？

让我热烈地拥抱你，深情地吻你！我心灵中的天使！愿你坚强！

你的甜甜

1972 年 4 月 18 日晚

毛头：我的彩霞！

今天是 19 日了，已经有 6 天没收到你的信了，当我收工回来听到没有信时，我什么也做不动了，只能呆坐着，望着黑夜降临的山寨，心里很悲伤。

也许，你病了？也许，活太重？也许……一连串的问号，亲爱的，你快快来信吧，我不能没有你的消息呀！

今天挑了半天粪，薅了半天洋芋，相当累，收工已是 10 点 3 刻，天都黑尽了。昨天晚上，由于想你，一直睡不着，12 点多才勉强睡着，今天早晨 6 点就醒了。只要晚上想你，夜里就做梦，一夜要醒好几次。睡不着，思念你！毛头呀，你理解甜甜的心吗？

今天是三月初六，月亮已升到空中，毛头呀，此时，你在干什么？学习、沉思还是在想念甜甜？

这几天，天很热，烈日当空。春天，真正地来到了！毛头呀，我是多么地想念你呀！越是临近 5 月，我越是想念你。在梦中，常常看见你坐在我的身边，用那双美丽动人的大眼睛望着我，有时又温柔地吻我。毛头呀，5 月的哪一天，你才能真正地坐在我的身边呢？

这次去贵阳，我认真地看了毛线，因为，我想为你、为母亲各买一斤半，可惜都是膨体的。颜色很好看，但段大琴说：“膨体的毛线穿一段会变形的。”所以，我又犹豫了。有一种颜色是淡蓝色的，比天空的蓝色还淡，我想买一斤让你织了春天穿。小哥哥说：太不经脏了（我没有说是给你买的），所以，我没有买。好在5月份你就回来了，那时，我们一起去买，好吗？

这次没去看小玮，有点遗憾，但是，小哥哥的意思是不要去了，我又不能固执己见，就依了他。

这些天来，乡村没有菜吃，有点不好过，但过几天就好了。还有，《春耕》正在“走运”，现在下断语还太早，但是，上海方面来信说：只会带来好的消息，不会有坏的消息。这是我最最高兴的事。我把它藏在心底有好几天了，我想等待进一步的喜讯。可是，最近来信说：一时下不了定论，因为，已通过第一关往上送了。这些人是很忙的，再说审定结论要等一等。毛头呀，我一直在想，要是成功，那该是多好的事啊！

毛头，很晚了，我必须做事，准备睡觉。让我在山寨祝福你——我心灵的天使！愿你健康、美丽、聪明！

深深地亲你！温存地拥抱你！愿你坚强！

你的甜甜

1972年4月19日夜10时半

毛头：

7天了，没有你的信。是你没有收到我11日的信，还是邮车停了？还是你病了？或者出了事故？天哪，你为什么不写信呀？自从小妹11日的信我17日收到之后，整整好几天，没有铁路上的消息了。

毛头呀，快快来信吧！

这个月我6日寄了一信，11日寄了一信，15日寄了一信，可是回信只有一封，你再忙，也要给我来信哪！

明天，我决定去久长给你寄信，不管怎么样，快点来信吧！我身边没有邮票，邮局又常没有邮票，去久长的人又没有，再加上我前一段有病，信写得少，你生我气了吗？毛头，亲爱的人，快来信吧！明天寄了信，星期日我再寄一封，我决定两天至3天给你寄一封，哪怕去久长寄，也不耽搁，你快来信吧！

10日以后，你怎样生活，我毫无所知，快点把你的情况告诉我。毛头，快点呀！

没有你的信，我的生活就失去了色彩，就显得混乱了。毛头呀，千万别出事啊！让我在远方祝福你，深深地亲你、安慰你！亲爱的人，常想着甜甜，给甜甜来信。啊?!

我的心乱极了……

愿你平安！

你的甜甜

1972年4月20日中午

19. 淑君致叶辛

甜甜：

转战的消息来了，据说是5月上旬。如果在这个月的20日以后，我还未收到你的那封信，就准备写申请了。如果收到信，我就立刻去请假，过后便写申请，你看如何？

甜甜，我不知道你去贵阳了没有？我 15 日寄出的信不知你收到没有？到今天已有 3 天没有给你写信了。因为，近几天经常加班。星期日天气很好，洗洗晒晒，忙了一天。前天晚上开团员大会，讨论表决新团员，我作为群众代表也参加了。会开到很晚，我中途退场也已经 10 点半了。所以，趁昨天让我们写批判稿，我就早点睡了。这段时间一直觉得睡眠不足，再加上天气热，人懒得要命，真是不好受。

甜甜，可能是等不到大桥完工就要转战了，据说是很大一批，尤其是女的。据李修英说，她哥哥已去团部开会了，如果打听到准确的消息，我就给你写信。反正这次我是无论如何要争取回去的。

我知道，你的心情一定是很不好的，我也同样如此，尤其是在深夜没有睡着或是睡不着的时候，更是如此，心里有一股莫名其妙的怒气和怨恨。我想你，想我们的未来。不，这次转战我是一定要回去的，如果失去了这个机会，就将成为我们的长别。要是真的离开你，我怎么生活下去呢？在这个世界上，理解我的只有你一个人。连天天和我生活在一起的叶文都不了解我，别人就更不用说了。我经常被认为是“落后分子”，还有一些莫须有的罪名，什么娇生惯养呀等。不过，我不怕别人说，因为每个人生活在群体中，总是要被人说的，重要的是要做一个“真正的人”，坚定不移地做自己应该做的事情，你说对吗？甜甜，我在这里生活得很不好，繁重的劳动、紧张的生活且不说，这里没有一个人真正理解我，而且，能为我说一句公平话的人也没有，实在苦恼死了，只有几滴眼泪来替我伤心。平时陪伴我的，只有你的来信和相片。我经常看你的相片，翻阅你的来信，只有这样，才能得到一点安慰。每隔4天，我就要盼你的来信。信呀，信，来自亲人的信，这才是我目前生活的唯一希望。今天没有邮车，明天，就该有信了，明天，我一定会收到你的信，对吗？甜甜。

甜甜，我常常想象我们见面时的情景，一想到这里，心里就异常激动。我有多少话要对你说呀！虽然分别仅两个多月。甜甜，我们马上就要见面了，是吗？

近来，这里的天气十分炎热，中午穿一件衬衫也会感到热，幸好在钢筋房里，可以少晒点太阳。甜甜，久长一定也很热吧？你一定要注意身体，尤其是饮食卫生，不要再生病了。甜甜，我不能再写了，差10分钟就要上班了，今天暂时写到这里，明天收到信后再给你写，好吗？最后，让我深深地吻你！

你的毛头

1972年4月18日中午

20. 叶辛致淑君

亲爱的毛头：我最亲爱的人！

今天是第9天，我已非常焦急了。今天是星期六，上个星期六的这时，我正在剧院里看《杜鹃山》。细雨蒙蒙，寒风飕飕，雾气笼罩着山寨，傍晚，我总算收到了你4月14日写的信。这封信到得太迟了，有7天。昨晚，我失眠了，神经痛，想你。12点躺下，神经痛，2点10分就醒了，一直到6点钟才又睡着。神经一扎一扎地痛，简直难受极了。我痛得呻吟起来："痛煞我了！痛煞我了！"可是，除了我的声音，深更半夜的没有人来应答。今天，我出了一天工，做田埂、铲田埂，一点也不想动脑筋，一动就痛。昨天，睡前看了一遍过去《二月》的读书笔记，回忆起了那个故事，心里才不太难受。我一定听你的话，一定注意身体，决不让病在我身上横行霸道。

还告诉你一个好消息，中央有个18号文件，原文未见，大意是疏散人员及上山下乡的知青（只要表现好的）都要回原处安排工作，回乡知青也可以在当地分配工作。听到这个消息，我很高兴，可能不久贵州省就要贯彻了。毛头，听到这个消息，你也一定非常高兴吧！回来吧，尽快回来吧！甜甜等着你呢！美好的前程在等着我们呢！我估计回原处是不大可能的，但有工作是肯定有的了。

中央12号文件生产队里比你们传达得早，我看了两遍，在罗世新那里看的。77号、14号文件我又重新看了几遍，收获很大。

你的信大部分谈了小妹的来信。小妹的来信我在17日（即从贵阳回来那天）收到，看了以后，我的确想了好久。我给她单独写了一封信，可能也快收到了。我总觉得，这样的事在你们之间是不应该发生的，既然现在已经发生了，就要正确处理，千万不能往坏处发展。毛头，你是我最亲爱的人，没有你，我会死的，你应该相信我。你是我的爱，小妹是我的小妹，也是你的小妹。如果她真把你当姐姐看待，你真把她当妹妹看待，你们之间就不会发生这种事了。要严于责己，宽以待人呀！凡事要往远处想，不要让别人说：女人头发长，见识短。如果连这些最基本的事情都处理不好，我们还谈什么作贡献呢？人们谈论一家人的不团结，用的都是轻蔑的口气。毛头，你想想，别人将怎样谈论你和小妹的不团结呢？你信上说的话很对，我也放心了，我相信，你会正确处理这件事的。平时常说“高姿态”，这时就用得着了。在这类事情上，谁的姿态高，谁就更好。我写给小妹的信上也是这么说的：要严于责己，宽以待人。目前，你们不融洽，想想对方过去的好处，就会好多了，不要尽钻死胡同。要有真正的自尊心，不要有虚伪的自尊心。毛头啊，你们都是大人了，还像小孩子似的要这种脾气，你们两个都在给我出难题呀！你们真是一点都不懂事啊！我决不会因为小妹而对你有一丝一毫的不好。

毛头，如果你这次回来，看到段大琴，再看到小哥哥怎样对她，你一定会说："小哥哥对她比对我好。"那时你心里会想些什么？

毛头，你的名字是毛头，可你不是毛头了呀。在甜甜眼里是毛头，在别人眼里，你是一个大人了。毛头，不要烦恼，不要多想，记住我的话：小妹不是坏人，你应该跟她好。你爱甜甜，甜甜爱你，这就是一切。你说对吗？

你一定很生气，气得连在信上亲我都忘了。不要生气，呵！看你，都 22 岁了，还像小玮一样。你想想小玮一生气就哇哇哭，把什么都忘了。你也是一生气就把亲甜甜也忘了，只晓得鼓起你的大眼睛，噘着嘴，连甜甜也不愿多看多想了，连甜甜也不相信了，你说："我想看看你的态度。"看你，气得饭都吃不下了吧？不要这样，毛头，真的，甜甜永远爱着你，甜甜的心永远向着你，你要永远记住我的话。

夜已深了，春雷滚滚，大雨倾盆，狗叫声不断。在这个时候，我更加想你。让我温存地亲你，抚摸着你的头发，安慰你，热烈地拥抱你！你可不能净生气了呀。最后，仍旧要给我两三天来一封信，不要忘记了你的保证。这几天盼你的信，盼得我心烦意乱。我决心 3 天给你寄一封信，哪怕我必须起大早，走到久长去寄。

愿你好！再吻你！坚强！

你的甜甜

1972年4月22日夜10时半

21. 淑君致叶辛

甜甜：

自18日给你寄出信以后，到今天22日，已是第四天了，一直没有给你写信，这算最长的一次了。但是，也一直没有见到你的来信，你在小哥哥那里寄出的一封信我收到了，第二天就立即去办了，请放心！不知道你是几日回久长的，我在14日、18日分别寄出的信不知道你收到没有，请立即来信告诉我。

我在18日寄出信以后，19日就听到一个好消息：这次转战，女的全部走，在下个月10日。这是廖宗礼告诉我们的。听到这个消息，本来想马上写信告诉你，可是这天晚上开批判会一直开到10点以后，散会后，太疲倦了，也就没有写，准备第二天中午写完后马上寄出。可是，第二天（20日）在工地上，我就病了，好不容易坚持到下班，一量体温38.5度，第三天（21日）烧仍旧未退，停留在原来的热度上。一生病，就什么也不想做，连书也看不进去。甜甜，我这个人就是缺乏毅力。今天，算是好了一点，但头仍旧有点晕，并且，右侧胸部加剧地疼起来了，不知是抬钢筋引起的还是怎么弄的？发烧是感冒引起的，因为，从前天开始，天气突然变冷了。等一会儿，我准备到营部去看一下，说实话，在床上躺两天，已够腻烦的了，我又没有睡懒觉的习惯。人就是这样矛盾，我倒想去工地了，这样一天也许会好过点儿。昨天，一夜没睡着，浑身酸痛加头晕，只得起来倚在被上。头脑里的想法又特别多，想念你，想念上海，想念爸爸妈妈。回想一下，离开了你，离开了父母，是多么不方便呀！我把你的相片看了又看，把《座右铭》紧紧地握在手中（它天天晚上陪伴着我），刚刚迷糊了一会儿，天便亮了。甜甜，在我生病的几天中，我是多么盼望你的来信呀！你不是说要给我写一封长信吗？信，信，快快飞来吧！我在这里用心迎接着你——来自亲人的信呀！

近几天心绪一直不定，要等待转战，现在就好像混一天是一天似的。廖宗礼告诉我们的消息虽然是比较可靠的，但我还有点不放心。我准备经常去催催指导员，那天我把信给他看了，他说："让连支部商量一下，因为最近比较忙，你不要着急。"前天和昨天由于生病，躺在床上，没有见到他，也没有机会谈，今天如有机会，我还得找他。这件事除叶文外，没有一个人知道，我也不想让她们知道。那天这封信，落在小刘手中，她说："贵阳电厂来信，是你小哥哥的笔迹。"当时大家都急匆匆的，当然我也没有回答她。不过，从种种迹象来看，我们这次转战是肯定的了。昨天，我躺在床上，指导员便进来了解我和顾蓉琳的家庭情况和本人情况（因为我俩正好在家），他的本子上有一大串上海知青的名字，据说，他都要了解的。我问他为什么，他说这是指导员应掌握的，并不正面回答我们。想到你以前说的，铁路上成分抠得很紧，这样看来，即使要留知青，也要留出身好的。所以，我们已做好了转战的充分准备。不过，我也不会放松这件事的，这次目的一定要达到，也能够达到的。甜甜，想到不久我们就要见面了，心里真是激动啊！

最近，我和叶文相处得很好，我生病，她对我十分关心，这使我很感激她。近来她也瘦了，思想包袱很重，主要是入团的事。这几天，她们正在排练节目，准备迎接“五一”节。

甜甜，一年多的社会实践，教育了我，锻炼了我，让我学到了不少的东西，我也深深地理解了你以前为什么要这样严格地要求我。社会上的丑恶事情太多了，现在，我更不愿接触人，哪怕别人再说我“架子大”。真的，听到这种事情，我实在厌恶死了。18 日的晚上，我们排开会，讨论新党员入党，也就是群众通过。我们十连姓陈的也是被纳新的对象。揭开她的历史，实在是太丑恶了。据说，她这次入党，全是×××搞的，他向我们连党支部说了又说，才发给她表。有人听到，有一次×××说：“时间不多了，小陈的组织问题要赶快解决。”而×××对她这样关心，也有其不可告人的目的，连陈生病他还派人给她端稀饭，并亲自来看她。为此，闹得两个连支部不团结。他的用心是：以前，他培养小欧，给他做弟媳，而把陈介绍给他们寨子里的另一个人。但小欧不干，他又想拉陈为弟媳了。重演这一幕，群众是不会通过的。姓陈的也可耻透顶，到处勾搭，认哥认弟，认亲认戚，挑拨离间，无事生非，到处造谣。连对我这样一个与她毫不相干的人也要说三道四。那天开会，我们知道详情，都很气愤，便给她来个不留情面。我们连几乎每个人都给她提了意见，随后，其他连的人也给她提了不少意见。我真想不通，这样的人，会成为“红人”！甜甜，一系列的事情教育了我，太可怕了。我不能在这里继续生活下去了，我要赶快回到你的身边，和那些人相比，我们是多么纯洁呀！

好，今天不多写了。这几天，我正在焦急地等待你的来信。今天没有信，明天有你的信吗？这封信，要收到你的信以后再寄出，我很担心我们的信会遗失或落到别人手中，因为，久长的那些小流氓很可恶。××也不是好人，总拆别人的信。最后，愿一切都好！

你的毛头

1972 年 4 月 22 日下午

甜甜：

自 14 日收到你 10 日的来信，在 18 日又收到你在贵阳寄出的信，到今天已是 25 日，才收到你 20 日的来信，整整一个星期未见你的信。在这以前，我心里一直是很焦急的。知道你去贵阳，又不知道你什么时候回来，在收到你 10 日的信以后，我在 15 日、18 日又分别寄出两封信，可是到你 20 日寄信那天，还没收到，不知何故？我很不放心，不知你现在是否收到？望速来信告之。就是由于一直没见到你的来信，前几天写了一封信，也不敢寄出，今天就一并寄上。

这几天的生活，在前几天的信中都谈了，我就不再写了。请假的事，我经常在催。据说，8 日开动员会。在这之前，我准备写申请。

从今天开始，我身体在渐渐恢复，可就是没有力气。休息了 4 天，今天去上班，但一天下来，右胸又开始有点痛，真糟糕！我想再观察几天，如果还未见好转，就决定去师部拍片。

你身体不好，真令人担心。脑神经还痛吗？一定要注意，因为，我们还年轻呀！

这封信，我不能写长了，因为上一封信很长，要不，就太厚了。

《春耕》的消息，使我很兴奋。

收到我15日、18日寄出的信，望速来信。寄上10张邮票，愿一切都好！

你的毛头

1972年4月25日晚

22. 叶辛致淑君

毛头：我的亲人！

今天是4月25日，不知为什么？最近一段时间信件来的时间拖长了。你18日寄出的这封信在途中共计7天，可能是邮车减少了？总之，我3天给你寄一封信是肯定的。

星期日我去赶场，买了点菜就回来了。昨天、今天都是上高山挖荒土，今天挖到一半时下了雨，4点就回来了。我在合作医务室拿到你的信。吃了晚饭，闩上门，在一百瓦灯泡下（小哥哥给的）给你写信。

回来吧，毛头！我的心里只有这一个声音，我盼着你，早一天回来吧！你生活得这么不愉快，这么不好，快点回来吧！小哥哥也让你回来，你必须用一切办法回来啊！

上个星期以来，我没有多看书和写东西，我一直想办法把神经性牙痛治好，目前，还没找到规律，这个病一治好，我就准备写《岩鹰》。我想在“五一”节前后一定能把这个病治好的。

我也像你一样，有很多的话要对你讲，可是，我们只能靠几天仅有的一封信来交谈，这是多么遗憾呀！毛头，回来，一定回来吧！坚决地申请回来吧！

昨天晚上2点钟醒了，一直到5点25分才睡着，想你啊！一想你就别想睡了。

最近以来，雨水不多，可能要多栽苞谷、少种稻子了，这样，可以少苦一点了。寨上的人也说：旱了，多栽些苞谷，粮食也就够吃了。

久长最近粮价很高，因为有些人家还是缺粮。米在5角钱左右一斤，苞谷在3角5分左右。

除了神经性牙痛与日夜想你这两件事时时给我带来烦恼和痛苦外，我的生活安排得很好。寨上一些年轻人都说："你现在是最幸福的了，一个人清静、自由、舒适。"我也常常拿他们与自己相比，扪心自问，确实我比他们好得多。我也反问自己：这是不是最幸福的时光？可能是的吧，没有负担，没有人来约束自己，没有什么纪律。如果身体好起来，我一定能写点好作品出来。要是你回来，我们踏着5月的春光（莎士比亚说：5月的春光，是恋爱的大好时光），鸟瞰山区自然界美丽、优雅的景致，多多学习，同时在劳动中有计划地锻炼自己，那么，再加上我们还有一点经济存款，不管在农村的时间是长（一两年）还是短（几个月），我们都可以在各方面取得一些进步，得到应有的锻炼和提高的。大队有《参考消息》，我们自己有报纸。亲爱的人，唯一的缺陷就是我们没有生活在一起，你离我是多么远啊！毛头，快点回来吧！

毛头，我们之间的感情是深厚的、热烈的，你不要以为我在爱情上仅仅是个热情的男人，我也有理智，也时时在提醒自己。无论在理智上，还是在感情上，我都希望你回来呀！

有一句格言，是死去的戴高乐（法国总统）常说的："行动起来，批评就消失了。"你要回来，这是目的，为了达到这个目的，就要行动，就要自己去争取，决不能泄气，决不能软弱。今天已是25日，明天，我设法给你寄出此信。不知哪天能到你手里？

总之，一宣布名单，第一件事就是给我写信，然后再整理东西。要是你这次不能转战，我会遗憾的。我常常想，一见面，我将会高兴到什么程度啊！

为了明天赶早，我想就写到这里，在星期五或星期六，我再给你寄一封信。

千万要对小妹好，她是甜甜的妹妹啊！

让我深情地吻你，温存地拥抱你！愿你勇敢、坚强！

你的甜甜

1972年4月25日夜

23. 淑君致叶辛

甜甜：

可恨的邮车已停3天了。自25日收到你20日的来信，我估计今天可能又该有你的信了。如果没有遗失的话（但愿如此），你也应该收到我14日、18日的信了。甜甜，明天会有你的信吗？快告诉我。等信，简直把我的心都等焦了。

甜甜，上大学的人今天已经走了，晚上7点走的。这次全团共8

人，一个贵州人，7个上海人，分别是顾瑞琳、陆为民、张慧君、田华荣、姜伟元、董逸民和王振雄。这7个人，我觉得有点奇怪。看他们走，我又回忆起我们痛苦的分别，我不是羡慕他们去读书，我羡慕他们的是从此离开了这民工生活。甜甜，我再也不愿意在这种地方生活了，无论如何也要转战，真的。甜甜，我真想你呀！一闲下来，心里就感到无限的空虚和惆怅，因为，我失去了你。每天晚上，我总是把你的相片看了又看，亲了又亲，才能渐渐入睡。每当看到明媚的春光，我就会更想你。美好的5月又来到了，甜甜，5月18日的晚上，我们还能重新踏上那条象征一切的小路吗？

最近，我的身体一直欠佳，自那次发烧以后，右胸上部一直痛，不能用力，厉害时呼吸也痛，但是，去师部拍片，也看不出什么。真糟糕！晚上又出虚汗，我害怕这胸痛会给我留下什么，由此，心里也很悲伤，更想转战回家了。

这几天，我们工作很轻松，因为已基本完成整个的钢筋任务了。“五一”节听说休息3天，以后便搞转战，据说，6日就走，所以，我想休息完便写申请，这里的生活，我实在忍受不下去了。有时，我想放声大哭，恨不能飞到你身边，扑在你怀里大哭一场！

甜甜，生活教给我的东西太多了，让我明白了许多道理。有一天，我们坐在一起的时候，我一定跟你谈谈。和许多人相比，我们的爱情是多么的珍贵和纯洁呀！甜甜，我们一定要珍惜它，让它永远纯洁无瑕，你说对吗？

这封信，本来应该中午就写，可是，我想晚上可能有你的信，然而，失望了。在睡之前，给你写上这么几句，时间已是10点多了，可是，叶文去送那些上大学的人到团部还没有回来。我不同意她去，但她不听我的。唉！有许多事情，她还不懂呀！这几天，她正在排练节目。

甜甜，我也常常想念小哥哥，他太好了。但是，他的命运很不好。你谈到段大琴，我真想去看看她。但愿她是个好人，能配得上小哥哥，你说对吗？

甜甜，你不要悲伤，毛头马上就要回到你的身边，孤独的生活即将过去，灿烂多彩的生活就会来临。今天暂时写到这里，但是这封信我必须收到你的信后才寄，因为，我给你3封信，至今未见一封回信。最后，让我在远方真诚地祝愿你——我的亲人一切都好！

你的毛头

1972年4月28日

甜甜：

昨天，我梦见你给我来信。告诉我，今天会有你的信吗？邮车已整整停了4天，今天已是第5天了。真可恨！和你的感觉一样，在我目前枯燥、乏味的生活中，不能没有你的信，否则，我的生活就更无聊了。

从今天开始，我们休息了，共两天。这个星期，我仅上了3天班。这十几天，我就休息了7天。不过，今天觉得身体好一点了，但心情一直很不好，越来越想念你，哪怕一点点的小事，都会勾起我对你的无限思念之情。离别是多么痛苦呀！命运已把我们俩连在一起了，在我的生活中，不能没有你，在你的生活中，也不能没有我。甜甜，今天休息，我一点儿事也不想做。外面春光明媚，本来准备洗洗被子，一旦宣布转战，也就省事了。可是，这几天却非常乏力，所以，也只好将就了。不过，不做事情，就更加剧了对你的思念。不知你这会儿在干什么？也许，你去赶场了？也许，你正在家里忙着家务（本不应你做的事）？也许，你一个人在呆呆地沉思默想，想着远方的亲人？也许，你也和我一样，正在为亲人书写一封热情洋溢的信？

甜甜，上星期四的晚上，我们看了电影《摘苹果的时候》，真有趣。但遗憾的是，你却没能和我一起看。甜甜，再过几天，我就能回到你的身边了，到那时，我们一定到贵阳去玩一玩，去看电影、看戏剧，好吗？

甜甜，近来我很懒，不看书，也不写诗，你知道了一定会生我的气的。就是日常的生活小事，我也很少做，都是叶文和周太碧帮我做的，这都是可恨的病给我造成的。有时我也想到这样不好，年轻时不学习，将来就成了无用之人。但有时却想，反正这一辈子就这样了，一切都是靠命的。就像这次张慧君和王振雄去上大学一样，你说呢？

甜甜，这会儿是下午4点，晚上，大部分人都要去团部，叶文她们也要去团部会演，我再给你写，好吗？

你的毛头

1972年4月30日下午4时

甜甜：

现在已是晚上10点多钟了，可是，叶文她们去团部会演还没有回来。晚饭后，好多人都去团部了，我觉得十分无聊，屋里又没有电灯，就站在门口看了一会儿篮球比赛，真没趣！金色的彩霞映红了天边，给大地披上了一层五彩的盛装，煞是好看。我就和小汪一起出外闲逛，听说镇宁放电影，我俩便看了一会儿《南江村的妇女》。兴趣不大，便回家了。

甜甜，这个月转战是肯定的了。有人说要么知青全部走，要么一个也不走。又听说铁路局要在这里招收50名知青。不过，随便怎么样，也不会动摇我转战的决心，反正，我只有一个目标——回到甜甜的身边。现在，指导员还在了解每一个知青的情况，我们每人写了一张情况表。

甜甜，从你的信中看出你很悲观。你为什么又胡思乱想呢？我很难过，但我又不知道怎样来安慰你。不，你不要这样悲伤，我们都是好人，命运是不会委屈好人的，对吗？

甜甜，今天是星期日，不会有信，明天又是"五一"节，也不会有邮车，我等不到你的信了，否则，26日寄出的信到明天就有5天了，我决定明天把这封信寄出。最后，愿坚定、沉着！

你的毛头

1972年4月30日晚11时

甜甜：

本来这封信是应该今天寄的，可是我又想到今天是“五一”节，今天寄信和明天寄信都是一样的，并且到晚上还可以再写上几句。事情就那么凑巧，今天我同时收到你23日、26日寄的两封信，也收到小哥哥和姜晓华的来信，特别高兴。

甜甜，近来可能邮车少了，信来得很晚。我又不敢再寄，因为，我害怕我们的信会遗失或落在别人的手中，这将是一件很麻烦的事情，你说对吗？自26日我去谷陇寄出一封信外，到今天，已有5天没有给你寄信了，原因就在这里。因为，我自15日、18日、26日寄出3封信后，到今天才见到你的回信，叫我怎么能放心呢？我隔一天给你写一封信，但又没有勇气寄出。不过，现在已基本找到原因了，所以，我保证3天给你寄一封信，好吗？

甜甜，你真是我的甜甜，看了你的信后，我心里荡漾着一股甜滋滋的感觉。我一定听你的话，对小妹好。其实，我也这样做了，真的。

关于转战，这里传说不少。有的说女的全走，有的又说不一定，还有的说知青不走，但是，不管怎么样，我是一定要转战的。据说，政委已去开会了，开4天，就是关于此事，时间反正是中旬左右。还传说，10日以后团部就要撤销，并入十三处。如果这样的话，我们女的就有可能全部回去了。

这次，上大学的人，全都回上海了。

甜甜，今天就写到这里吧，明天又该上班去了。最后，让我在这里深深地吻你！甜甜，我常常晚上睡不着，真想你呀！有时想起来，真恨不能飞到你身边，在这里，我好像一天也忍耐不下去了！

甜甜，你告诉我的消息，真好呀！要是真能这样的话，那该多幸福啊！

愿一切都好！

你的毛头

1972 年 5 月 1 日晚

24. 叶辛致淑君

毛头：我亲爱的人！

26 日的来信今天收到。15 日、18 日你寄的信，也均收到，勿念。今天是 5 月 1 日，劳动节。从 18 日至 26 日，你 9 天才给我寄一封信。在 28 日收到廖宗礼的信，信件拖缓的原因是邮车由两天一班改为 3 天一班了，这是我算了又算得出的结论。可能铁路上人太少了，也可能还有其他原因。

在上星期四我寄出一封信，本来昨天应寄信，可在这么久没收到你的来信，我决定再等一天。果然今天有信了。今天，薅洋芋，相当累。现在实行包工定额（你看报纸就晓得了），我今天得了 20 分。目前一边煮饭一边写信。

在廖宗礼的信中我晓得你病了，因此，我觉得你一时间不会来信。而且，他说 10 日左右就回家，我就决心等了。愿毛头的病痊愈，无后患！

要谈的事情很多，一一叙来吧。

慰问团老姚与老孙这次来久长了。1. 他们证实了我上次听到的

18 号文件是确实的。2. 他们说：今年之内知青基本分完，希望我们在最后几个月内坚持与贫下中农相结合，留下好印象。分配定于七八月份开始。3. 他们来此是处理××的事情，她和癞痢头通奸十多次，被公社、大队、小队的干部当场捉住，慰问团来此就为处理此事。报此案的是癞痢头的婆娘。因为，袁廷开目前在公社教书，他把详情告诉了我，否则我只晓得皮毛，而事情全公社都知道了。

由于一系列的消息，我的心也安了。因为，即使目前进行正常的《春耕》以失败告终，我们的未来也有着落了，可以有工作聊以度日。当然，对于××之类的丑事，我是深恶痛绝的。这类事我讲得太多了，我不想多讲，希望你能对现实的生活有一个正确的认识。

对于今后，我想得很少，这几天在构思《岩鹰》，并写了四节草稿，我想逐步写完它。同时，我觉得必须重新理解人的生存意义这个概念，从新的角度来写“雷雨田”这个英雄人物。

我自己也在想，这 3 年多的插队落户生活是否正确？人应不应该像目前这样生活？就像对小说新的认识一样，我觉得我必须重新认识一切。

作为 30 亿人口中还有 1/3 是文盲的这个世界，我懂得的事情太多了。但是，怎样更正确地认识世界，更好地生活，我觉得我知道的还太少，还是一个学生。

5 月份你和小妹都不回来，我就回上海，这是早就有的想法。

我诚心诚意地希望你回来，真的，这一直是我的心愿。

今天是“五一”国际劳动节，已经 7 点 40 分了，你们一定在玩吧？

“出路”，我从小的时候就想这个问题，今年终于要有眉目了。

这对我来说，未免有点早，可是，命运和机遇不是冲着人情来的。

我要生活，就必须思索，想人生的问题，想写什么的问题，想生活环境中的问题，想我本人的问题。但想得最多的自然是写作。由于手头没有书，我需要回想，需要追忆。

神经痛并非用脑所致，是由于牙痛引起的，目前尚未好。病根在牙齿，我必须用好多精力来对付牙痛。牙痛，痛煞无人懂，痛过的人才能有体会。

上星期四我去白马洞，星期五我休息在家，星期六挑粪护田埂，星期日赶场，我买了点菜，今天又是一天。如果牙不痛，我可能会看更多的书，写更多的小说草稿，生活得更好。但是，这也不是我想让它不痛就不痛的了。每天夜里12点以后，神经上就像有一条虫子在咬一样，真有点可怕。我常常是坐起来看枯燥无味的《回忆录》(《辛亥革命回忆录》)，而忍受痛苦。

想到我们最多还有半个月就可以见面了，我就非常激动。我常想，见了面第一句我要对你说什么？我们又会怎样？

毛头，如果一宣布名单，你就迅速给我来信！一定！

要爱惜自己的名誉，要有真正的自尊心。这类问题，我讲了很多，我希望你再多往这方面想想。像小汤与小陈之类的事，你的认识仍然是肤浅的。对×××这一类事的认识你也不深。是的，因为你只看到了涂过色彩的世界而没有看到世界上真实的东西。往往有许多人，死了还不明白这真实的东西是什么。这就需要学习，需要不断提高。毛主席每天都要看两遍《参考消息》，学习思索。你呢？你很满足于八小时的劳动以及洗了头发，洗了衣服，然后，轻松地过一天。要做一个真正的人，就应该有真正的生活。也许，这一类问题在你的脑子里还从来未出现过：世界上还有多少人迫于贫困，度于饥寒？同时，世界上还有一些人，一件衬衫只要穿脏了就丢进废纸篓，别人给他拾起来洗干净烫好送回去，他还感到奇怪！小时候我看过一本《南北极》。目前这种“南北极”还存在呀！多想想远大的东西，我们的心胸就会豁然宽广起来的。

毛头，希望你能在看到我这封信的时候，就晓得你转不转战了。我是多么希望你回来呀！而且，我心里又有多少话要对你说呀！

命运的指示器究竟能指向何方，在我心里仍是一个谜。你这样有把握，我就更担心了。很小的时候，在北京车站，在殡仪馆里，我就感觉到一种难以忍受的心情压迫着我的心胸。生离死别，对我是最可怕的事情，我常常感到难以忍受。要是这一次你能回来而又争取不到的话，那么，在渺茫不可知的未来，我们恐怕连见面的机会都是极少的了，更不要谈其他想象中的事了。

回来吧，毛头！

你的甜甜在召唤着你呢！你应该表现出你最大的勇敢，争取回来。

本来还想写，但我生怕送信的中学生睡觉了，所以，必须结束此信到他家去。

深深地吻你！热烈地拥抱你！愿勇敢、坚强！

你的甜甜

1972年5月1日夜9时半

【附笔】

这封信的最后，提到我请寨子上去久长街上读书的中学生捎带寄信的事。在这之前和之后很长很长的一段乡居岁月里，我写给恋人的信，都是请上街的人带去的。当然，有一些我认为是很重要的长信，是我自己走上10里地，到久长邮电所寄出的。

至今我还记得那个公路旁的邮电所，起先它设在川黔公路边的一幢小木屋里，后来上面拨下钱来，邮电所搬到街的这一头，修在公路旁的一幢二层小楼里。我也还记得那个走村串寨为我送信的乡邮递员小丁，在上海的邮电报上，我还为他写过一篇散文。在编选这本《往日的情书》集时，可惜我怎么也找不到这篇散文了，这不能不说是一件憾事。

我寄信不易，她在铁路会战工地上寄一封信更难。从我们劳动的工地，不论是先期的岩英工地，还是鲤鱼塘工地，走到区政府所在地谷陇区，一个苗族聚居、民族风情浓郁的小乡场，整整要走16里山路。也正是因为如此，我们双方才会不约而同地把这些纸片发黄起皱、不少信笺被雨水浸透的情书，从那些年里一直保留至今。

上面的这封信，是淑君在铁路工地上时，我写给她的最后一封信。从这以后，她很快就回到山寨，怕她收不到我的信，我就没再给她写。所以，后面的五封书信，都是她在结束我们分离的5月里陆续写来的。

25. 淑君致叶辛

甜甜：我的爱！

今天信来了，可是没有你的信，这让我十分失望。不过，我决不会忘记自己的诺言，3 天给你寄一封信。我 2 日寄出了一封信，这封信准备后天给你寄出。

甜甜，最近，天气真热。这会儿，我刚洗完了衣服，时间已近 10 点了，但我还要给你写上几句话。甜甜，你这会儿在干什么呢？想来现在正是农忙季节，白天劳动一定非常累吧？让我在这里亲切地安慰你，乖乖地睡吧！不要胡思乱想了。你神经痛好点了没有？白天劳动的时候，我常常想着你，真为你的身体担心呀！你一定要保重好身体，你不是说过，我们还要共同生活几十年吗？你身体不好，这怎么能行呢？我在想，你的神经痛，可能是神经衰弱引起的，你可以去医院买点维生素吃，要是不给，你就自己去买，反正这药对脑神经是有好处的，我希望你长期服用。甜甜，你听我的话吗？

甜甜，我现在晚上睡不着，常常感到自己好像很快要离开这里似的，想到的都是如何整理东西和回去后的情景。激动起来，恨不得天亮就走。但有时又觉得黑夜太漫长了，常常是睁着眼睛等到天亮。这里最近的传说特别多，常常扰乱我的心。反正今天团长们就要回来了，回来以后，就可以知道一切了。甜甜，转战的决心，我是决不会动摇的。

从明天开始，我们就要离开钢筋房了，因为，那里的工作已经全部完成了，我们要去筛沙，这又是一种艰苦的工作。

甜甜，我每天总是要把你的名字在心里默念几十遍，你时时在我的心里呀！

今天，暂时写到这里吧，因为时间太晚了。甜甜，你睡了吗？让我们在梦中相见吧！最后，让我深情地吻你！愿一切都好！

你的毛头

1972年5月3日晚

甜甜：我的亲人！

今天是“五四”青年节，本来说要休息的，可是，没有休息，这会儿，在十一连开庆祝会，各连队会演。我没有去，趁此时给你写信。因为，我想明天把这封信寄出，否则，你又该着急了。

甜甜，我在上月26日及本月2日寄出的信，不知收到没有？照理今天我也该收到你的来信了，可是今天没来邮车。甜甜，明天总该有你的信了吧？如果明天再收不到你的信，我心里又要难过了。

从今天开始，我们已离开钢筋房，在外面筛沙。最近，天气十分炎热，穿一件衬衫都感到热，这样真是够呛！甜甜，今天我们劳动了一半，就下起雷阵雨，电闪雷鸣，我不由得想到前年8月份的那件事。甜甜，你害怕吗？我想你一定也害怕了，让我在这里安慰你好吗？等我回去了，遇到下雨天，我一定陪着你。甜甜，你不要难过，我的心，是永远和你在一起的。你感到难过了，或者是孤独了，就想想我们纯洁、真诚的爱情，这样你就会感到高兴的。甜甜，和许许多多人相比我感到很自豪。虽然表面上他们要比我们光彩得多，但内心世界呢？我们比他们纯洁多了。我常常在想，我要真正无愧于“人”

的称号。

甜甜，现在正值春耕大忙时节，劳动累吗？不要太逞能了，不能胜任的劳动决不要去做，累了就休息一天，像上次病还未痊愈，你就去出工，不但从经济上说不合算，更重要的是对身体不利。你不为自己，至少也要想到我呀！过去你是这样教育我的，可是到你自己的身上为什么就不这样做了呢？

甜甜，这里的怪事太多了，平时丢失小东西不说，竟有人乱翻别人的床，甚至还有人私拆别人的信并把信丢进厕所里，真是可耻到极点了！甜甜，生活中的一切小事，我都会谨慎处理的，请你放心！我总觉得在这样的环境里生活，太可怕了。

这几天，转战的消息又好像平静了，到底如何，等团长回来就知道了。一旦有确切的消息，我马上就写申请。我准备这几天找个机会，和指导员谈谈。总之，我是一定要回去的。甜甜，我们如果再分别下去，会把我们都想死的。命运已紧紧地把我们拴在一起了！

听说我们今后的出路，就是这五小工厂。对这样的工厂，我实在是不感兴趣，我不稀罕这样的工作。我总是在想，让我们再在农村过一段清静、自由的生活吧，也许，在农村的生活，是我们一生中最美好的时光呢！所以，我必须尽快回去。甜甜，我们真是命苦，有人说像我们这样的年龄，正是一生中的黄金时代，可是，我们却在这穷山僻壤里慢慢地消磨着！

甜甜，昨晚写了信以后，我说我们会在梦中相见的，果然在梦中看见了你，你带着小玮去游泳，真有趣！可是，一觉醒来，看到的却是油毛毡工棚，真失望，原来是梦。

现在，我和小妹相处得很好，请放心。虽然我们俩嘴上都没有说，但是，读了你的来信，我们都听你的话了。

我的胸痛比前几天好多了，但就是用不了力，吃力不得，一吃力，就又要痛，真不知今后该怎么办。

甜甜，不多写了，让我在这里热烈地拥抱你，深深地吻你！你要好好地生活，毛头不久就会回到你的身边。最后，愿坚定！

你的毛头

1972 年 5 月 4 日晚

甜甜：

昨天刚刚寄出一封信，晚上就收到你的来信。今天，趁中午休息的时候，给你写上几句话。

甜甜，团长已于前天回来了，昨天连长开了一天会，今天又开了半天。在工地上，我们听到了一个好消息，激动得都跳了起来。据说，明天开动员会，11 日就走，乘火车到扎佐下车。全团只留 300 人。女的只留下少数知青和有城镇户口的，这样，我想我是很可能回去的。我的计划是这样：动员大会后，我马上就找指导员谈，坚决要求回去。甜甜，见面的日子就在眼前，我心里激动极了。这样一来，我回去是很有把握的了。

甜甜，你的来信我看了一遍又一遍，沉思了很久，想的也很多，让我们见面时谈好吗？

甜甜，收到这封信，你不必再来信了，宣布名单后我立即给你写信。

不多写了，让我在这里深深地吻你吧！愿愉快！

你的毛头

1972 年 5 月 6 日中午

【附笔】

正如 1972 年 5 月 6 日淑君信中所说，一个星期之后，她就和转战的民兵们一起回到了我们插队落户的山寨。她在杨柳大队，我在永兴大队。我们两个寨子只隔一个山垭口，步行只有 15 分钟。

她是一个人回到那个叫大坝的生产队的。因为原先的知青屋已归还屋主，而队里专为知青们修建的泥墙茅屋，又让一家房子被烧的贵阳下放户暂住，她就在这幢茅屋右侧的小间里住下了。

我帮她安顿下来，为她买炉子、挑煤、砍引火的干柴、把谷子磨成米、换面条等。休息了几天之后，由于她和贵阳的哥哥、姐姐分别也足足有一年半之久了，所以，在乡间住了一个星期，就只身上了贵阳。

于是，便有了后面这 3 封她在贵阳写给我的短信。

甜甜：

自分手以后，车上很挤，我一直站到贵阳。下车后，按照你说的路线，没走一点冤枉路，顺利地找到了清电工程队。可是，屋子里却没有一个人。别人告诉我，小哥哥去段大琴那里吃饭了。于是，就有一个人到上面喊小哥哥。小哥哥便来把我领到段大琴那里，段大琴在路口接我们。

下午，他们都上班了，我也实在疲倦得很，就倒在小哥哥床上美美地睡了一觉，醒来已是4点多了。我给家里写了一封信，小哥哥求人把它寄了。

姐姐到底回来没有，小哥哥也不清楚，我们约好明天一同到姐姐那里去。甜甜，仅仅离开你一天的时间，就十分想念你了，我想，如果姐姐不在的话，我就提前回去。

甜甜，这会儿刚刚吃了午饭没多久，午饭是小哥哥煮的。我们三人一起吃了饭，小哥哥马上就到隔壁去开会了。段大琴和我坐了一会儿，也谈不出什么（因为她把我当小孩子看待，其实她才二十五六岁），就去上班了。

甜甜，今天是“四一八”，少数民族的节日，贵阳煞是热闹，小哥哥说，早点吃晚饭，到贵阳去看一下，我想也好，开开眼界，增加一点知识。

这里的生活也是极其乏味的，小哥哥近来工作又忙，会议又多，我想进城去，一个人又不方便，而且小哥哥也不会允许的，所以，只好耐心地等到明天。现在，我倒特别想念起小玮来了。

甜甜，这几天牙还痛吗？劳动累吗？一定也想我了吧！甜甜，只有你，才是我唯一的亲人，哥哥姐姐都不能代替你，真的！虽然人在这里，但我的心却时刻牵挂着你。

小哥哥准备10月份去上海探亲，所以，我也只好打消了那个念头。

小哥哥这里没有信封，这封信只能明天寄了，你一定要责备我吧？让我在这里深情地吻你！

愿你一切都好！

你的毛头

1972年5月20日

甜甜：你好！

上一封信收到了吧？

星期日，和小哥哥、段大琴一起去姐姐家，姐姐也正好是星期五回来的，奶奶没有来，只带来了小刚。这一下，家里就像造了反一样，小刚暂时找不到人带，幼儿园要到6月1日才能进，所以，我只好帮他们带几天了。孩子是可爱的，但管起来也真够呛，小玮还不懂事，两个人一天打好几仗，家里也搞得乱七八糟的，根本别想再做别的事情了。进城也抽不出时间，只能等星期日再说了。

据姐姐说，小哥哥10月份要回上海去结婚，我也想不出送给他们什么东西；我准备给他一丈布票和30元钱，让他们自己买东西，你说行吗？

上星期六晚上到商店逛了一圈，商店里什么东西也没有，一件事也没有办，只能等星期日了。事情往往没有想象的那么容易。

甜甜，我准备下月初回去。小哥哥可能会送我，具体什么时候，再写信告诉你，好吗？

你牙还痛吗？劳动吃力吗？晚上，躺在床上，我常常想你！今天，只能写这些了，你要原谅我。因为仅写这几个字，小刚已把水洒得满房间都是了，真没办法！让我亲切地拥抱你！深深地吻你！愿好！

你的毛头

1972 年 5 月 23 日晨

甜甜：我亲爱的人！

我决定在本月 31 日早晨乘 312 次列车回去，小哥哥不能和我同来了，因为，他有事。

今天我带小玮进城，办一点事。好，就写这么几句了。愿一切都好！

你的毛头

1972 年 5 月 28 日

（现在，我在小哥哥这里，只能匆匆写这么几句，你原谅我吗？一切面谈。）

【附笔】

1972 年 5 月底，淑君从贵阳二戈寨她姐姐家里回到山寨，我们在乡间经历了从春耕、栽插到秋收三个季节。

秋收以后，不断地有关于知识青年上调的消息传到大山里来，有矿山来招工的，有商业系统来招营业员的，有参军的，也有本省本地区的中专技校酝酿招生的。男女知青们不断地往公社、县城里跑，去探听消息，去走门路，去给一些掌权人物送上一份又一份礼品。

我和淑君静静地生活在各自的山寨上。我们一个星期保持见两次面，一次定在赶场那天，一次定在星期三的黄昏。其余的日子，我们就在生产队里出工劳动。劳动之余，我抽清晨和傍晚的时间写作，把自己草草写成的东西，拿给她看。她是我所有习作的第一个读者。

记得有一个星期三的傍晚，我照往常约定的时间，收工以后，到她那里去。她的屋门锁着，炉里的火熄了。住在隔壁贵阳下放户的女儿，一个叫大猫的小学生告诉我，王阿姨和她的爸爸妈妈，出工还没回来。

于是乎我就在屋檐下等，薄暮逐渐浓重，天擦黑了，十几步外就看不见人影。我想她回来一定晚了，就找出一些苞谷糊糊，引燃火，把炉子生起来。炉火旺旺炽炽地空燃着，我又站到屋檐下，下放户家的两口子先后回来了，她还没有回来。只听大猫的妈妈说：小王还要等一阵才能收工，想必她的农活没干完，还在干。我的表已指向8点10分，天完全黑了。在我等得几乎绝望时，才听到小路上传来轻微的脚步声，我迎上前去，看见背着一个大背篼的她，正朝我走来。一看见我站在她面前，她就啜泣起来。

进了屋，我看到她一脸的疲倦，连忙煮开水下面条。当小屋里点起油灯，我们吃着面条时，她说，若不是我在等她，她累得真想趴下就睡了……

从这件小事上可以看出，我们的插队生活是多么清贫和累人。

9月份，我的生活有了一丝改变。大队决定让我到小学校去教书，并且说，凡是条件较好的耕读小学，3年之内将全部由民办转成公办（后来事实也这么实现了）。这就是说，即使我以后得不到其他的工作，也可以在砂锅寨以教书度日。逐渐适应了耕读小学的教师工作，我时常认真地环视周围的山山水水，静下心来考虑一辈子当一个荒僻山寨上的乡民的可能性。

秋天，关于知识青年上调的可能性的传言越来越多，很多男女知青都呆在寨子上，等待着分配。

可一入冬，一个由北京传来的消息让知青们呆住了。由于连年的文化大革命，国民经济状况已到了崩溃的边缘，国家决定冻结3年招工指标。这对跃跃欲试地等待着工作的知识青年们来说，无疑是浇了一大瓢冷水。很多知青回上海去了，连从铁路工地上最后回生产队的妹妹叶文，也回了上海。

我有教务在身，不能回去。就在这个时候，淑君有幸被水电厂招收为学徒工，很快就去工厂报到了。

在重新相聚了半年之后，我们又开始了别离，长久的别离。这对我们的恋情来说，确乎是一个考验，严峻的考验。因为，在相恋的男女知青中，一方先得到工作，而把另一方无情地甩了的事，我们已经听得太多太多了呀！

从那时起，直到我们结婚，我们一直分离着。维系着我们纯真爱情的，就是我们写给对方的封封书信。这中间，尤其对我，在乡居岁月里和她之间的通信，就显得格外珍贵。

承熹：你好！

17 日在车站匆匆分别，情况的变化是太突然了，以致使人根本没有考虑的余地。我理解你的心情，相处在一起，突然的分别，是令人难受的。但是，你也不要太悲伤了，仔细想来，总要有这么一天的，既然它已经来临了，我们就应该正确地对待它。第一，要注意身体；第二，你应该在文学方面作更大的努力，决不能消沉。

17 日晚上 12 点才到贵阳，第二天一早，小哥哥又替我去电站报了到，我在家洗衣、洗被，天气又不好，衣服全是在电炉上烤干的。19 日进城，下午去姐姐家，和姐姐匆匆见了一面，第二天（20 日）一早就回贵阳，整理行装当天就把行李托运到汽车站，21 日就到这里集中。这几天由于人员还未来齐，加上准备工作还没做好，暂时没事做，可能再过两三天就要开始集中学习了。据说，学习完了之后再分工种和地方，这里只是暂时的。

农村最近如何？什么时候放寒假？昨天在汽车站碰到王璐珍，她准备月底回去，而郁慧娟、秦维升、李菲菲、柴国芳……27 人都分到化肥厂。听说县里剩下的大多是些出身不好的，这可苦了这批人了。

承熹，你回上海以前，请去我哥哥那里一次，请把剩余的肥皂和我的漱口缸，还有空的大口瓶，带到小哥哥那里。另外，小哥哥正在托人买手表，请你把我应得的钱也带去好吗？谢谢！

3 年的时间是漫长而又短暂的，我只希望我们在这 3 年中，为祖国多贡献一点力量。我也诚恳地希望你能在这 3 年中，为祖国的文学事业做出一点成就来。

昨天，听我们的书记说，学习生活是很紧张的，除了学习政治，还要学习业务课，参加劳动。我简直有点害怕。不过，我有信心，有决心来学好它。

承熹，今后学习紧张了，我可能不能遵守自己的诺言，一个星期不能写一封信，望你原谅！今天暂写到此。祝身体健康！

淑君

1972 年 12 月 22 日

（如果你来不及去小哥哥那里，请把你几日、乘几次车回去写信告诉小哥哥，他会到车站接你。不过最好能去一次。）

26. 叶辛致淑君

毛头：亲爱的毛头，我的亲人啊！

你去了！像梦，可这又是千真万确的事实。在火车站，我几次要掉下泪来，但我强忍住了。你说，3 年。啊，3 年啊！我不敢再看你，再看一眼，我就要放声大哭了。当我走出百步之外，回过头来，朦朦胧胧的什么也看不见了。一踏上那条公路，我的眼泪再也忍不住了。大雾笼罩着寂静的山林，我的心上像插了一把刀，脚也迈不动了，我克制着自己，继续往前走。到家一坐下，就再也站不起来了。我就偷偷地哭起来，直到 5 点多了，才想起要拿被子。走出那条熟悉的小路，我不停地哭。一切，已成为过去。而未来，还有什么希望呢？分离，真是揪心的痛苦啊！离开上海，离开朋友们，我尝过分离的滋味，可现在，我简直支持不住了。毛头，我现在唯一的想法，就是不准备活下去了。

这是一个没有准备的巨大的转变啊！

这明明是喜事，可我为什么这么悲伤呢？我悲伤的是离别，不是你走上了工作岗位。为什么真诚的爱情得不到结果而偏偏是这样呢？等待着你的，是平静的“天天如此”的生活；等待着我的呢，也是平静的“天天如死水”一般的生活。这个世界并不需要我啊，我为什么要分居两地呢？

事实上，你对我再好也是没用了。你说：“我再也不会对第二个人好了。”我该满足了，我还需要什么呢？毛头啊，我再也看不见你了，你是我的生命啊！一个人能感觉不到自己生命的存在吗？

3 年多的友情，3 年多的爱，3 年来有多少个甜蜜的白天和夜晚，有多少回忆和憧憬，一下子，全要结束了，我的心呀，怎么能忍受呢？

从大坝回来，下了点雨，吃完饭就上床给你写信，写的是伤感的信。你去了，让我祝福你：平安、幸福、好好学习、好好工作、天天向上、尊重自己。最后，不要忘记我。我写不下去了，我又哭了。

我 23 岁了，像这样伤心地哭，还是第一次。现在我叫毛头，再也没有人应声了。毛头啊，你能理解我吗？

哭声惊动了寨上的人，他们来劝我“放宽心”，“去修文看看”。他们以为我为了工作而哭，他们哪里能理解我呢？毛头，我是和你分离才伤心呀！

我忘了拿钱，你一定责备我了。实际上，我看了你那张纸条，心里全乱了，什么心思也没有了。你要原谅我，等过了这段日子，你需要的东西，我会设法给你送去，你要原谅我啊！

好心的农民们在门外问我，我能回答什么呢？我只能把哭声掩盖住啊！（12 月 17 日夜里）

我哭了整整一夜，6 点就起床了，眼睛肿了，脸更难看了，洗衣服，下面条，开始我第一天孤单的生活。11 点 10 分下课，回来煮饭。吃完饭，洗完衣裳，回来再给你写上几句话。以后我天天写，放在一起，当信寄给你。这是我生活的记录，也好让你感觉到我似乎在你的身边。除了上课，我什么也不想做，一静下来，就想哭。我想着你的一举一动，想到你的一切，心里就温暖多了。毛头，什么时候在贵阳，你要好好照一张相，寄给我，要放大的，或者是底片，我拿去放。我要把你的相片装在镜框里，放在枕边，时时看着你，好吗？这样，我生活下去，才有力量，才有干劲。你能办到吗？（18 日中午）

放学了，我去大坝背回了你的东西，又落泪了。我不敢在那条小路上走，一走就要哭。往事像缭绕的烟雾，一直浮现在我的脑海里。亲人啊，这样下去怎么办？我叫了一个学生跟我一起走，尽量不去想过去。青松林子，松树林子，曲折的小路，全变得难看起来，它们已经失去了绚丽的色彩，只留下伤感、回忆。毛头啊，你在贵阳，休息得好吗？你要工作了，我竟忘了送你一件有意义的东西，这全是心里难过造成的。临别，竟一句祝福的话也没说，真不应该呀！你要理解我，原谅我，好吗？会吗？给你写信，我的心情好一点，失去了你，我真想去死呀！一个人的感情，只能对唯一的心上人好，这是我的理解，我也这么做了。我不敢展望今后怎么样，更不敢回想往事。青春中最美好的 4 年啊，是你陪伴着我度过的。高尔基说过："世界上的幸福全是靠了女人的好奇心得来的。”是你，给我暗淡的生活带来幸福、光明和温暖；是你，鼓起我生活的勇气，鼓起我重新写作的信心。但是，现在你却离我远去了。我说过：“在这个世界上我只爱一个女人，我要永远忠实于她，我的一生都要为她活着，我也只能恋爱一次。”如果说这个世界上什么丑事都有，那么，在我的心里只有这一片是洁白、真实、纯洁的。也只有对你，我才暴露了自己的全部，从过去到现在，从灵魂到肉体，从思想到我的心。我对揆初说过，我只爱一个人，哪怕她会变得讨厌。而且你，我亲爱的毛头，永远是那么温柔、美丽、可爱，我怎么能不难受呢？我怎么能不把你当成生命旅程中的一盏明灯呢？毛头，你要原谅我对不住你的地方，那是因为我的感情、怪性格、多思多愁多疑；那也是因为我爱你啊！你能原谅我吗？我的心呀，乱极了。

我不敢多写，否则，一封信会写不完的。(18 日薄暮)

又一天过去了。上午上课，下午学生不多，想去久长给你寄钱，但到了邮局，邮局人都去修文开会了。又去罗名那里，要求他今后多多帮忙，他是一口答应的。县化肥厂招人了，久长去了 3 个：成立伟、夏隆昌、王移风，通知刚到。据说名单是田政委搞的，依据有两条：1. 铁路转战知青；2. 尽量要出身稍好的。小妹回去是对了。顶着毛毛细雨，怀着忧悒的心情，回到队里。我并不羡慕去化肥厂的人，等待他们的，是三班倒，是勾心斗角的生活。

邮局只留下送信的麻子，不办寄钱手续，毛头，只能到星期日再给你寄钱了。收到小妹平安到沪的信，收到夏定先催我回沪的信，我心里乱极了。人人都有一个归宿，我呢，毛头啊，和你一分离，每天晚上，整夜整夜地失眠。昨晚，鸭儿家挂红，放鞭炮。我一个人孤单地呆在黑屋里，想起了《红楼梦》的结尾：贾宝玉与薛宝钗在办婚礼，林黛玉死去了。人间啊，处处是鲜明的对照，我又哭了。我一直在问自己：我怎么办呢？吃了饭，早早地上床看了一会儿报纸，9点多了，给亲人写上几笔。一天，又过去了。（19日夜里）

毛头，烦人的一天眼看着又过去了。早上起床，去上课，归来烧饭吃饭看一会儿报纸，又去上课。下课了，回来吃晚饭，吃了又坐在床上。这也叫生活吗？今天，你一定到了新的单位，也准备睡在陌生的屋里了，我怎么也想象不出来，你的新生活将怎样开始？来信吧，我太想你了，太想你了。我真害怕，这样下去，我怕要死的，我不能没有你呀！毛头，我时时想哭，有人一提起你，我的眼睛就红了。这几天，眼睛一直是肿的。从小到现在，23年来我流的泪，还没有这几天流的多。我不是软弱的人，可我不能没有你。我把你的两条辫子天天贴在心上，那是亲人的呀！看见这两条辫子，就像看见了你，想起了你对我的深情厚谊，想起你对我的关怀，想起你那双动人的大眼睛。毛头，每过5天，你给我来一封信，好吗？每5天，一定要写，可以吗？再忙也要写，你愿意吗？愿意给苦命的甜甜写信吗？你说呀！若是你在我身边，就会微微地仰起头，表示同意，或者深情地一笑，或者轻轻地“嗯”一声。现在，你同意吗？我天天给你写信，也常给你寄信，好吗？你要怕，我就把信封写得像姑娘写的。你可以把叶文的照片放在显眼的地方，人们问你，你可以说是她写的。你会厌烦我，讨厌我吗？毛头啊，毛头，我的生命啊！我必须时时感到自己的生命——我的毛头——在心里搏动，我才能生活下去。这几天，我像疯了一样，下午上课，我明明叫一排和二排的学生读生字，但眼睛却盯在第三排学生身上，忽然大吼一声：“为什么不读？”吓得学生们都愣住了。我从孩子们惊异的神色和教室里鸦雀无声的寂静中，发觉自己竟然失去了理智。我颓然了。你不要责怪我，对你这样的好人，干出什么蠢事都是应该的，因为你是我的心、我的灵魂和生命，离开了你，我的心、生命也跟着去了。毛头啊，你不要责备我，你不会骂我吧？我会变的，变得更可爱、更好，你信吗？要信。我常常在心里说：我是多么不值得你爱呀！可你对我这么好，这么好！我会变的，我心里难受，思想也不由自主，我爱那些学生，那些在这种天气里还穿着一件或两件破烂单衣的可怜的孩子，上课下课，我常常不忍看他们，他们也是人啊！我常想起你的嘱咐："不要吼他们。"我已经好久不吼了。元旦，我们决定放一、二年级的假。三、四、五年级在1月10日左右放假。到那时，我准备回上海，你需要什么，来信时全写上，只要办得到，我一定全给你带来。我答应你和小妹不论谁工作了，都给买一块表，50元钱。我一定会给的。等过了这一心灵痛苦的时期，我还要写作，还要努力，原来认为遥远的事，现在逐渐近了。虽然一切还很遥远，但毕竟有希望了。毛头啊，到那一天，该有多么美好啊！这是我生命中的一线希望啊！现在我不多想，我要工作，我要把前进道路上的障碍排除，我一定会把它做好的。昨天，罗名答应我只要需要他去跑出版社，或者我再写出什么东西来，他一定出证明。他还说："小王走了，你不要悲观。"从这句话，我猜想，他知道了我们的关系。毛头，我说一句心里想了很久的话，要是在一年前你把我们的事告诉姐姐、小哥哥，他们这次就会一起帮助找工作了。可惜，良机已错过去了。但我还是想：我们都这么相爱了，难道还要瞒自己的亲人吗？我曾经说过，你该告诉他们这件事，这关键在你呀！可是你总难为情。我说这些，一点也没有责备你的意思。你是好人啊，毛头！

今夜，写得太多了，隔壁要开会，我不敢哭，就写到这里，让我亲你，祝你在新的环境里生活得好！（20日夜里）

今天很忙，早上5点起床，给小妹、夏定先写信。8点去上课，回来以后，又烧饭，吃完饭后去你们生产队。小刘决定暂且不回上海了，我把你的工分簿给她，一切你放心，我会让她算清的。算清以后，等分红时我再去一次。她还想等分配，因为，县里还有两批通知。我却不以为然。下午上完课，又去队里清查账目，回来时天已经黑了。查账有收获，查出400多元钱。煮饭、吃饭、看一会儿书，我准备睡了。已是9点50分，想给你写上几句话，就又没有睡意了。毛头啊，我除了上课，几乎不跟谁说话，原来我就是少言寡语的人，只有在你面前，我才是一个唠叨鬼，一个单纯的孩子。现在，我去跟谁说话呢？我只能跟你说说，除了你，还有谁呢？你生活得怎么样？伙食好吗？想我吗？工作呢？还是学习呢？一切都等着你的信。夜深了，毛头，你一定睡了。下个星期放了假，我就少许多事了，每天只有4小时的课。真想你啊！你配眼镜没有？自己在外一切都要小心呀！尤其在新的环境里。王佩群也真险，有一批流氓要抢她那个店，连钢锯（锯窗上铁条）、钢钎（撬砖墙）都准备好了，好在老乡发现得早，破了案。否则，她的生命会有危险的。毛头，我很担心你，你会注意吗？一定要注意啊！

我失眠、想你，一天比一天厉害。你快给我来信呀！我又缩短了期限，你一定要4天来一封信，好吗？望着你的相片，把你紧紧地贴在心上，我的亲人哪，让我亲你，吻你的大眼睛！愿你睡得好！梦里我们再见。（21日夜10点）

又一天过去了，山区的夜是多么静啊！今天放学后，还是查账。几乎和昨天一样，现在又是10点了。我坐在床上，想起了你，我的毛头，我心灵上的天使，心里就难过起来。1972年的最后几天，我竟会过得这么孤独。毛头，你该来信哪！怎么还没有信哪？我心都急了，我是多么想你呀！什么时候，我都会想起你，我最亲爱的人！我的毛头啊，一想起你，我就想哭！我们这么相爱，可命运却还要把我们分开，把我们分在两个山沟里。你生活得怎么样？快来信啊！昨天夜里，我梦见了你，我们坐在一条长凳子上，等待火车。一个奇怪的梦！生活的列车，将要把我们拖到哪儿去呢？我真恨不得骑上自行车去找你啊！毛头，快来信，快来信吧！这几天，我伤风，由于哭，由于不小心，嗓子又哑了，很难受。可更大的痛苦，是精神上的，孤单、寂寞。（22日夜10点15分）

一个星期在痛苦和寂寞中过去了。毛头啊，这一个星期，你是怎样生活的？我多么想你啊！下午上完课回来，煮晚饭，揩揩身就睡了。上了床看看书报，就想你。把你留下的辫子紧紧地贴在心上，似乎又感觉到你的温暖了。下个星期，我一天只有4个小时的课了，12点上课，4点下课，时间更多了，也一定更想你了。你为什么不来信呢？要尽快来信啊！我是多么想你啊！收不到你的信，我又要胡思乱想了。毛头，你生活得怎么样？新生活将怎样开始，想我吗？快来信呀！一想起你，想起我的命运，我又要哭了。明天赶场，我必须去久长寄钱。天很冷，坐下来就冻手冻脚的，不能写作。但我明白，我必须在写作上努力，这样才能对得起你，对得起我的一生。分离是一种难忍的痛苦，但我要学会克制，学会更好地利用空闲的时间。是的，我天天想到死，要不是你还活在这个世界上，我就不会留恋人世生活

了。心里是痛苦的，但人决不能消沉、悲伤下去，这是一定的。（23日夜8点50分）

今天赶场，非常没有意义的一天。8点多起床，煮了饭，吃完，踏着溜滑的路去久长寄钱，我口袋里揣的是这几个月教书的补贴。我想，拿我劳动的所得，给毛头缝棉衣吧。哪知一到久长，邮电所又在结账，说汇款在20日前结束了，锋光厂是15日发工资。我莫名其妙地说："我不是锋光厂的。"她却说："汇款要在元旦以后。"有几个铁路上的职工也跟她争论，但无济于事。今天到久长，我什么事也没有，只是为了寄钱，可又扑空了。我去罗名那里，他告诉了我中央44号文件精神，由于今年粮食歉收，招工停止。易才贵又补充说了国务院文件精神，由于大量超出招工指标，所以，招工停止，看来当工人的希望是没有了。在我前面，出路只有在文学上了，我也下定了决心，必须再接再厉，努力勤奋地写作。3点钟回家，在路上跌了一跤，跌得浑身是泥。到了家，又冷又饿，煮饭、换衣服、洗脸、洗脚、吃饭，毫无意义的一天过去了。坐在床上，辗转难寐。隔壁在开群众大会，我忍着泪睡了。（24日夜9点7分）

今天是25日，分别8天了。昨天晚上，我做梦接到了你的信。放学以后，果然收到了你的来信。我的心怦怦地乱跳，急忙展开信看。

毛头，你说的全都是对的，我必须克制悲伤，努力进取。我们都还年轻，不能说这个世界对我们关闭了所有的大门。我们必须努力学习，好好工作，不要让恋爱影响了生活和学习。你是一个学徒工，我是一个没有工作的人，我们要好好地对待生活。我听你的话，第一注意身体，第二在文学上加倍努力，保证在3年以后，使自己更有成绩。你也必须认真地对待周围的一切，进了单位，不同于在农村。一个是有纪律有组织，一个是散漫自由。社会是复杂的，人是什么样的动物，过去我说得很多，相信你一定会注意的。

由于上面通知，上课要到20周即1月22日结束，所以，我初步定于1月15日左右去贵阳，一来去出版社问问，二来去小哥哥那儿一次，把一些琐事处理了。应该给小哥哥多少钱，来信说一个数，否则容易出现牛头不对马嘴的错。

请相信我，毛头，我不仅存在软弱的一面，感情脆弱，使得我儿女情长；同样也有坚强的一面，我一定会努力学习，勤奋写作，你信吗？

今天仍是阴雨连绵，冷得很。如果你学习、工作、劳动太忙，可以拖延写信。但一般情况下，写信的时间总是有的。你要理解我等信的心情，只要有空，就要来信，好吗？请相信我，我一定会正确地处理好分离了的爱情。这是品质的问题，在爱情上没有良心，这个人就变得可耻了。

你周围的环境怎么样？休息时间怎么样？伙食怎么样？感觉怎么样？所有关于你的一切，我都想了解。但不知什么原因，你半句也没谈。毛头啊，你还是没有理解我的心情。也许你以为这一切是无关紧要的，但是，要是我去工作，你一个人在农村呆着，会怎么想呢？这样设想一下，你就应该理解我的心了。我很想你，你呢？

最后，我无意中发现，你开始称我承熹，落名是淑君了。这是为什么呢？我想不明白。

很冷，不写了。让我们俩在生活中锻炼得更加坚强、忠贞和美丽吧！需要什么东西，尽可来信。

我还能继续说是你的甜甜吗？

1972年12月26日晨写完

【附笔】

淑君就这么走了，极偶然地分配到了工作，在修文县河口电站当一名学徒工。

说是极偶然的，真是一点也没错。这一次河口电站的上级红枫发电厂到修文县招收20名学徒工，而直接到县城来招工的人事干部，就是淑君小哥哥的好友。他们在一个工棚里修建电厂的时候，睡的是上下铺。插队时，淑君去她小哥哥那里玩，这位干部见过淑君。这回他说了，我手里虽然没有什么权，但既然派我到修文招工，我就是犯错误，也要把你妹妹招上来。

淑君就这么得到了每一个知青都梦寐以求的“铁饭碗”。

虽然她仍生活在修文县，但她工作的河口电站，离我插队的寨子，却有近60里山路。更主要的是，我们之间的地位发生了变化。我仍是乡村耕读小学的一个民办教师，而她则是国营工厂的学徒工。在当时，这两种身份的青年，都是不允许也没条件恋爱的。

而事实上，我们却爱得那么深、那么深……

1973：为了我们的未来

27. 淑君致叶辛

甜甜：我唯一亲爱的人！

唉，我真不知道该如何给你写信了，一提起笔，心里乱极了。

2 日那天，我在火车站等了整整一个上午。清早乘交通车从姐姐那里出来，就一个人在贵阳闲逛，又不想去小哥哥那里。结果还是没有见到你，竟意外地碰到了王璐珍，她乘 3 日的火车回上海。不知是因为没有收到信或者是其他什么原因？我心里一直是忐忑不安的。

甜甜，也许，我们还会生活在一起的，你在那里，也一定知道不少情况吧？我们公社去化肥厂的人回来了吗？我们因为是省级单位，修文县不管，而电厂又确实需要人，这样局面就僵持着。我们昨天就集中了，等待、等待……不知等待我的是什么？

家里的钱不用寄了，如果你去小哥哥那里，就带150元钱行吗？因为，上次我是这样跟他说的。另外，剩余的肥皂和我的搪瓷杯和多余的瓶子也请带去。因为，哥哥姐姐那里瓶子确实是很缺的，而这里肥皂的供应也相当紧张，如我能真正留下的话，也是需要的。

昨天回来没见到送信的人，今天早晨碰到他，同时拿给我两封信，你和叶文的。可能你也好久没给她去信了，不要这样，他们会着急的。

你不要悲伤，一切都会好的，我唯一的希望，是你能在文学上为自己找到一条出路，此外还有什么办法呢？你必须很好地生活，必须这样，为了我，也为了我们的未来。

这里的一切是十分清静的，伙食很糟糕，工作很轻松，如果能留下的话，生活就是这样平淡无味。像我这种脾气，很少能上修文，除非有车，因为离修文还有20里路。

暂时你就不要来信了，我会经常地给你去信的，因为留或不留的决定，在最近就会有分晓的。

甜甜，这次离开你，对我们来说，在爱情上是一个最严峻的考验，尤其对我来说，真的。不过你要相信我是个有良心的人，我常常想到你对我的关心和爱护。当我空闲的时候，或是玩耍的时候，常常想到你，只要一想到你，我心里就会不安起来。

还能说什么呢？似乎有很多的话，但又不知该怎样说，我的心里也是空落落的呀！噢，节日过得怎么样？最后，让我深情地吻你！抹去你心灵中的泪水吧，你不该太脆弱了，你一定又瘦了吧？不多写了。愿健康、美好！

你的毛头

1973 年 1 月 4 日

28. 叶辛致淑君

毛头：

会面仅仅是 40 多分钟，短暂的相处，接着又是痛苦的分别。也许，我们还会见面的；也许，这是我们最后一次的别离了。我马上要走向一条与现在截然不同的生活道路，我当着你的面没有说出来，但我心里是非常清楚的。我盯着你看，要把你的脸刻在我的心上，我不能告诉你，这是永别啊！

毛头，我唯一的亲人，我走了 120 里的路，从来没有过，只是为了看一看你，这是怎样的山路啊！现在我的手、腰、脚还在痛。回到生产队，不晓得是由于走久了，还是气力有限，竟然走不动了，天黑才赶到东明湾，可是我一点也不懊悔。过去撰初说，为了一个女人丧魂落魄，是可耻的。可是，我对自己说，为了毛头，这是值得的。在黑夜里，没有光亮，凭脚试探着路，从火车站走回队里，难道我不怕吗？我也是人，也有恐惧心，而且那天夜里，我还哭着。可是我对自己说，为了毛头，这是值得的。在铁路上打架，还有许许多多的小事，我都是这么想的，我没有懊悔过。

明天，我就要离开这个茅屋，离开这个山寨了，这样离你也就更远了，我也可以和你说几句心里话了。我们两个人，萍水相逢了 4

年，命运指定我爱上了你，我像每一个初恋的人一样，发疯般地爱你。4年来，我对你有过许多不好的地方，主要是态度。我一百次地请你原谅，而你，也次次原谅了我。我对你好的地方，是应该的，你不必记在心里。从我自己的良心说，我对得起你，也对得起最神圣的爱情。就是我和你单独相处，就是我们亲密得紧紧拥抱在一起的时候，我也常常提醒自己要对得起神圣的爱情。我给你写过一首诗：初恋是一支美妙的乐曲，可它是不容易谱好的……我觉得，我们之间把它谱得很好。还有一首诗中说过：失去了初恋的人，不会再有真正的爱情，有的只是利益权衡，情欲满足。这首诗像用刀刻的一样留在了我的心上，所以，当那次你对小妹说不要理我的时候，我几乎什么也不想做了，我不能失去自己的初恋啊！

12月17日的分离，我掉了一生中最多的眼泪。那一个星期，我不知道是怎么度过的。我对自己今后的生活规定了三条原则：1. 永远忠实于毛头。2. 勤奋地不断地写作。3. 使自己稍稍胖起来，因为你不止一次地捧着我的脸说：要是你胖一点，该多好啊！所以，我加了这第三条。这就是说，我一定要会工作会休息会生活。分别了10天，我收到了你的第一封信，这封信是冷淡的、理智的，而且也表示了一种内含的鸿沟，我颓然了。看了那封信，我心里想：我一片痴心，得到的是这样一个姑娘。

小哥哥对你说的话，我猜得到。我过去说过：你是有良心的，但社会的环境会改变你的，这就是改变了你的良心（以后，我会送给你一篇小说，在这篇小说里，它会告诉你心里想的东西）。但是，你自己的思想呢？小哥哥是局外人，他永远也猜想不到我们相爱的程度。他劝你，是对的，一个哥哥应该这样劝妹妹。而你呢？你就相信我会影响你的学徒生活？你就相信我会破坏你未来的幸福？你自己就没有一个态度，就这么不相信我？记得我抄给你的诗中有一首《爱情的考验》，诗中的姑娘等了 7 年，你呢？我不知道。

我再脆弱，我还是一个有道德的人，我决不会影响心爱的人的前程的。毛头，我要说的话就是这些。这些话原想在以后说，因为说了这些话，就表示了我自己对神圣的爱情也丧失了信心。不，现在来说，也绝不是这个意思。我仍旧坚信自己，我爱你，比任何时候都爱你。如果我不说真话，那我心中这块洁白、纯净的地方也会被污染的。

这几天，我几乎每天夜里都想起去年这个时候，我替你上班，你不怕手僵抄完二节《春耕》后，冒着严寒站在黑夜里接我。想起这一幕，我就止不住地流泪，心里又甜又热。研究一下元旦社论，其中有一句“团结一切可能团结的人，为社会主义革命和建设服务”。听到这些消息，我对生活又充满了信心。像对我的爱情一样，有决心、有信心。好消息我没有当面说给你听，因为我珍视它，回来以后，写在纸上，我就踏实了。

今天是分离？还是永别？毛头啊，今天我之所以冒着严寒走了 120 里来看你，就是因为我心里有一个预兆，我们将永别了。昨天晚上，不知是看了你的信，还是这个预兆，我梦见你深情地吻了我 3 下，是那么逼真，以至于我醒了，久久地瞪着眼睛望着黑夜。所以，我今天心血来潮决定去看你，否则，将一辈子看不见了啊！在依山傍水幽静安然的三级电站，希望你能像一个真正的人一样生活。我没有权利要求你对得起我，我希望你对得起我们的初恋，对得起崇高的爱情，而不是那种变形了的爱情。

我去了，今天我还有决定自己行动的自由，以后，我的一切就属于文学了。

毛头啊，这一切是为了什么呢？你元月4日的信中写道："为了我，也为了我们的未来。"为了幸福的未来，现在必须要分别，甚至是痛苦的长别。但我多想等你的问题落实啊！

如果你仍旧真心实意地爱我，收到这封信，就给上海去信吧。如果决定留下，你又确实对我厌烦了，也去一封信。那样，可以使我不再痴迷。我这里，还有许多你在铁路上时写来的最好的信。我不敢说亲你，更不敢说拥抱你了。

毛头，我决不是责备你，分离使我明白了许多道理。我根本没有权利要求别人，人的悲痛和死亡更使我明白了做人的意义。我们经常谈起良心，但是，怎样用良心来施展它的影响，不是在嘴上说说而已。

不要怀疑我，我愿意再说一遍：我爱你，比任何时候都更爱！你是我心灵上的明珠，生命旅程中的灯塔，思想上闪着金光的星座。

愿我们的未来灿烂辉煌！再见了，我不可能再见到你了！

在没有见到你回复我的信之前，我仍然坚持说是你的甜甜——好吗？

1973年1月8日夜10时

（给上海去信，信封上写我的名字，没有人拆信的。）

毛头：

今天我整理完了东西，晚上决定去贵阳，到小哥哥那儿住一夜。

看信封你就明白，我什么都整理完了。信我托一个中学生在久长寄出，你收到可能是 13 日，那时，我已经在上海过了一晚上了。

我心潮澎湃，乱得很。也很想你，不知道你想不想我，我很替你担心，我希望你在那里留下来，但究竟怎样呢，我也不知道。我在这儿生活了共有 25 个月的时间，其中有 20 个月，是你陪伴着我度过的，这些岁月，将来都会在我的小说中重现的。

你对我很不满意，原因在哪里？希望你告诉我，不要瞒我了，这是我很久以来的感觉。想起来，我常常茫然若失。留下的话，迅速给上海去信；不留下的话，就迅速回上海，要给我拍电报，我可以接你。如果还是动荡不定，也望去信，免得我惦念你。你让我相信你的忠心，我信。我也希望你相信我的良心，没有信任，就什么也没有了。信任是爱情的保证。

再见了，亲爱的人！我的毛头！这是你的甜甜在农村写给你的最后一封信。

甜甜

1973 年 1 月 9 日下午 5 时

【附笔】

1972 年冬天，中央下令冻结招工前后，突击招收的工人都接到指示要清退。尤其是原先并没有计划，而在听到即将冻结招工的风声后招收的学徒，一律要清退。县化肥厂突击招去的知青，就被退了回来。

淑君也是在这段时间内被招走的，心神很不安定。这就是我们信中谈及的退还是不退，留下还是不留下的实际内容。

进入腊月，贵州山乡下起了雪，奇冷异常。小学考完试后，我没多少事儿了。恰在这时，出版社给为我送稿子的好友写了一封短信，要约见《春耕》的作者。我的好友一面申明，他只是代我送稿子去的，一面写信并拍电报催我回上海一次。

此时此刻，我归心似箭。在乡间孤独地多呆一天，也像是在受罪。于是，稍作整理，就请了探亲假，回到了上海。

毛头：你好！

我归沪已一个星期了，一直没有见到你的信，心里很焦急，不知是什么原因？离开生产队那天，我曾寄一封信给你，可一直不见你的回音。

回到上海以后，我相当忙，为了《春耕》。现在心才稍稍安定，在2月20日，我就可以正式听到对它的结论以及完整的意见了。

随着时间的消逝，更加深了我对你的思念，不知是什么原因，使你没有写信？望收到我的信后，迅速来信，哪怕是一封短信也好。不管在什么样的情况下，我希望在春节前收到你的信，不要让我失望！

这次回上海，我受到很大的波折，心里非常的不愉快。

到了家，我常常在饭桌前想起你，望着满桌酒菜，一点胃口也没有，想到你在那里的情形，我心里很不好受。如确定留下来，来信时一定要提及你所需要的东西，我会给你买好设法送去的。手表我也在设法买。

上海还是过去的上海，由于确定不了你究竟落实与否，也不敢多写信，再说我实在有点忙。

等落实了，我再给你去信，把一切令人鼓舞的消息和一些波折告诉你。

毛头，亲爱的人，相信甜甜，他永远忠实于你。

当所有亲戚、朋友问起我和你的事的时候，我都是这样回答的：我这一辈子只谈这一次恋爱，世上再没有第二个人可以代替她了。不管怎么样，命运指定我爱上了你，那么，我只能永远爱你，决没有第二条路了。

在新的一年里，祝福我们走向幸福和光明！

你的甜甜

1973年1月20日中午

29. 淑君致叶辛

承熹：你好！

已好久没有互通情况了，在接到你从久长10日寄出的信以前，我曾给小妹去过一封信，希望她把你平安抵沪的消息告诉我。可是，至今尚未收到她的来信，而你也是杳无音讯，使我心里很纳闷？希望你收到我这封信后，迅速来信，以免挂念！

本月14日有便车，我去了贵阳小哥哥家一次，但小哥哥告诉我，你没有去他那里。联想到这么久未见你的书信，让我太不放心了，是不是一到上海，你成了大忙人了？或是在旅途上发生了什么意外？更让我挂念的是《春耕》的命运，不管怎么样，你应该把一切告诉我，好吗？

我们的问题，看来正在向好的方面转化，据官方可靠的消息，截止到13日，我们是合理的。另一方面是因为贵州招工的指标，仅完成了1/3，对我们电力系统来说，人员更是缺少，目前，正在等待下达文件。我的生活一切照旧，不需挂念！

你信中说的话，都是对的，我会很好考虑的。你对一切，都应充满信心。我们都是互相信任的，对吗？今天暂写到此，希望在春节后，回来能见到你的来信，我们可能28日放假，下月7日集中。

你的毛头

1973年1月24日中午

承熹：你好！

收到你本月20日的来信，得知你已安全抵沪，总算让我放心了。但是，你说在旅途中受到很大的波折，到底是怎么回事呢？确实，我到小哥哥家中，小哥哥告诉我你并没有去他家，这就使我十分不安了。联想到那段时间正是贵阳最乱的时候，再加上没见到你或小妹来信，更让我犯疑。现在，总算到家了，这就是大幸了。

承熹，你信中告诉我的消息，实在是令人鼓舞的。和你一样，我也经常想着《春耕》，它将会给我们带来什么呢？我常常猜测着。看来，它正沿着一条光明的大道前进着，我等待着它的喜讯！

我们的事，还是和过去一样，谁也不能说出个究竟来。据说是贵州省和中央的工作小组写了一个报告，上报中央，就是根据贵州省的具体情况，日期延至13日。另外，关于剩余的知青，也有一个方案，就是办农场。但是，中央至今也未曾答复，所以，局面就这样僵持着。厂里派了一名支部成员，组织我们学习，有时搞些劳动。这几天，临近春节，主要是搞环境卫生。我们在下月1日开始放假，6日又要集中，春节就准备在姐姐家过了。这是一个不愉快的春节，但是，又有什么办法呢？

你不要太想我了，心情愉快，才能办好一切事情。我知道，在上海一定会有很多的事情等着你去做。《春耕》仅走完了第一步，还有更细致、更复杂的工作，你一定要做好，这才是目前最最重要的。人是有感情的，尤其是我们之间的感情，更是难以克制的。但是，我明白，为了更美好的未来，我们目前必须做出一些牺牲。我深信，只要我们有毅力，有坚强的意志，美好的前程会等待着我们的！在上海，除了你必须做的工作外，你一定要很好地休息、娱乐，在我们的一生中，还会有几次这样的日子呢？

这里的生活虽然很艰苦，但是，与更不好的相比，我也就满足了。近两年的修铁路的锻炼，使我有了足够的克服困难的意志。这里的厂矿生活，是不能和上海相比的，一下班，就无聊透顶，尤其是这些学徒工，娱乐也没有，真是空虚、寂寞极了。看到这一切，我很没信心，不过，我早就下定决心，一定要刻苦钻研技术，空余时间多学习，做一个有益的人。

我虽然很想要一块手表，但是，在未全部落实之前，你不用买，其他东西，我自己慢慢添置。在上海，钱也是一个大问题，不过，你自己不要太节约了。今天暂写到此，收到我这封信，可能已过春节了，那么，愿你在新的一年里，取得更大的成绩！

你的毛头

1973 年 1 月 29 日

30. 叶辛致淑君

毛头：我亲爱的人！

几乎是每天从外面归来，都希望收到你的信，但都很失望。虽然每天很劳累，可在夜里还常常因为没有你的信息而失眠。海关大钟敲响 12 点，我还睁着眼在想你，为一些莫名其妙的原因而担心。今天 11 点从外面回来，听小妹说有你的信，这才放心了。一直想抽空写这封信，但由于不见你的信，一点也不敢动。从贵州带回来的消息又全是奇模怪样的。现在我可以把一切跟你谈谈了。

1 月 9 日 6 点钟，我整理完东西，上火车站。可是，四川方向来的火车脱班，直到过了 9 点，我才坐上车。车内相当拥挤，我拎着兜，背着提包挤进车厢内。一进车厢，就发觉背在身上的包没有了，只剩下一根带子，包内装着电筒、钱包、肥皂。我立刻向列车乘警报告，车上立即动员了所有的工作人员检查和抓小偷。车过大关冲，抓住了一个小偷，他没有工作证，自己说是贵阳钢铁厂的，穿戴很整齐。我们一节车厢被偷的连我共有 4 人，可是在车长室搜查，他身上只有 3 个皮夹子，共 70 多元钱，其中只有一个皮夹子是我们车厢的。

再要查，已来不及了，小偷们均已下了车。我只好在车长室报案，800元钱，223斤粮票，是准备去上海的。车到贵阳，我茫然若失，身上只有114元钱，一个小包，包内装着棉袄、杯子、毛巾。时间已是晚上11点了，我没有去小哥哥处。去干什么呢？夜已深，人又遭了难。我在旅馆开了一个铺位。天没亮，就去银行挂失，又发了一份电报。赶回火车站，已是9点半了。到哪儿去呢？我想去你那儿，又想再回久长，晚点的25次列车在10点半才进站，我决定还是回上海。车门一开，我就上了车。贵阳站严重超员已有十多天了，票根本买不到，我也没有买票就上了车。车厢内挤得站都站不住，我又饿又累，在旅馆的一夜根本没有睡，便爬上硬席卧铺，棉衣一脱就睡下了。好在不久卖饭，吃了一点才好受一些。当时，我的心情是相当愤恨、难受和郁闷的。就这样，火车带着没有买票的我，在12日下午1点到了上海。上海站检查很严，完全停售站台票。我进车站办公室补了一张票，14元8角，才出了站。回到家，母亲、姐姐、表妹、小妹均在家，家里的气氛是欢乐、温暖和幸福的。我吃了一碗面，就睡了。我无法启齿谈出自己遭遇的一切。13日，我见了周围的一些同学，洗澡、理发，当晚又去顾培德家听音乐。14日，小伯伯请我吃午饭，同学们又请我吃晚饭，天天是酒、肉，但我常常吃不下去，想到在山区的你，想到自己此次的遭遇和命运，心里很难受。到星期三，我才开始办正事儿，而事实上，直到今天，我也没有好好睡上一觉。17日下午，我去出版社联系，社内只有工宣队的人，其余的人均去开会了。工宣队的人让我19日再去。18日我又约了一些同学、朋友，无非是吃饭、喝酒。我心里不愿意去，但也无法，这可能也是生活中的一种现象。忙碌的白天常常好过，而难熬的是夜晚，毛头，你应该理解我的感情和心情，在和你凄然分离之后，又是严重的失财，心情怎么会好哪？我也无法写作，嫂嫂也从四川回来了，所有的人看到我，都说我像是生病了。小伯伯一定让我去医院检查一下，而我没有病，我只是身心憔悴啊！好在今年回来，家庭各类问题均已解决，经济上也已恢复。虽不比文化大革命以前，但也好多了（这些问题将来面谈更好些），否则，我的归来将更不痛快。19 日，我拜见了负责我的小说的一个编辑。我们似乎在几分钟内就熟悉了，很快我们就交换了意见。在 2 月 20 日，我将听到如何修改《春耕》的完整意见，然后可能就是修改。回贵州、回上海，大概只有这件事是值得的、有意义的。到今天为止，我还没跟陈钦武见面，跟顾培德也仅见了一面，连跟夏定先也没好好细谈一次。你在信中有责备我的意思，其实，我天天都在想你，叶文还讥笑我痴情。但我明白，所有的一切都会过去，只有创造本身会留下来。我必须在 50 天内，把时间用在学习、理解和认识上。每天，我坚持用 6 个小时看书，这就挤掉了睡眠的时间。在上海，我又过起了“少爷”生活，不做什么事，吃得好，还吃补药、打针。为了生活和未来，我必须顽强地生活下去，而且要生活得有意义和美好。小伯伯给了我不少零花钱，久别的亲戚朋友也给了我一些帮助。我相信，生活的未来必将是美好的。夜已经深了，毛头，要相信甜甜，这颗心是属于你一个人的，他一直怀念着你。我决定把今晚睡觉前看书的时间让给这封信，把一切想说的话写完。上面是我简略的半个月生活。下面我想谈一谈你想念的上海以及诸如此类的一些琐事。上海还是过去的上海，变化很少。街面上还同“文革”前差不多，人山人海，南京路上，简直挤不进人。这次回沪的人比任何一次都多，连市委估计的 40 万大关都超过了。由于提倡穿漂亮服装，爱打扮的姑娘们都穿得相当时髦，风气也不算好。从今天到年三十，我稍稍有点空，因为几乎没有事，可以去看看夏定先的父亲、刘晓华的母亲和陈钦武，与顾培德再见一面，也可以观一观市容。妈妈很想你，她坚持要给你买一块好表。你送她的一斤当参，她分一半给小伯伯，天天烧红枣吃，每天吃她都谈起你。和朋友们聚在一起，也常谈起恋爱的话题，我一直是一个听众。只有嫂嫂很直爽地问我："王淑君进了工厂，会不会变心？"小妹在旁给我解围，说："不会的，王淑君是个有良心的人。"我能说什么呢？很难得的，我的脸色恢复了，李解明看见我说："除了添了几条皱纹，和学生时代一样。"这说明上海的营养一下子补上了。这一切都要感谢朋友们！随着时间的流逝，会证明什么是对的，什么是错的。我还坚守着给自己定的三条原则：写作，忠于你，使自己胖一点。但由于睡眠不足，想念你，对生活也不怎么会安排，常常很忧愁。为了什么，我也不明白。我没有说起我的恋爱，他们问我《春耕》是谁抄的，我回答是我妹妹。其实，我想你的次数太多了。在梦中，我梦见过你两次，一次是我病倒在床上，你喂我吃饭；一次是在半开的门边，你亲我。我很迷信，可我猜不透这两个梦是什么意思？有时白天在路上走，我都会产生幻觉，似乎你在向我走来，说："你太年轻，也太钟情了。"我对揆初说了以后，他这样对我说："一句话，我们的心太好了。"我想这也可能对，也可能不对。我明明晓得，你不会这样对我。把铁路上分离两个月与这次分离对比一下，事情隔开不到一年，情况截然不同。你给我写过 3 封信，这 3 封信和铁路上的 3 封信比一比，你比一比吧！时间是最好的证明，5 天的时间，从 12 月 17 日到 22 日，你给我写了怎样的信？如果这样，谁能保证 3 年内你的良心呢？如果说爱情是永恒的，那么，今后的几十年又用什么来保证呢？用薄情的誓约吗？用假惺惺的甜言蜜语吗？一生之中，将有多少个5天啊！你想得很对，从此，叶承熹将永远生活在农村，没有工作的希望，没有前程，我何必再和他这样过下去呢？真的，我也要坦率地告诉你，我的前途很暗淡，因为农村3年不招工，我出身又不好。像你这样的人，会有光辉灿烂的前程的。当我最初意识到这一点，我才发觉4年来，原来你天天都在欺骗我。我哭了，这次哭不是为了分离，而是因为孤独，一种做错事的感觉。这次哭洗涤了我的心，擦亮了我的眼睛，这些就是我12月22日收到你第一封信以后的思想。毛头啊，你怎样伤了我的心？怎样轻易地毁坏了我们神圣的爱情啊！我吻过你，少说有过几千回；我拥抱过你，自认为熟悉你美好的心灵。可是，你这么坚决、这么快就变心了我怎么也没有想到。我之所以现在这样给你写信，因为在这之前，我还坚持爱你，我对得起初恋，对得起你，也对得起自己的良心。现在，即使《春耕》不能出版，我也为自己找到了出路，认识到了生活的未来，看清了自己的道路。可以说，在这种时候，我是最需要最亲爱的人——你的关怀和帮助、鼓励和鞭策的。可你却偏偏在这个时候狠狠地刺了我一刀，在爱情的白玉上划了一条缝，暴露了你未曾暴露过的思想。你想一想，对吗？毛头啊，我还对你不好？还对不起你？你说你会考虑，那么，你好好考虑之后告诉我吧，你对爱情抱的是什么态度？不要回避，把心里话都说出来吧！

因为你过去对我那么好，因为你那双纯洁的大眼睛，因为你过去的信，也因为你给我买的绒线衫、织的毛裤，因为你过去对我的深情厚谊，我看到这一切里没有虚伪，有的是珍贵的东西。也因为一个人一生中只能爱一次，只能熟悉一个姑娘的一切，我仍然痴心地爱着你，比什么时候都爱、爱得深。有什么办法呢？我下定了决心，不管将来走什么样的生活道路，我只能爱你。

我还有许多话要告诉你，许多事要告诉你，但现在已是半夜1点40分了。你正熟睡在姐姐的家里。我准备写8张纸，可多写了一点，就变成16张了。至今我没有去过你家，是否该去一次？你需要什么？这是第5次问你了，来信提及。我尽一切努力，会把你需要的东西备齐。

没有什么了，夜这么深，我并不愉快啊！毛头，你是我的亲人，如果现在不是，至少过去是。我多想再吻一吻你！再亲一亲你啊！要是没有12月22日那封信，我会高兴多了，我真的太爱你了呀！

收到我的信，请快回信。2月15日以后，我将继续开展自己的工作，20日听修改意见，然后，就回贵州。在2月底和3月初，我寄信或拍电报给你，如能在贵阳见一见，你就抽空出来，我尽量设法在星期六到达贵阳，那样可以赶上你的休息。你说对吗？

所有的一切，你怎么考虑，来信详详细细地谈一谈。像你这样，似乎有意把想法缩在一张纸上，这样对我，对吗？

收到这封长信，春节已过了，我仍然祝你在新的一年里进步、美丽！祝你在新的一年里，取得更大的成绩！也祝我们之间的爱情，更纯洁美满！

2点整了，亲爱的毛头，让我深情温存地吻你！我心中最好的美女，你要对我好啊！

你的甜甜

1973年1月30日

亲爱的人：

今天是正月初四，阳光灿烂，上海像初春一样暖和。从我回沪至今，还未冷过。可是，明天气温就要降到零下了，这样的天气，我想明年的收成仍不会好。11 点，我和李解民及秀清的弟弟正交谈着，收到了你的信，我很高兴，又很怀念。说什么好呢？春节就是这样，在一天又一天的吃吃喝喝中过去了，我想到你过得不愉快，心里也很不高兴。可你的心还那么好，叫我说什么呢？我一定好好生活，听你的话，努力工作，把身体养得好一些。我天天想你，家里人也都天天谈起你。母亲说："不知王淑君的耳朵会不会热。"每天晚上，我都要 12 点多才睡，睡前总要看看你的信，偷偷地亲一亲你的相片。是你，在鼓舞着我前进和学习。这几天，同学们聚在一起，也有快乐的时候。一过 10 日，大家就散了，我也要继续进行我的探索、学习和工作。早春的时间，比什么都珍贵。相信我，毛头，我一定会前进的。下一封信，我会把情况谈得更详细些。关键是在今后的生活中，我能写出些什么有价值的东西，你说对吗？再说，在大力培养工农兵人才的时候，我更应努力学习。因为，目前对我来说，写作毕竟是业余的，我还有许多工作要做，许多东西要学习。所有的一切，才仅仅是开始。

今天来了几个姑娘，都是铁路上的。差不多所有的知青，都在上海，听她们说，相互间走得很勤。我仍抱着过去的态度，与这一批人不来往。只有一件事不知该不该跟你说，看来也只有等以后了，因为说来话就长了。

时间对我来说，显得又紧迫又匆忙，常常忙得不可开交，但有什么办法呢？我必须努力地学习和工作，有多少书要看啊！可我没有时间看，只能有选择地看一些。对南京路上的那条人流，我是不屑一顾的，在我这个年龄，正是努力的时候。我现在又充实又坚定，自己也感到精神饱满，对未来充满信心。

不管怎么样，你留在三级电站最好。如不能留下，也不要担心、忧虑，回上海住下。

收到我的信，要迅速地回信，不要让我焦急和担心。也只有对你，我才会产生这种心情。

深情地亲你！

你的甜甜

1973年2月6日

（想你想得沉时，我就在嘴中喃喃自语，竟成了一首诗，随信寄去。）

【附】

南去的云

学习之余，常在阳台上走一走，望着天上飘浮的云彩，禁不住想起毛头，写下这首诗，遥寄心意。与其说是诗，不如说是心声。

一

南去的云呵，你听我说——

你可是飘向猫跳河的沿岸，
可曾带上了我的情意，
问候那远在河口的亲人？
你呵，为什么匆匆飞过苏州河的上空，
不愿听一听我的叨念，
也不把脚步儿稍稍放慢。

二

三级电站的亲人，可知道我的思念？
听不到你温柔的语言，
看不见你那美丽的容颜，
我们相隔千条江河万重山峦。
是吗？
不，不！你总在我的眼前，
你总在我的心间！

三

南去的云呵，你听我说——
让我们结上伴，
我的心儿要去河口回旋。
那里有我思念的爱人，
她在那儿学习、工作。
夜来了，云呵你不要遮住星星，
不要遮住那灿烂的夜天，

让我的亲人好好睡眠。

四

南去的云呵，你听我说——
你不要洒下雨水，
不要带去严寒。
在山区，我的亲人已够寒冷，
潮湿的水雾常常打湿她的衣衫。
她行在道旁路边，
用动人的大眼睛遥望坡上的雾烟。
云呵，请你吹去那沉沉浓雾，
不要蒙住她的双眼，
不要打断她的思念。

五

南去的云呵，你听我说——
我的心儿随你飞远。
亲爱的毛头呵，可知我的思念？
对我来说，
你的存在犹如灿烂的晨星，
你的存在犹如太阳的光焰。
我们的心儿紧紧相连，
我常思念着你度过漫长的每一天。

六

南去的云呵，你听我说——
你停一停，捎上我的信，
带上我的心，
带上我深情的思念，
再快快地跑，
快快地跑！
不要在路上停留，
不要在路上留恋。
南去的云呵，快快地跑，
你要告诉亲人，你要带上喜讯。
前程啊，
正为我们准备祝贺的酒杯，
我啊，
早早期待着这样的一天。

31. 淑君致叶辛

承熹：你好！

今天刚从贵阳回来，便接到你1月30日的来信，我很高兴。当我怀着激动的心情，用颤抖的手，打开信时，映入眼帘的是既熟悉又亲切的话语。读着那亲切的话语，我心里感到非常温暖，随之又非常难受。我知道，你恨我了。恨吧，我愿意跪在你的面前，求你饶恕。

亲爱的，行吗？你信里的话句句都刺痛了我的心，但我觉得这是应该的，写吧，写吧，把你心中的一切创伤，全都写出来；把你心中的一切愤恨，全都发泄出来。我能忍受，也愿意忍受，尽管我的心是相当难过的！你爱我，但是，你那些讽刺话，却好像是在怒斥一个仇人。不过，我理解你，原谅你，毕竟我们共同相处了3年多。唉，不写这些了，如果你信任我，认为我是你唯一的爱人，那么，请耐心地等待吧。

我总觉得，我们还年轻，还有很多知识需要学习，还有很多的事情要做，决不能让恋爱影响我们的工作和学习。尤其是在这种关键时刻，思想背上包袱，能做好工作吗？从你的信中，知道你的精神状态，这是很令人担忧的。从我内心来说，一点也没有你所写的那些想法，甚至连这种念头都没有，可是，它却偏偏成了你的思想负担，多可笑呀！承熹，我总觉得我们现在是很幸福的，尤其是听到《春耕》的消息，更让我激动。可你却偏偏让这些乱七八糟的念头占满头脑，整天精神恍惚，何必呢？我知道，根源在我身上，但我认为，在这3年里，我们应该尽量少谈恋爱，多谈工作和学习，成为一对真正的朋友。等一切都成熟了，再来商谈生活问题，成为真正的伴侣。就因为有这种想法，才给你写了12月22日的那封信，可这却成了你心中的一块疙瘩。

下一阶段，我们可能要正式上班了，搞检修，这样空余的时间就比较少了。今天，由于寝室里只有我和另外一位同学，比较清静，所以，趁这个机会给你写信。我们6个人睡一间大寝室，平时都是闹哄哄的，根本做不了什么事。另外，有一点我该向你解释，写上一封信时，由于没有准确的消息，只写了一张纸。因为，你心里对我有意见，所以，这也成了我的一条“罪状”了。

春节一定是十分愉快的吧？望来信谈谈。我想念上海，想念你，想念你妈妈和小妹。但只能在这里给她们拜年了！今年春节我是在姐姐家过的三十、初一、初二，谈不上愉快，只是减少了点孤独感而已。初三进城一个人逛了一圈，想为小玮、小刚买点新年礼物，可是，贵阳城到处是空空的，只给小玮买到一双小卡普龙袜，小刚只能委屈他了。今天上午和小哥哥进城，买了一斤半天蓝色的毛线，中午12点就乘汽车回来了，就这样，春节算过完了。

你在火车上遭到的不幸，真让人气愤。可有什么办法呢？社会就是这样，你不要太难过了，也不要为此太节约了。我需要的东西，以后自己会慢慢添置的，如果银行里的钱能取回，那么，就帮我买一块手表，否则，就算了。不要因为我而使你们的生活感到困难。

你什么时候回来，请来信，不要拍电报，兴师动众的不好。如果那时请到假，我一定到贵阳看你。如果你愿意，可去我家一次，告诉我爸爸你的行期，他们有东西请你带来，好吗？

最后，不要忘了随时把《春耕》的好消息告诉我。我在1月29日寄出的信收到了吧？祝你在新的一年里取得更大的成绩！

你寄来的贺年片太好了！

你的罪人　毛头

1973年2月6日晚

32. 叶辛致淑君

毛头：你好！

今天是2月14日，下午我正给一个学生补课，收到了你的信。这封信来得太慢了，是什么原因呢？昨天我在小伯伯家过夜，中午才回来。春节这段时间，我一直闲着，看小说，会朋友，讨论，听音乐，看电影。今天，我给胡编辑打了一个电话，他病了，我想去看看他，但决不是去拉关系，给《春耕》找吹捧的人。我希望听到真实的意见，好修改它。总之，我生活得很紧张，有时候也感到很孤独，那是因为想你。你应该了解我，我决不是那种没有良心的人。只有别人来遗弃我，我决不会去干那种丧尽天良的事的。我不愿意就这个问题发表太多的意见，我曾经很悲愤，照实把这种心情说给你听，因为除了你以外，对谁也不能说，但我现在好多了。适应一个新的环境，需要一段时间；体会一种未曾体会到的思想，也需要一段时间。正因为我爱你，过分地信任你，我才会有这种心情。如果我也像有些人那样把谈恋爱当作玩破抹布，就决不会痛苦了。这一点，你一定懂的。看了你的信，我晓得我又过分了，毛头，你要原谅我。其实，我天天都在想你，唐刚毅已经对我不满了，他说："我跟你在一起说话的时间已经很少了，可你又偏偏爱逛服装店。"有空，我就忍不住想去看看衣服，看给你买哪一种的好。好了，撇开这些吧，我请求你原谅！真的，毛头，我多么想亲亲你啊！

今年全国将招收23万大学生，我准备在文科上争取一下。因为要求将放宽，还要恢复考试制度。这两天我又在看《居里夫人传》，想到居里夫人的顽强意志，我相信我也是有这种毅力的。我同意你的说法，我们还年轻，应该学习，应该努力地学习，但我相信，通信并不会扰乱我们的学习、工作和生活的。

你的新生活，对我来说是陌生的。我说什么好呢？我又凭什么请你相信我呢？对别的姑娘，我是不屑一顾的，我的心里只有你，希望你能生活得好。我自己仍将坚强地生活下去，决不会因为困难退缩一步。再说，我的条件确实是好多了。玛丽·居里说："我们的生活都不容易，但是那有什么关系？我们必须有恒心，尤其要有自信力！我们必须相信我们的天赋是用来做某种事情的，无论代价多么大，这种事情必须做到。"分别以后，我谈你谈得很少。毛头，你一定要有自制力，一定要好好地生活，行吗？你信上说的话，又让我掉泪了，你对我越好，我心里就越感动。像 12 月 22 日那样的信，只要写上 3 封，那么，我的心就冷了，一切也就完了。我说过："你是我的生命，失去了生命，生存还有什么意义呢？"你的签名和开头的话，让我哭了，我有罪于你，真的，还能说什么呢？只能恨我没有本事，过早地谈了恋爱，而且恋得这么深。居里夫人说过："在失恋以后，我就以为没有嫁资的女子不能得到男子的忠诚和温爱。"现在，我认为没有经济实力的男子也不能得到女子的忠诚和温爱。这种想法让我痛苦，虽然我很幸运，也很幸福，你仍是那样爱我，但我仍然常常忧虑。为什么？我说不清楚。毛头，从此以后，我决不会怀疑你了，虽然我性格怪，感觉敏感，猜疑心大，但我一定克服。让你心里难过，冤枉你，我是不忍的。你晓得我的性格，我求你原谅，好吗？（14 日夜里 12 点）

在 20 日左右，我叫小妹去你家一次。我初步定在 27 日或者 3 月 1 日坐火车回黔，如果没有太多的麻烦或拖延的话。今天我把这封信寄出，到你那儿的时候，可能是20日左右，我想收到你的回信后再决定具体日期。从回上海到今天，上海没有真正地冷过一天。许多人都说明年的收成是有问题的，我真的担心，因为我还生活在农村。上海以后是没有插队落户了，已经插了队的，独生子女均能回上海。夏定先的弟弟也把户口迁回上海了。去安顺造纸机械厂的小赵，从去年9月份探亲至今，还未回去，她不回去了，因为她是独生女。上海在前进，高大的电视塔就是一个证明。顾佳佳的弟弟安装了一个电视机，只花了三四十元；在军区内部供应的电视是80元，明年（1974年）电视价格是160元（9吋黑白电视）。和落后的山区比起来，差别太大了。我的朋友们和同学们生活得都很好，他们有的准备组织家庭，有的准备更好地学习，我希望所有的一切都能正常地前进。由于匆忙，我也没有时间与他们长谈，但我坚信，自己的生活会变得更好的。我并不喜欢上海的生活，每天总有许多琐事必须安排，刚才唐刚毅、刘澄华、周思浩叫我到西郊公园玩，我也不想去，其实我心里何曾不想玩呢？你需要表，我先把自己的表给你，等以后买到好的，再交换。银行并没有来信通知我什么，不过我对这笔钱还存有信心，因为，我很快做了挂失，大不了以后回公社开证明来领取。

你的信令我很感动，我相信自己有坚强的毅力来忠实于爱情。毛头，你是一个好人，真正的好人！我还能说什么呢？言语是表达不清我对你的爱的，让生活来证明吧！我还要问：你去贵阳照过相吗？眼镜配了没有？伙食有所改善吗？你那个工种，穿皮鞋合适吗？一切都要回答我，不要忘了。想吃什么，我准备给你带一点。我在上海这段时间，姐姐、嫂嫂、小伯伯各给了我20元钱，而事实上我并没有什么东西可买。补药、针剂都是朋友给我买的。许多人都怀着良好的心愿希望我成功，我自己也这么想。但我比谁都明白，成功还要付出巨大的、艰苦的劳动和努力。而这种劳动能否取得好的结果，你的因素很大。毛头，千万不能让我心灵受伤啊。我的灵感到来的时候，我会给你写点诗的。我相信，一切都会变得美好的。你的签名使我心痛了，毛头，不要这样写。我希望这是唐突的第一次，也是最后一次。毛头，你是一个多么好的人啊！我常常骄傲地想：谁也比不上我的毛头！这种想法现在又增加了根据。

你允许我亲你吗？

你的甜甜

1973 年 2 月 15 日上午

33. 淑君致叶辛

承熹：你好！

你的两次来信均已收到，到今天才给你写回信，主要是因为上星期六去贵阳，本打算星期一就回来的，可是不幸的是，和段大琴一起去学自行车时把脚扭伤了，所以，只得在贵阳整整耽搁了一个星期，回来后见到你的两封来信，心里高兴极了。可是，我的回信又迟了，你一定又着急了吧？我们这里很不方便，邮递员本该一天来一次的，可是，他有时却偏偏偷懒，两三天才来一次。逢星期六和星期一又不来，所以，今天写了这封信，可能要到后天才能寄走。这封信本该昨天晚上写的，这样可以让今天赶场的人去寄。可是昨天实在太累了，故到今天才写。只是你又迟收到两天。

从信中，知道你在上海生活得很好，我十分高兴，我只希望你身体能健壮起来，用更充沛的精力，完成你所热爱的事业，并做出更大的贡献。今天已是2月25日了，想必已听到《春耕》的意见了吧？下一步又该如何进行呢？

我们的问题现已完全落实，下一步便要开始技术培训。据说除了一个人当教师外，其余的全部搞“运行”，我很害怕这个任务会落在我头上。真正有了工作，我倒想念起农村来了。尤其是这个季节，麦苗儿青，菜花儿黄，大地复春，汽车一开过田野，就有一股沁入肺腑的清香。所以说人永远没有满足的时候，你说是吗？

你在上海，不必为我考虑什么，我什么也不需要。对于穿着，我一贯很淡漠，只要有穿的就可以了。打扮得漂亮，在这里反而没有什么好处。我常常想，一个人只有华丽的外表，而灵魂是空虚的，那么，他也只是一个装饰品。我爱的是朴素、大方而思想又充实的那种人。看到商店里的那些服装，去装饰那种灵魂空虚甚至丑恶的人，我实在感到遗憾。

小妹为什么一直不来信？她在上海一定玩得很愉快吧？妈妈身体好吗？有你们俩在她身边，她一定整天笑声不断吧！

你前一封信中，提及的“一件事”不知是什么事，望来信谈谈，我很想知道。

还有一件事，想不对你讲，又觉不妥，可说给你听，又怕影响你的情绪，但我觉得晚说不如早说。这次去姐姐那里，姐姐提起我们俩的事，主要是爸爸来信问的（不知道爸爸是怎么知道的）。可能他听了谁的传言（这个传言制造者，我和姐姐猜想，可能是××），所以，爸爸对此很生气，让姐姐好好管教我。但我把一切都跟她说了，姐姐也相信你是一个好人，她希望我们不要过早地考虑这种事情。还有就是关于钱的事情，也不知道爸爸是听谁说的，认为这样不好（意思是自己的哥哥姐姐那里不放，而放在别人那里）。但是，一切我也都和姐姐说清了，这点你放心吧！承熹，从小到大，我还没有遭到父亲这样严厉的责备，但为了你，我忍受了。我珍视我们的爱情，我相信，事情真相大白以后，父母会谅解的。

关于银行里的钱，最好能快点处理（姐姐也是这个意见）。上海买不到合适的手表，就算了。贵阳可能有，以后让我自己去买，好吗？

不知你打算什么时候回来，望速来信。有机会，我一定去看你。

临时决定要上街，匆匆写上，望原谅。

祝好！

你的毛头

1973年2月25日

34. 叶辛致淑君

毛头：你好！

我已买好火车票，3月1日离开上海，到达贵阳南站或贵阳站的时间是3月3日夜里，那天正好是星期六。如你收到信后还来得及，就请到贵阳或南站来接我。因为，我直接去久长就无法归队。我坐的是623次列车，第5号车厢2号座位。如果信到你那里已经晚了，就不必来了。我到站以后把头伸出窗外观察，如你不在，我就直接去久长，在久长车站过一夜。这次车票是组织上买的，时间由不得我，我也是昨天才知道，今日拿到的车票，所以，时间特别紧张。事先无法通知你哥哥、姐姐，我也不好意思在贵阳留宿。

我已整整 20 天没有你的消息了，也许你是病了？否则就是把我忘了。如过一星期，我收不到你的来信，头脑里杂七杂八的念头就特别多。这一点我跟你说过多次，可你仍是改不掉你的脾气。我决不相信工作忙到连写信的时间都没有，否则你就是有意在捉弄我。无论碰到什么情况，你总该告诉我呀！

现在我又要回贵州了，我不知道怎样才能和你见一面。如果你收到此信超过 3 月 3 日，那么就往永兴三队写信，也许我会带给你许多令人兴奋的消息。

这次回贵州，我是很高兴的。我带着自己的计划，如果一切顺利，那么，光辉灿烂的前程就在等待着我。2 月 23 日，我去出版社听取意见，得到了准确的答复："书稿是文化大革命以来青年人自投稿件中最突出的一部，我们感到你很有培养前途。……"回贵州以后，我必须把《岩鹰》写完，必须练习写短篇小说，还要努力争取进步，加入共青团。在基础学业上，我要在组织的帮助下达到大学毕业的文化程度。所有这一切，都让我再一次地感受到党对我的关怀和帮助。

毛头，我心里还有许多话要对你说，许多的感想要告诉你，许多的书要去看，许多的事情要去做，时间对我来说更加宝贵了。但是再忙，我也要给你写信，要向你诉说我的爱。但由于得不到你的消息，我无法寄。这次照了一张相，以后有机会给你。你的父亲身体很差，自春节以后没有上班，我去过一次，他说没有东西要带。

这封信是在吃饭时写的，实在太匆忙，原谅。愿进步！

你的甜甜

1973年2月27日中午

35. 淑君致叶辛

承熹：你好！

今天是3月5日，接到你2月27日的来信已经晚了，你已到达了久长。这一路还平安吧？在上月27日，我也寄到上海一封信，看来是没有收到。上封信迟复的原因，是因为去贵阳，一则扭伤了脚，二则身体也不适，才耽搁了一个星期。回来见到你的信，赶紧写回信，可已经来不及了，以致又使你多心了。承熹，每看到你这些字句，总使我很难受，我不希望你这样猜疑我，我把人生最宝贵的爱都献给了你。可是，你偏偏这么不信任我。甜甜，你不能再对你的毛头说这样的话了，我已经够苦命的了，你还忍心再伤害我吗？

看了你这封信，我高兴极了，这是我日思夜想的一件心事，总希望你能上大学，或有一个适合于你的工作。希望你更加努力，为我们的美好青春增光添彩。下一封信，希望你把一切情况都详细地告诉我。在政治上，你也应该为自己创造好的条件，这话我早就对你说过，可是你就是不听我的话。

目前，我们天天上技术课。这一切，对于我是很陌生的，尤其是那些电工符号，难记透了。还有那些线路图，更是五花八门，不过，我有信心把它们学好。我要把全部的精力，都投入到工作中去。我觉得现在的年轻人，太不爱学习了，这是令人焦虑的。就我们电站来说，有些要满师的学徒工，什么也不懂，只知道谈恋爱。最近发生了两件事，一件是双方都受到了记过处分，另一件更严重，已告到法院，女方死了。看到这种现象，只能叫人摇头。所以，我下决心要好好学习，争口气，不辜负党对我多年的培养。国外在这方面是非常先进的，几个水电站，只用一两个人值班就行了，根本不用下厂房。可是，我们这里真正能搞懂这些线路图的，只有4个老师傅，有些人简直是混日子，糟糕透了。

最近不知什么缘故，我经常头晕。上次在小哥哥那里，就昏倒在澡堂里，今天上课时，突然头又晕，只得回宿舍。下午好了一点，正巧又收到你的来信，就立即给你写回信，要不你又该诅咒我了。

家里我也好久没去信了，爸爸对我们这件事很不满意，不知他听信了谁的谣言，这是他写信和姐姐谈的。不过，一切我都向姐姐解释了，就是不知该如何给爸爸写信。今天暂写到此，望你速来信！

祝一切顺利！

你的毛头

1973年3月5日下午

36. 叶辛致淑君

毛头：亲爱的人！

我只得撇下一切给你写信。我能跟你说些什么呢？本来我是不准备和你细说的。20 日，我和夏定先一起去你家，我就感觉到了你父亲冷淡的态度，夏定先更是敏感。不过我什么也没说，一则我太忙，二则我为恋爱已丧失了许许多多的东西，再则我总认为自己多疑。见了你的信，我才知道你父亲把我当成第二个××了。我并不想因为我而破坏了你和你父亲的关系（你是那样地爱他）。在上海，我凑足了160 元钱。我从最坏处想，以后，有机会我就给你送去。事实上我又回来了，回来后我才开始失望。看到今天的信，我决定停止对《岩鹰》的整理，给你写这封信。现在我想过一种更简单的生活，以便我有更多的时间写作和读书。根据出版社的意见，冬天我仍要回沪的。

我决不想表白自己，说过我坏话的人不比说过我好话的人多，我不会注意的，别说是小刘及对我不甚了解的人说出来的了。如果你认为不必解释，也可等你父亲在信中与你谈起时再说。这些我没有权利干涉。

总之，该对恋爱总结一下了。在这 3 年里，你努力学习技术，我也努力奋斗。让我们用行动来证实我们的初恋和爱情吧！时间会证明一切的，时间是最好的评判人。

对我来说，最需要的是踏踏实实地工作，用坚定不渝的意志和顽强不息的毅力来学习和写作，其余的路是没有的。

你的头晕，让我很担心。你最好去量一量血压，看是否血压高。谢揆初在上海也有同样的情况。要不，一定是平时思虑过多。希望你珍惜身体！毛主席这次对青年提出：“身体好，学习好，工作好。”还把身体放在第一位呢。……

最后，反对我们恋爱的，显然不仅仅是你父亲，还有其他人，这一点你心里应该明白。他们的恋爱观，显然与我们是背道而驰的。我不想多说什么，只是说："如果为了恋爱而使你与他们闹矛盾，你还是服从他们，听他们的话算了。我决不会怨恨你的。"

让生活来证明我们的未来吧！希望你保重身体！

你们生产队分红之后，是否给你寄钱去？如果没有，我准备去一次。

你的甜甜

1973 年 3 月 8 日夜 9 时

【附笔】

这本是一封很长的信，由于中间几页信纸全被雨水浸透得模糊一片，我只能将中间部分舍弃了。

但从目前连接起来的信首和信尾，也可以看出，我们的恋爱遭到了她父亲及家庭的反对。我的整封信，都是在谈我的看法。信尾辨认清的那几行字，基本上概括了我当时的态度。所以，我还是把这封简化了的信，编进书里。这决不是说我现在对此还耿耿于怀，只是想表明，这在当时都是实情，而且是完全可以理解的。

但透过书信的字里行间，仍可以看出，一个一文不名的知青，在社会上是多么被人瞧不起！就是好心人也只不过是怜悯你罢了。

37. 淑君致叶辛

承熹：你好！

今天是我 22 岁的生日，刚好收到你的来信，这对我孤独的心，至少增加了一点安慰。收到你从贵阳寄出的信，本想马上就给你去信的，但是，又想看一看领导是怎样安排的，是继续学习还是下班组，以便决定我们见面的办法。但迄今为止，厂部还未决定，可能到后天才能知道。如果没有其他的事，我在这个星期日（即18日）去一次久长。因为，那天有一位同志回扎佐清账，这样我们可以同路。想到你来修文不方便，而且我们见面也找不到地方坐。再说赶场，我们单位里去的人又太多，因为近来发生了两件事，单位对我们这些学徒工抓得相当紧。当然，我也不能给他们留下这种坏印象。甜甜，你不会怪我吧？我何曾不想见你呢？但想到目前的处境，我也只能用学习来弥补自己心灵的苦闷了。

甜甜，看到你今天的信，我差点儿哭了，要不是宿舍里有其他人，我一定会放声大哭一场的。甜甜，你为我，放弃了自己的幸福和舒适的生活，我能说什么呢？但是，如果你有机会调回上海的话，还是应该回去的，我不忍心让你一个人呆在农村。对那种艰苦凄凉的生活，不但是我，就是你所有的亲人都是不愿意的，他们会说是我拖累了你。我不能让你为我而受苦，我的权利只能使你幸福。爱情使我们两颗心相通，它是永存的。我也要说，时间是最好的见证人，它会证明一切的。

甜甜，我很伤心，想不到我们之间竟会有这么大的波折，但是，“生命诚可贵，爱情价更高；若为自由故，二者皆可抛”。我虽然爱父亲，但在这个问题上我是不能妥协的，必要时，我会向他说出一切。我相信，一切都会真相大白的。姐姐是比较支持我们的，但她希望我们不要妨碍工作。

好，不谈这些了，希望你放下一切思想包袱，安心学习，争取更大的进步。我们之间的感情，已经那么深了，但事实却这么明摆着，家庭和社会的压力，对我们两个人真是一个严峻的考验哪！我不知道今后的趋势，但我会一辈子对得起你的。我知道，你的所有亲属和朋友都开始恨我了，但命运为什么又让我们俩相识呢！你千万不能因为我而放弃一切好的机会，这样我会恨你的，这会使我的心灵增添创伤的。承熹，如果星期六能请准假，我星期六就去，如果你有时间，就到街上接我。我可能从扎佐走着去。

银行里的钱取回来了吗？甜甜，你愿意为我买一块手表吗？今后下班组上三班，是很需要它的。

甜甜，我心里很难受，想到你，想到我们这不圆满的爱情。

这几天，头晕好点了，我想可能是营养关系，因为这里伙食太差了。不过，我自己会注意的。你也千万要注意身体，我知道你是很节约的，不要这样，现在我们的经济条件，至少要比以前好多了，不是吗？

小妹和你的相片均已收到了，显然小妹是胖了，可是你好像并没有什么变化。如你有机会找到诗，给我寄来，我除学习专业课外，仍旧要写诗。从上班的第一天起，我就开始记日记。记完一本，就寄给你，好吗？

如情况没有变化，我星期日下午可能到久长，在街上见面吧！请给我带一个搪瓷杯，如有肥皂，也带两条。另外，再找几个空瓶，好吗？如星期日不能见面，我一定给你去信，另约时间。不多写了，时间已不早了，想到明天没有时间写信，晚上匆匆写到此。

祝进步！

你的毛头

1973年3月12日

【附笔】

在前面一封被雨水浸透得看不清字迹的信中，我还写到当时在上海逗留的知青们中间，盛行一种“搞病退”的做法。那就是根据已有所松动的政策，找到有关系的医生，开出有病的证明，证明自己不适宜长期呆在农村。再通过两地的乡办，打通关节，办理病退手续。

有一度，搞病退成功的例子使得很多知青跃跃欲试。我在上海的一些同学、好友劝我也不妨试一试。况且我们家里，是我和妹妹两个人一起插队，听说也可以回去一个（后来，我妹妹也确实按政策回到了上海母亲的身边）。我没有听从同学、好友的话，也劝他们不要为我费心。我说我没病，与其费心费力地“搞病退”，我宁愿回乡下去教书、去写小说。但使我态度如此坚决的原因，还有一个就是我对淑君的爱，我不愿意离她太远。我把这些情况都详细地写在书信中，这才引出她在回信中写到的“大受感动”等一番话。在当年所有远离上海的知识青年中间，把能回到上海去的伙伴，都看作是幸福的。

承熹：你好！

计划好的事情往往也那么不如意，星期日我不能去久长了，从下个星期一开始，我们就要开始上班了。本准备明天下午赶到修文，后天坐早班车去久长。可是，星期六晚上要开会，这样星期日一天也赶不到，见面只好暂拖一下了。

甜甜，星期一（12 日）晚上写完给你的那封信后，我久久不能入睡，想到能和你见面，心里真是激动极了。可是，有些事情真不如意，因为，星期六晚上的会是很重要的，也是下班组前的最后一次会议，我们谁也不敢请假。不过，以后就会有机会的，我们上的是三班制，3 天一班，上 9 天班，休息 3 天，这样我就可以抽这 3 天去你处一次，好吗？

甜甜，近来我太想你了，真的！我多么想见你一面呀！不知你现在胖了还是瘦了？生活过得好吗？我不知道你是怎样生活的？还在教书吗？工作进行得怎么样？其实，我今天已把一切都准备好了，可是，事不如意呀！

看来，父亲是对我有意见了，上个月十几号，我寄去 10 元钱，至今也没收到他的来信。但是，我没有错，为了你，我顾不了这些了。甜甜，你会永远对我好吗？也许，在新的环境和条件下，你会离开我的。会吗？你经常去贵阳吗？你经常到别处去吗？也有可能下个星期日（25 日）轮到我休息，我会到你那儿去的。我心里常常有一个阴影，总觉得我们不会成为一生的伴侣，但愿这是一种错觉！

甜甜，今晚我不能多写了，现在已有 12 点了，复习了几个小时的功课（明天考试），老师又把星期一下班组的消息告诉了我们。因为不能去久长了，怕你着急，就匆匆写了这封信，明天好赶邮车。

最后愿你生活愉快！

你的毛头

1973 年 3 月 16 日晚

甜甜：

考完试了，可是邮车还没有来，再为你写上几句吧！本来有好多话要说的，可是一提起笔，话就不翼而飞了。就谈谈我自己吧。甜甜，想到自己马上要下班组了，心中很激动，昨晚也没有好好睡觉。就这几个月来说，领导对我的评价是很高的，但我也认识到，要使自己更快地进步，也是很不容易的。我决心从自己上班的第一天起，就记日记，以便更好地鞭策自己。同时，利用业余时间继续学写诗，在这方面，你要多多帮助我。请你找点这方面的书，好吗？我要把自己全部的精力都用在学习上。甜甜，让我们在不同的岗位上比翼双飞吧！只有这样，才能对得起我们的青春和人生最宝贵的初恋。对吗？

另外，不知你银行里的钱取了没有？这次你一定要好好保存，多么不容易呀！甜甜，我很想有一块手表，你去贵阳看过没有？再说，我们是三班制，也十分需要它，你愿意为我买吗？

有时间就去我们生产队问一下，下星期日（25 日）我去你处，可能时间有点紧张，我们是星期六开始休息，我当天到贵阳，星期日乘早班车到久长，如有时间就来接我，好吗？星期日乘夜车回贵阳，星期一赶回电站，要上夜班。

这几天，事情可能有点多，还要搬寝室。今天暂写到此，望你来信。

祝健康！

你的毛头

1973 年 3 月 17 日上午

38. 叶辛致淑君

毛头：你好！

3 月 12 日的来信我是星期五收到的，星期六我在街上整整等了一下午。现在已是 3 点半了，下午也将过去，我估计你是因故不能来了，就在街上给你写一封短信。收到后，望来信。

是不是请不下假？如你有机会，还是来久长吧，我会去接你的。现在匆匆忙忙的也写不出什么。回去以后，我会给你写信。你生日时的来信安慰了我的心，请你相信，甜甜是值得你爱的，这一切，时间会证明的。手表我准备“五一”节去贵阳买。听说现在进口表随便买，这就好办了。还有，你分红的钱你们队的会计不肯给我，粮店尚有你的存粮，可能要扯皮，这一切都需要你自己回来处理。我会让你们队给你去一封信的，以便你好请假，不过这一切都需要等你的回信。

写到这里，祝顺利！

你的甜甜

1973 年 3 月 18 日下午 4 时

毛头：你好！

你3月17日的来信，我收到了。

我很忙，真的。

希望这封信你能在离开电站前收到。如收到，望把你处所有的已不需要看的书和你所写的诗（特别是铁路上的）给我带来，我有用。

你的有些想法是没必要的，你应该相信甜甜。我不希望因为我而影响了你和家庭的关系，更不希望影响你的学习和工作，这一点我最初就跟你谈过。

我太需要学习了，因此，我必须抓紧所有的时间来学习和写作。想到我们很快就要见面了，我想少写几句。

祝身体好！

你的甜甜

1973年3月19日夜

毛头：我的明珠！

列车载着你去了，虽然仅仅是10个小时的相见，可我更加确信了，你是一个好人。虽然，分离是痛苦的，特别是对有感情的人来说。但是，现实就是这样，你又走了。是因为累，还是因为心灵的痛苦，在回来的路上，我只是机械地迈着脚步。回到家，洗了脚，已是10点多了，我想到此时，你正到贵阳。这一夜，我一直睡不着，你那俏丽的容颜，总浮现在我的眼前。你那双动人的眼睛，似乎总在望着我。我把你留下的相片，紧紧地贴在脸上，我流泪了。但这不是难过和心酸的泪，这是幸福的泪呀！一夜过去，今天又是一个晴朗的天气，我上完课，洗了衣服，转眼又是下午了。现在，你已在河口的屋子里睡着了吧。毛头，睡吧！对你来说，艰苦的生活又开始了，三班制，在我看来真是可怕。是的，你这样生活，会促使我更加努力勤奋地写作，哪怕前面有更多的困难，哪怕我还要经历无数的不眠之夜和想象不到的曲折（不管是好是坏），我都会对你好。这已经不是形式和感情的问题，对我来说，你成了我的信仰，成了我幸福的象征。不管我会取得怎样的成功，失去了你，对我来说都是可怕的、悲痛的。毛头，你理解我的心吗？不管朋友们怎样说我，不管亲戚们怎样议论，这是我自己的事，别人是管不着的。毛头，你相信我吗？你一点也不会影响我的写作和生活，只会给我增添更多的生活勇气和写作的信心。相信你的甜甜，由于不懈的努力和勤奋的工作，一定会受到命运之神的垂爱的。目前，对我来说，就是努力学习，上面怎样理解我的出身和才能我不管，我本人是没有罪的。毛头啊，人的一生才几十年。之所以这次我选择回黔，也是因为我的灵魂需要依托。而我的依托，就是你呀！我能给你的生活带来什么现在还很难说，不过，请你相信，我决不会给你带来不好的东西。这是我的责任，也是我的良心。

我很久没有跟你谈起我的学习计划了。今年我准备一个月写一篇短篇小说，每一篇都寄回上海。（只会多不会少。）4 月份修改完《岩鹰》，主要是突出阶级斗争和路线斗争。6 月底以前交出《岩鹰》的初定稿，希望它比《春耕》有进步。七、八两个月写完《广阔的前程》的初稿，九、十、十一月底写完长篇《寨上风云》的初稿。

如果还有时间，就把《春耕》也改好了。劳动总是有收获的，春种一粒粟，秋收万颗籽。那么，我的辛勤劳动，也会有收获的，你说我的想法对吗？毛头，我多么需要你的支持呀！这支持不是经济上的，也不是物质上的，而是心灵上的呀！毛头，支持我吧！

愿我们的未来幸福、美满！

你的甜甜

1973年3月26日下午3时40分

39. 淑君致叶辛

承熹：你好！

自那天在久长车站分别后，我一路平安地到达贵阳，一下车哥哥嫂嫂就在车站接我了。但是，你一个人在漆黑的夜晚往回走，一定感到很孤独吧？到家已有10点钟了，那只鸡拎到家就死了，可能是放在网袋里憋死的，哥哥立即收拾它，我吃了点面条，就上床睡觉了。

承熹，这次去久长，我很愉快，虽然时间短促，但是，我们的爱情还是那么牢固。看到你的生活并不像我想象的那样凌乱，我放心多了。承熹，努力吧，我相信你一定会成功的！

昨天上了一个夜班，可能由于上班时注意力集中，没觉得什么。可是下班回来，就昏昏沉沉地不好受。但是，想到你正在盼着我的信，所以，就是再累我也必须给你写信。我的生活依然如故，上班虚心地向师傅请教，下班抓紧时间休息、学习。但是，一上班，在机房里就不想吃饭，常常是一整天才吃四五两，连我自己都有点担心了。也许是不习惯，时间长了，就会渐渐适应的。你不必为我担心，一切我都会注意的，我现在已经认识到身体的重要性了。

第二天，我和哥哥一起上街，在百货大楼看到上海牌的手表，买的人相当多。我也就买了一块，120 元。可是买不到合适的表带，我喜欢皮的，到处都没有。没办法，临上车前，哥哥给我买了一条不锈钢的，这回我上夜班就方便了。

碰到李成沛没有？他有没有把分红的钱给你？

甜甜，今天我不想再说什么了，因为头痛得厉害。晚上全站青年有活动，我准备请假。这封信写得一定让你十二分的不满意，但是，你要原谅我，上夜班的滋味真不好受啊！今天、明天再上两个夜班，后天换班可以休息一天，我再好好地给你写一封信，行吗？最后愿你不断进步！

你的毛头

1973 年 3 月 28 日下午 5 时半

承熹：你好！

星期二写了一封信，可是一直没有机会寄出，因为，邮车已经好几天没来了。明天有人去贵阳，我把写好的这封信，让她带到贵阳去寄。

自我回来后，上了 3 天夜班，今天转班，晚上不上班，明天上白班，所以，算是比较清闲的。今天早晨一下班，就忙着搬家，我和张玲玲住在一个房间，房间很整洁。可是，我们什么东西都没有，连写字的桌子也没有。幸好去办公室拿了一个凳子，就用它当我们写信和学习的桌子了。本来这里的条件是不错的，每间屋子里都有一张桌子。可是，前两批的学徒工都认为桌子属于他们的私有财产，不肯让，倒腾房子也让领导费了九牛二虎之力。不过，对现在的一切，我还是满意的，和在农村时相比，已是天壤之别了。我们现在住的这幢房子是新建的，从窗外望去，群山郁郁葱葱，弯弯曲曲的公路上时而有汽车飞驰而过。但是，环境再好，也免不了想你，一想到你一个人在农村生活，心里就非常难过。甜甜，我没有别的请求，只有一个愿望，愿你早日实现你的理想。甜甜，为了你的毛头，为了我们美好的未来，努力奋斗吧！

在贵阳我听说大学 6 月份就要招生，你也可以向上海打听一下。如果能有这个机会，那该有多好呀！甜甜，我现在很想学习，也很需要学习，对这行，我产生了极大的兴趣。可是遗憾的是，由于以前学得太少了，基础差，学起来比较困难。虽然师傅对我的评价很高，在班长会上还表扬了我，说我聪明、肯钻研，可是从内心来说，这两句话我是不配的。我常常感到自己的知识不够用。听到大学招生的消息，我的心动了一下，当时就向小哥哥表明想上大学。可是，人总该有自知之明啊！冷静地考虑一下，这个理想对我来说是不可能实现的。但是，我认为在工作的实践中，也能学到不少知识。平时，我除了想你之外，很少想其他问题，我没有其他愿望，只想通过这 3 年的学习，能真正配得上“运行工”的称号。

最近，你的写作有什么进展？出版社有没有消息？这是我最关心的问题。甜甜，我不知道我们的未来会是什么样的，可是，无论到什么地方，我都会永远祝福你。我知道你是一个好人，我绝不会影响你的，我只希望你生活得越来越幸福。我的生活和心情都很平静，我不愿意让其他念头和琐碎的事来扰乱我的工作和学习。甜甜，我们都很年轻，前途还是光明的，让我们共同努力吧！

爸爸的身体很不好，可能他也不愿意给我写信了。不过我相信，事实会证明一切，会让他取消疑惑的。对于这一点，我充满信心。

好，今天就写到这里，希望你多多来信。最后，祝你身体好、学习好、工作好！

你的毛头

1973 年 3 月 29 日下午 5 时

【附笔】

就像双方信中写到的，在我从上海回到山寨不久，她回了一次山寨。那是 3 月下旬一个春光明媚的日子，我在久长火车站接到她，和她一起沿着山路走回插队的寨子。我们交谈别后的感受，我们煮了两顿饭吃，我们一起到塘边去洗衣裳。黄昏，早早地吃过晚饭，我们又一起赶往火车站，坐将近晚上 8 点的火车，送她回贵阳。

一整天，我们相处了十来个小时。

从那时开始，我极力适应分离的日子，适应孤独的乡居生活。我劳动，应付日常的交往、写作。我最主要的生活内容，就是教书。在耕读小学里教那些乡间的孩子们。关于这段教师生涯，我写过一篇短文《往事》，一并附在这里。

【附】

往　事

随着年龄的增长，随着岁月的流逝，在人生的道路上，会积淀下许多往事。有些事情虽然很小，却会令人久久难忘。

1972年，我在贵州山乡一个闭塞的小村寨插队落户，担任一个山寨小学校的老师。

冬月将至，地处川黔铁路制高点的久长地区，早早地飘起了雪花。料峭寒冽的西北风从峡谷里吹来，吼啸着掠过树林和山野，吹得人只想守在火炉边不挪窝。我像平时一样，早早地起床，匆匆地喝了一杯自制豆浆，便赶往离山寨一里多路的庙上小学校。赶到那个由尼姑庵改成的小学校里，四处都是冷冷清清的，一个人影也不见。我焦急烦躁地来回走了一圈，不由得恼火了。这是咋搞的呢？到了上课时间，不但学生一个没来，连其他几位老师也不露面。这样教书和读书，教学质量怎么能上得去啊！要晓得，到小学校来任教之前，我曾向大队的干部保证，一定要送一批学生进公社中学。因为，在我们下乡前后的几年中，大队所属的几个寨子，不曾有一个娃娃进过中学。

烦恼急躁之中，我抓起那根冰冷的铁棍，狠命地敲击着垂吊在梁上的圆铁柱，“当、当、当”的响声，随着寒风飘向脚下的四个寨子。

8点3刻，来了第一个学生，随后，四五十个学生娃娃，陆陆续续地踏着泥泞的山路来到了学校。直到9点半钟，学校里的大部分学生和几个老师才算到了。我那个班的学生娃娃，每个人背着书包，手里提着一个火笼。这火笼，不是电视剧《安娜·卡列尼娜》中安娜用的那种高贵皮毛的护手火笼，更不是现在盛行一时的暖手炉，而是用破脸盆、破瓦罐、破花盆穿几根铁丝做成的火笼。燃起的火苗上，架着几根干柴，烟雾弥漫了整个教室，熏得大家不住地咳嗽、揉眼睛。

天哪，这怎么上课？本来就憋了一肚子火的我，板着脸站在讲台上。学生们似乎没注意到我的情绪，只顾闹闹哄哄地打开书包，拿出一根根干柴，小心翼翼地架到火笼上，俯身呼呼地吹着。一瞬间，满教室都是吹火声，吹得柴灰飞扬，烟雾腾腾。

简直是乌烟瘴气！我恼极了，本来就迟到了，进了教室还是这个样子。我一个箭步跃下讲台（原谅我，那年只有22岁），对准第一排那个姓杨的11岁娃带来的破脸盆，一脚把它踢翻了。

大家被我这一粗暴的行为骇住了！一个个呆痴痴地望着我。

我回到讲台上，准备开始一堂强调学习重要性的训话。刚把头仰起来，坐在最后一排的那个年龄稍大的女学生，朝着我连连摆手。我向她一瞪眼，她又用手指了指坐在前一排的一个男生。那是个14岁的娃娃，在五年级不算小了，光着脚板，穿一条褴褛的裤子，脸冻得发青。我愣住了。再看被我踢破脸盆的那个学生，吓得一边啜泣，一边哆哆嗦嗦地从书包里拿出书本、铅笔盒。他穿得更单薄，光着脚板还沾着稀泥。我的目光向全班扫去，这些偏僻山寨上的娃娃，差不多都是一个样儿。

我站在那儿，大睁着双眼，傻了！教室里的烟围裹着我们，我和学生们一起流下了眼泪。是啊，我们山乡的娃娃们，也该穿得暖暖和和，也该坐在温暖的教室里读书；可是他们穿得那么单薄，冬天还光着脚板。我虽然也穷，但我还穿着棉毛裤、毛绒裤，脚上还有一双棉鞋。可娃崽们……一瞬间，我想起了很多事情：开学了，由于山乡外头的世界里在闹文化大革命，无数的纸张都被用来刷巨幅标语和大字报，而山寨小学校的课本却因此印不出来。课还得上，除了教生字，我还给学生们讲高尔基的故事。讲到高尔基小时候在面包作坊里当学徒的时候，几乎所有的孩子都把手举起来，他们问："老师，什么叫面包？"什么叫面包呢？自认为读过好多书、有一点知识的我，却怎么讲也讲不明白。弄得我只好在春节回上海探亲时，给孩子们带回两个面包。还有一次，我病了，发烧到39.7度，孤零零地躺在茅屋里，无法起来煮饭吃。连续4天，一个14岁的学生，天天给我送一暖瓶豆浆。在起不了床的那4天里，我就是靠这豆浆活过来了。他送豆浆时，对我说："老师，我们都盼你快点儿好，到学校教我们……"哦，我的脑子里涌起了那么多思绪，我仿佛这才注意到，我们的教室四五扇窗子都没有玻璃，窗外连绵的山野萧瑟阴沉，枯枝残茎在随风抖动；我们的教室连门都没有，逢雨必漏，学生们要撑着伞上课；还有那些稍大一点的孩子，他们为干不尽的农活和琐碎的家务事所累，在赶来上学之前，往往还都在割草、推磨、挑粪、锄地，他们是愿意读书的呀，他们是渴望学到知识的呀，我怎么能责怪他们呢？我只怪自己在这萧条冷寂的环境里呆久了，已经麻木了，才如此糊涂，才如此粗暴……

就是这么一件小小的往事，即使今天想起来，我的心里仍然感到沉甸甸的，充满了负疚感。

40. 叶辛致淑君

毛头：

今天是星期日，一个星期过去了，没有你的来信。明天是星期一，邮电所休息，仍不会有你的信，这使我很焦急。你该不会出什么事吧？我真害怕。你在我身边时，我说过你那张相照得不好，可现在，你走了，这张相一天比一天美丽起来。我把它放在箱子上，时时望着你。每当我觉得写不下去的时候，你的笑容总在鼓励着我、鞭策着我，使我克服深夜的疲倦，克服头脑中的混乱。虽然这张相和你本人比起来，差得那么远，可是，她成了我孤独的生活中唯一的伴侣。常常在深夜里，我捧着你的相片，和你悄悄地说话，把写作中的烦恼和欢乐告诉你，把我的未来告诉你。随着一天一天的消逝，这张相片成了我生活中的一部分。今年冬天你如不再给我其他的相片，我就把这张相片带回去叫画家画一张大的挂起来。毛头啊，我这样天天不间断地写作，主要也是为了你，为了我们共同的未来。今天我写了一天，眼睛酸，手痛，浑身也因为坐了一天而难受了。可我还是担心你，是由于夜班累了，还是病了，或是出了什么事？前天我收到蔡彤的信，她说："今后的道路很漫长，展望未来，前途一定宽广。"我把这句话抄给你，这句话也可以说是我目前处境的写照。我相信，对你来说，也是如此。让我们为美好的前途而共同努力吧！

我想睡了，一个星期以来写《岩鹰》的修改提纲，构思新的篇章和写了开头3节，差不多天天都到12点才睡，确实太累了。我想起揆初的话："你要克制自己的创作欲望，安排好生活，爱护你的身体，保证你将来的生活。”我觉得应该早一点睡了。毛头，我盼着你的信！

甜甜

1973 年 4 月 1 日夜 9 时

毛头：你好！

今天已是 4 月 3 日了，昨天收到你的信，我放心了，一颗心也落了地。

事情也巧，收到你信的同时，李成沛来打米，他叫我打了一张条子，付给了我属于你的钱，一共是 16.89 元。拿到这些钱，我就想到你去年在生产队时天黑未归的那件事。来信告诉我，这钱是寄给你，还是什么时候去贵阳见面时给你。

由于写作，由于不停地动脑，我夜里常常失眠。一失眠，就更容易想起你来。我尽量克制自己，多睡一会儿，这样可以多写一点。我已写到《岩鹰》的第五章了，5 月底就可以交出去了。昨天同时收到揆初的信，他问我回黔以后懊悔吗？我问问自己的心，我并不懊悔。我回答他的只有四个字：“我要努力。”我也必须如此。

6 月份招收大学生，农村是极少的，出身不好的更少。如果复旦大学或上海师院来贵州招生，哪怕中文系只有一个名额，我也要去争取的。但如果不来贵州招生，那就无望了。在这以走后门为主的地方，像我们这种人靠自己的努力根本无法进大学，哪怕你门门都考 100 分。不过我不看重这些，我自己的计划已排到年底，反正作家很少是文科毕业的。再说，写作的目的不仅仅是改变自己的境遇。说是这么说，我在完成《岩鹰》之后，还是要看两本代数书，看一点几何、物理、化学等。好在这些东西脑子里还有印象，一个月的时间能复习好的，况且还有罗文龙和我一起复习呢！

我决定今年什么地方都不去，如果贵州人民出版社不约我去贵阳，我也不准备去。在这 10 个月的时间里（现在只有 9 个月了），我要抓紧时间写作。不过你约我去是例外的事。所以，你如有便车来久长，可以放心来，我不会不在的。而且你突然地来，会让我高兴的。

我常常很苦恼，由于结构，由于主线，由于这样那样的写作问题，常常睡不着觉。但我必须闯过去，必须前进。有时心烦意乱，但我还得拿起笔，抽出纸。

小妹没有信来，她心里可能也很乱。母亲来了一封信，她很想我，照撰初的说法想得很厉害。你在机房里吃不下饭，与在火车上不想吃饭是一样的，实在不想吃，一个月两个月又不能习惯，就在贵阳买点蜂乳精吃，否则身体一垮，就糟了。我不在你身边，无法照顾你，但买蜂乳精我还是行的，你也要爱护自己的身体，不要硬逞强。

休息时，你想写诗，很好。今年冬天我回沪后，不管能否回黔，一定给你找一千首诗来。目前贵州人民出版社出版的《工农兵诗选》买了没有？如没买，可托人到贵阳或修文书店买。翻一翻这本诗，你会发觉里面好多诗都没有你写的好。别的不说，那首《桥工》就没有你的《桥工》写得好。所以，你每休息 3 天，还是可以写一首诗的。

你现在记日记没有？你能努力学习，我很高兴，希望持之以恒。

如有 3 天以上的休息时间，你可来我这里玩玩。从修文坐车至马家桥，告诉司机在去扎佐和久长的交叉路口停一下车，走10里就可到久长。你预先通知我，我可骑车至马家桥接你。现在我什么也不怕，只怕你真调往六级，那么，这次见面恐怕真是最后一面了。

我很疲倦，眼睛酸，头晕，牙痛，不能多写了，望你原谅。

揆初寄给我4张相片，其中一张是我自己的，寄给你，我很可能忍受不了这种生活，我的心情很沉重。

寄上这封信，同时寄上我的深情和祝福！

你的甜甜

1973年4月3日夜10时

41. 淑君致叶辛

承熹：你好！

本来昨天就想给你写信的，可是一想，你在一两天之内一定会来信的，所以，拖到今天。果然不出所料，上班时收到你的来信。看到你的相片，我很高兴。

甜甜，我要告诉你一件事，从上星期六开始，我和另外两位同志已调出运行班，去搞试验了。这个决定太突然了，我们都毫无准备，连站里的头头也不晓得。那天我休息，有便车去贵阳，所以也没有参加这个会。会上突然宣布了这件事，确实让大家都很吃惊。另外，还有一位去学车工，一位学电焊，当即就发了学徒工合同表。这是厂里领导亲自来我站召开的会议和做出的决定。第二天我回来，未进门，就先听到这个消息，确实让我不敢相信。晚上，党支部书记来通知我，并发了合同表，事情就这么决定了，毫无考虑的余地。我热爱运行工作，可是又突然让我离开它，心里还真有点儿依依不舍。搞试验比运行要求更高，技术性更强，我知道，这是领导对我的信任，但是，我也有点儿害怕，试验班的人，几乎都是大专和中专毕业的，像我们这种水平去搞此项工作，一定困难不少。但我相信，只要自己努力，没有克服不了的困难。你说对吗？

甜甜，看来上次的见面也就是我们最后的一次见面了，我们搞试验上的是正常白班，星期日休息。所以，今后去贵阳的机会更少了。到你那里去的机会更是寥寥无几了，怎么办呢？据说，我们搞试验、搞车工和电焊以及运行，都是和六级电站配套的。所以，去六级的可能性就更大了。这样，我只能做好在山沟里度过一生的思想准备了。

甜甜，这几天我们都没有下厂房去上班，因为，厂团代会后天在我站召开，所以，这几天，天天忙于筹备工作和文娱节目。对于这种事，我不感兴趣，没有参加节目表演，只是参加了全站青年的大合唱，其实我不会唱，不参加又觉不妥，没办法。这几天，我的思想斗争很激烈，团支部书记让我写入团申请书。从内心说，我不大愿意，即使入了团，也只能过几年的组织生活，而麻烦的事情又不少，对这件事，我早就丧失信心了，可是不写，又怕别人说我不要求进步，走白专道路，怎么办呢？

最近，我身体好多了，饭量也增加了。以后去试验班，在机房的时间就比较少了，又不上三班，我想可能会好多了。许多人就是在这方面羡慕我们。可是，我倒不以为然。噢，可能你还不了解电厂试验班的工作性质吧？主要就是试验发电机的装置和保护仪表的性能及检查其好坏，一天就是跟仪表打交道。

6月份的大学招生，你一定要争取一下，多去打听一下消息，因为它是自愿报名的，复习也很重要。我多么希望你能早日离开农村呀！

从信中，知道你很努力，但是也一定要注意身体，好吗？因为身体是一个人的本钱，丧失了健康，就会丧失一切的。

我的钱你不用寄来了，留在你那里吧！

《工农兵诗选》我还没有买，因为这次去贵阳，几乎没有到城里玩，下个星期休息，我准备去修文书店看看。

小哥哥在本月10日左右就要回后五去了，这样，今后去贵阳就更不方便了。

甜甜，踏上工作岗位，我第一个体会就是知识的重要性，我懊悔自己在农村和文化大革命的几年时间里，没有好好学习，以致现在常常感到困难。我多么需要学习呀！空余时间，我就学习电工基础知识。据说，搞试验一定要有电工基础，而且一定要学好。是工作逼迫着我学习的，我也十分愿意学。好，今天暂写到此，盼你的信！

愿身体好！

你的毛头

1973年4月10日

42. 叶辛致淑君

毛头：你好！

4月10日来信收悉，勿念。

你收到的那封信和相片是折过的吧，因为是托人带的，没有说明，农村人是不讲究这些的。有点迷信，那可能是不吉利的。从星期二开始就在盼你的信，我还以为你们是在学习邓小平复职的文件呢！这几天精神不好，头晕，梦多，可能是看书、写字多了，活动少了。自你走后，我没有离开生产队一步，《岩鹰》目前写到第十章，我拼命地在写，可是，天知道我写得究竟好不好。《春耕》还听了不少人的意见，可《岩鹰》除了我自己之外，谁也没有看过。常常是深夜醒来，为它的命运担忧。但有什么办法呢？我现在是逼上梁山，一点后退的路都没有了。

你的调职让我很高兴，因为你可以不再上夜班了。你关于努力学习的话都是对的，希望持之以恒。再有除了本职工作以外，你多少要关心一点国家大事和学会判断人的善恶。

关于大学招生，天晓得会怎么样，不过我理解你的心情，如有机会，我一定会争取的。上星期五（6 日）我着了凉，病了两天，引起牙痛，至今未好。好在我有很多事情要做，所以，也不怕睡不着觉。每天上课，总是老样子，没有什么其他的事。我相信，这一年的孤独生活，会使我的未来更加辉煌灿烂的。这次回上海，勾起了我对故乡的爱，再说，揆初对我的感情实在太深了，有时候想起他们，我就要沉思好久。有时候也憎恨自己的感情，它总是影响着我的心情。

我还年轻，可是在我身后，竟然留下了这么长的一段往事，有时想来真感到吃惊。

还能再说些什么呢？目前对我来说，一切都很好，每天写 5000 字，看 50 页书和稿子，一个星期写两三封信，这样的生活一直要过到12月底。而现在，刚刚是4月初。春天懒散的脚步在贵州山区徘徊，转眼夏天又到了。生活啊，你的意义何在？夏定先借古人话说：“仰天大笑出门去，我辈岂是蓬蒿人。”难道这真是一生的目标吗？功名利禄，还是庸庸碌碌？我决定停止写下去了，人不能总想无意义的事，必须振作，必须前进，为了你，也为了我自己。

和同学刘晓华分手时，他说：“安拉保佑我们。”当时是一句难过的笑话，想不到却很深地留在了我的脑海里。

噢，最后我想起一件事，你学的电工基础是哪一类的，跟我说得详细些，我能给你找些书的。也许你不知道，陈钦武正是一个电工，而且是个优秀的电工，他曾在一天之内，把两个有30年工龄的电工老师傅认为一个星期才能修好的线路修好了。揆初的妹妹也是一个很好的电工，我还有一个同学是上海电机厂的电工，他们都曾很用功地钻研过这方面的知识。你需要什么书，可以来信，我可以给上海去信。

如果太忙，你就不必学写诗了，因为当初学的时候，你就没有钻研进去，特别是对诗的长短句的布局和结构，你一点也不懂。尽管我希望你能写下去。

毛头，希望你的学习生活真正地充实起来。关于入团，我无经验，你自己好好想一想。我自己也担心会发给我志愿书，因为，小妹填几次表的事给我留下了不好的印象。

就写到这里，将来有机会，我会把一切想法告诉你的。现在我只能说：请你相信甜甜，他对你是忠实的。关于钱，会有机会给你的。

祝康乐！

你的甜甜

1973年4月12日夜

毛头：你好！

今天是星期二，17日。放学以后，我在学校写了一个半小时《岩鹰》的第18节。5点半，收到你和揆初的来信，很高兴。虽然今晚为了两封回信我只得停止写作，但心里还是高兴的。自去年12月以来，我没有收到你这么亲切的信已是整整4个月了，这封信使我的心里好受多了。谢谢你！

今天出奇的冷，贵州山区的天也怪，我真不习惯，不过春天毕竟不可抗拒地来了，接着是夏天、秋天、冬天，然后1973年又将过去了。这就是时间表上的生活。

7月份招收大学生，还是在工农兵中招，也许我是有一点的希望的。因为，下乡满3年以上的知青毕竟少了，好多有了工作，好多是没有资格的。据说中文系要招的话，只看你能否写一篇自传，但我不寄希望在这上面。5月底或者6月份，贵州人民出版社让我去一次，具体时间不晓得，什么结果也不知道，只能等他们政审以后再说了，慢慢地等吧。

我很想你，真的很想你，但有人曾说过："真情是一种必须克制的欲望。"所以，我只能努力抑制自己。有时候心里很难受（这是分别后第一次对你说实话），一点也不高兴。但当我想起你，就会好受一些。

请相信我，毛头，无论到哪一步，我都会对你好的。我曾在心里给自己规定了两个目标：一个是写作的成功，一个是你。两个中无论失去哪一个，我都会抱恨终生的。对我这样一个人，无论是谁，都不会真心诚意地像你对我这么好，这一点我心里很明白。揆初在信上说：“上海的爱情，完全是买卖，太低级和丑恶了。更可鄙的是，有许多人攻击这种爱情，而自己却在做着这种丑恶的买卖。”为了忠实于我自己，也为了忠实于我们纯洁的初恋，我一直在努力着。我常想：将来有人写我一生的故事的时候，不至于给后人带来坏的影响。所有这一切，都使我在意志不坚定的时候也能挺直腰来生活。

生活，就像有些书上说的，是义务、是天职，而爱，必须带有崇拜性。目前，我仍相信这句话。毛头，我是一直崇拜你的。不管怎么样，除非你明显地变了，那就没办法了。因为人无论如何不会崇拜苍蝇、蚊子和臭虫，如果爱没有一定的基础，像建筑在沙滩上房子一样，那么当第三者一出现，不用冲击就会垮的。毛头，你会垮吗？

我不谈这些了，尽谈自己的感情，未免太自私了，还有那么多东西要谈呢！

《普希金略传》写得不大好。其实关于艺术家的故事，我的头脑里太多了，之所以没有讲给你听，就是怕别人说我在“花”你。普希金的死，是很令人悲伤的，莱蒙托夫曾专为诗人之死写了一首诗——《恶鹰》，披露了实情。普希金娜即他的夫人，确实很漂亮，托尔斯泰的《安娜·卡列尼娜》就是以她做模特来写的，你在我这儿曾经看到的一张画，就是模仿他们女儿的容貌画的。我不同意你的看法，我还是认为普希金为了他的爱人去格斗是对的，可恶的是那个打死他的坏蛋。真正值得怜悯的是巴西大作家库里亚，他的妻子无耻地跟着一个花花公子跑了，他为了去看一看自己的妻子而被花花公子杀害了。这个故事更悲惨。

你的新工作很轻松，这能使你度过一段美好的青春时期。新到试验组，不能操之过急，再说，学习不是一朝一夕的事，要想学成一门专业，更不是几个师傅就能解决问题的，慢慢来吧。你仔细想一想：进厂4个月，有过多少变化啊！那么，还有2年半，变化难道会小吗？毛头，我这句话说得对吗？不要强求于人，不要依赖于人，不要寄人篱下，但也不要太自命清高。我还是那句话："伟人有志，庸人唯愿。"这次我后悔没有把《田中角荣自传》和《尼克松其人其事》两本书带给你看看。春节时我和小伯伯、叔父、蔡彤谈起这两本书时，笑了很长时间。

今天写到这里。愿你好好学习，天天向上！

撰初在信中向你问好！

你的甜甜

1973年4月17日夜

43. 淑君致叶辛

甜甜：你好！

本月12日和17日的来信都已收到，今天我虽然很累，可是读着你的来信，心情格外舒畅。真的，甜甜，黄昏的时候，也就是我每天生活中最美好的时刻。完成了一天的工作以后，我常常在这个时候眺望着远方的山岭。翠绿的山峦中，夹杂着红色的映山红和白色的洋槐花，只是我常常感到孤独。在上一封信中，我就和你说过，我常常是一个人独守宿舍，她们往往不在。即使她们在，也不能使我感到愉快。我时时在想，要是你能和我共享这优美的山水，该有多好啊！今天，也是黄昏时收到了你的来信，心中更加想念你。你也一定站在门口望着远方吧？可恨的是，这山山水水把我们的视线隔断了。

今天，我们没有下机房，上了一天技术课。本来每个星期五只有半天技术学习，而上午是我们试验班额外加的。虽然是坐着听课，但也相当累。上完课，我又复习一遍，然后做笔记。只有多下点工夫，才能有所收获，所以，一天下来，脑袋都发涨了。

甜甜，你有希望进大学深造，对我来说，是一件最幸福的事了。我常常担心农村的艰苦生活会损坏你的身体，再说，你写作的条件又不好。争取吧，甜甜！我期待着这美好的一天。

甜甜，你信中说的话都对，我会牢牢记住的。上一封信中你提到的书的问题，说实话，搞我们这行，到底要看哪几种书，目前我还不清楚。但电子基础是必需的，我现在看的就是我们厂自编的电工讲义。再说，以后我们还要确定具体工种，目前我们只是熟悉试验和掌握基础知识。如你的同学中谁有电工基础方面的书和关于电气仪表方面的书，我很愿意看，你是否写信去问一下。甜甜，学习是愉快的，你不知道，今天，我搞懂了发电机的一项设备（这是比较复杂的），心里有多高兴！我太爱学习了，因为，它能给我带来无限的乐趣。

甜甜，我对你寄予了无限的信任，你同样也要相信我，好吗？再说一遍，世界上除了你，我是再也不会爱另外一个人了。我知道，现实中的“爱情”，只是一种买卖。你不能太苛求女人了，原谅她们的过失，真的。《普希金略传》虽写得不好，但看过后使我常常感到难受。多么伟大的天才呀，却死在一个女人之手。你千万不能这样想，要爱惜自己的才能。不过，我这样说，你不能有什么怀疑，我会一辈子对得起你的，因为我爱你，爱你的才能，更爱你为之奋斗的事业。我知道，你的事业成功与否，很大的因素是取决于我的。想到这一点，我更要对你好，对吗？

揆初来信向我问好，谢谢他！去信时同样代我向他问好！虽然我和他见面的次数很少，甚至没有讲过几次话，但从和你的谈话中，他给我的印象太深了，他是一个好人，还有顾培德。今天，偶尔翻出相片来，他们还都有一张相在我这里呢。

生活中总有一些丑恶的人，有一件事让我很苦恼。因为我的学习成绩在这批学徒工中是比较突出的一个（也正因为如此，才把我调到试验班），于是有一个老职工十分嫉妒（这两字可能写错，请纠正）我，处处在我身上找别扭。甚至我和别人开玩笑，她都认为是在说她，她还对别人说要警告我。唉！真是没办法，以后只有自己处处谨慎、小心了。其实，我的脾气你也知道，根本不愿意多说话，她却要向我挑战！

甜甜，这几天我正闹“经济危机”，给姐姐买了70个鸡蛋（她要），还花3元多钱买了一块不要布票的布（给小刚的），可能不久要买棉絮（厂里照顾学徒工的），另外，我还想做一条夏天穿的裤子。因此，你能否把我的工分钱寄来？不要怪我浪费，有时，我觉得这点工资太少了，尤其要经常去贵阳。不过，这次“五一”节过后，我准备尽量少去了，节约也是一件大事。

春天来了，贵州的山区，到处都显示出春天的生机，让我们在这美好的春天里，更前进一步吧！陈永贵来贵州，希望贵州也像大寨一样。我想，陈永贵一定会给春天的贵州带来更浓厚的春的气息的。

如果我在“五一”节之前收不到钱，那就“五一”节以后寄吧！

你的毛头

1973 年 4 月 20 日晚 11 时

44. 叶辛致淑君

毛头：你好！

我正在担心，怎么一直没来信？今天早上有人喊我拿信，才知道信在别人家睡了一晚上了。看到你的信，我的心里感到很温暖，真的。最近，我相当忙，差不多每天都有两封来信，不回又不行，要回实在没有时间，我只好在学生们做课堂作业时写信。我的《岩鹰》写到第 25 章，下个月就可以完稿了。要让一部作品有生命，需要付出艰苦的劳动，但我有决心、有信心做下去。因为，我年轻，我才 23 岁。

我是相信你的，别的不怕，我怕的只是社会现实以及你的家庭。你曾经说过这些对你有压力，我不愿意你为了爱我而有所损失。真的，你的家庭对我采取的那种态度，实在让我伤心。你对我这么好，我是决不会做对不起你的事的。你这样相信我，我感到很高兴。说实话，我为有你这样一个心上人而自豪。我是多么想你啊！但我只能用不断的写作来抑制自己的思念，一进入故事，我身边的一切事都不存在了。将来有一天，我会把你也写进书里去的。

毛头，我们都应对未来的生活充满信心，要相信我们的生活一定会越来越美好的。当然，我们也应踏踏实实地工作和学习，不能想入非非。如果我们没有坚定的信心，那么，一切希望都不存在了。我真的没有时间，有时间的话，我会给你写许许多多的信，我会仔细地叙述自己思念你的心情。你在我心中的第一个印象是温柔，从你工作后的情况来看，你还是一个聪明的人。聪明的人总是遭人嫉妒的，但你不要怕，以后注意就是了，我相信你会处理好身边的这些琐碎事的。

电工方面的书我去信找，出版社今年要出版一本科学家、工程师等合编的《电路与数学》，目前正在修改校样，一旦出版，我设法买到给你寄去。我相信我的毛头会学懂这门知识，如果你对它的热爱是长久的。顾培德的小弟弟最近花了40元钱，成功地安装了一台小电视机，这说明我们国家有这方面的人才。

就写到此吧，因为还有另外10封信要回，简直搞得我头昏脑涨了。

如有时间，你还是应该写写诗，可以吗？

请允许我深情地吻你！

你的甜甜

1973年4月25日

45. 淑君致叶辛

承熹：你好！

你的信我是在本月2日收到的，本应立即给你回信的，可是近来总觉心神不定，故到今天才写，你一定等急了吧？

我们已于昨天开始放假，一个星期，因为机组大修完毕。昨天下午我就来到姐姐家，准备在姐姐家度过。同时，再自学点电工理论知识。

从来信中知道你很忙，一定要注意身体，要休息好。你的信件很多，可那些信都是对你有益的吗？以后，我尽量少给你去信。你不要怀疑，因为我不想分散你的精力。再说，上海来的其他信，也够你忙的了，我就不再打扰你了，好吗？在这3年中，我要发奋学习，我要对得起父母，对得起培养我成长的党。这次月评，我被评为试验班的“优秀学徒工”，但这只是一个起点，我一定要再接再厉，珍惜这个光荣的称号。

我有点后悔，恋爱使我丧失了许多东西。你是一个好人，愿你的未来更加美好吧！我还年轻，工作和学习是我目前的主要任务。

钱以后再说吧。如能凑够，就请给我寄来，因为，姐姐要在单位给我订做一套衣服，我要给她钱。近来，小刚生病，她的钱也很紧张。再说，她为我花的钱也太多了。姐姐说，如你去贵阳，就去她家玩玩。不多写了，愿身体好！

我不知道是不是你心上的毛头了？

1973年5月8日上午于二戈寨

46. 叶辛致淑君

务必迅速来信！

毛头：你好！

我心里是相当急，自收到你4月20日的信之后，至今已半个多月了，仍未见你的来信。我差不多天天盯着拿报回来的人。可是我写往上海的信，都一封一封地回信了，就是没有你的信。今天要是再没有你的信，那你一定是出事了。今天我有 3 封信：揆初、阿五、陈钦武的，就是没有你的信。我决定写这封信询问一下。如果不是《岩鹰》正在结尾，我一定要到河口去一次了。目前，我正写到第 40 节，再过一个星期，《岩鹰》就完成了。收到这封信，毛头，我的亲人，只要你不是病得拿不起笔，无论如何给我写一封信，好吗？千万不要让我惦念。一想起你，我夜里就睡不着，写作的信心也消失了。我就写这些，望谅。

祝快乐！

想念你的甜甜

1973 年 5 月 9 日夜里

【附笔】

正是因为我在前一封信中谈及自己的忙碌、信多，才引来了淑君 1973 年 5 月 8 日的这封来信。从她的字里行间透出一股幽怨，我读得出，她生气了。

爱情要懂得珍惜，
随着岁月加倍地珍惜。
爱情不是在明月之下的散步，
也不是在长条椅上的叹息。

什么都会有的呵：有风雪也有泥泞，
因为一辈子要共同生活。
爱情是一首美妙的歌曲，
但这首歌却是不容易谱写。

俄罗斯诗人斯捷潘·彼得洛维奇·施企巴乔夫的这首诗，是我从小就喜爱的。我和淑君之间的初恋，有过明月之下的散步，有过桦树林里的闲逛和静坐，也有过长条椅上的叹息和憧憬。同样，也有过风雪和泥泞。有时候那风雪来自外界，也有时候那泥泞产生在我们两颗敏感的心灵之间。

所以，在写长篇小说《我们这一代年轻人》的时候，我几乎是不假思索地把这首诗写了进去。

感觉到她对我产生了误会，知道她住在贵阳姐姐家，5月10日，我不顾一切地从砂锅寨坐火车去了贵阳。

走十几里山路赶到小小的久长火车站，每天上午，有一班只停两分钟的火车开往贵阳，一元钱车票。到了贵阳，再换乘市郊公共汽车，行驶7公里，就能到她姐姐当年的家。后来，我们的关系日渐密切，这条路我几乎是常来常往了。

二戈寨，这个由于古代两支军队时常摆开阵势打仗的地方，也便对我有了特殊的意义。记得，当《蹉跎岁月》在《收获》杂志上刚连载完，中国青年出版社决定出版单行本时，书的后记，就是在她姐姐家里写的。

散文精选一组

放牛的日子

对我来说，这是人生的第五个牛年了。

如果说第一个牛年几乎没有留下任何记忆的话，那么第二个牛年留下的，则是我最早迷恋文学这个灰姑娘的历历往事。让我难以忘怀的，是第三个牛年的经历。记得那正是1973年，已进入了我插队落户的第五个年头。颇为令人回味的是，在这一年的春种秋收农忙假中，我正在放牛。

每天，天还没亮透，随着阵阵牛的叫声，散养在各家各户的大牯牛、老水牛、黄牛、小牛犊，就从院坝里走出来，从门里拱出来，顺着被露水打湿的青石寨路，走到高高的斗篷山草坡上去。

在蛮荒偏僻、山清水秀的贵州山乡里放牛，对我来说已经不是一件新鲜事了。头几年我就时常跟着牛群上坡。1973年我已调进耕读小学教书，不需要一年到头上坡去放牛了。只在春耕秋收放农忙假的那些日子，才能重操旧业。放农忙假之前，队长算是很尊重我这个

"民办教师"，常征求我的意见，问我农忙时节干些什么，我不假思索地说："放牛吧。"

我喜欢放牛。随着一整个生产队的牛群上了坡，来到斗篷山绿茵茵的草坡上，来到鸭子塘清澈的水波边，牛们悠闲地在坡上吃草，安然地在池塘里嬉戏沐浴。而我呢，则可以静静地坐在山坡的岩石上，或者干脆舒展四肢躺在松软的草地上，瞅着青山绿水，瞅着蓝天白云，眺望着连绵无尽、千姿百态、气象万千的山山岭岭，倾听着从峡谷那边传来的悠长的时常还是透着苍凉的山歌，人会静下来，青春的躁动的心会安宁下来。这时候，我时常会觉得大自然是如此的博大、壮美、和谐，而置身于自然景物里的我，又是如此渺小、如此微不足道。蜜蜂在嗡嗡叫，蝶儿在草丛里飞，牛甩着尾巴，不慌不忙地驱赶叮咬它的牛虻、飞蚊。每当处于这样的环境里，我就会想到人生的意义，想到劳动和人的关系，想到白天和黑夜，想到大自然的风雨和人世间的沧桑，想到人的有为和无为……想得累了，就环顾远近的山峦欣赏高原的风光，远远的山涧里飞泉像白练一般无声地悬挂着，清溪的流水轻吟低唱着从高处淌来又向山谷里淌去，倾泻无尽的阳光灿烂地照耀着，轻拂而来的风里有着草木的芬芳。周围是那样的静谧而又安宁，生活是那样的清贫却又平静。而时光的流逝，几乎慢得可以用手触摸得到。就是在这样的日子里我想通了很多很多平凡的有时又是深奥的道理，这样的思考使得我能豁达而平和地对待人生，对待世间的矛盾和纷争，这样的思考也使得我后来坚持不懈地拿起笔来写下最初的一些小说……

聊以自慰的是，高高的斗篷山，绿茵茵的宽大的草坡和清溪，都曾被我写进了小说。《蹉跎岁月》中的主人公放牛的那些故事，几乎是我亲身经历的。

哦，那些放牛的日子。

怀乡居古庙

每当看到名山大川中那些修得古朴典雅的庙宇佛堂时，每当为这些涂红描锦、富丽堂皇的古庙啧之惊叹时，在我的眼前，总会情不自禁地浮现出一座坐落在山巅之上的古庙景观，引起我深沉的遐思和对创作起步时那些日子的怀念。

须知，我那最初的创作生涯，就是在这么一座古庙里，伴随着插队生活的苦闷，伴随着青春岁月里的孤独和追求而开始的。

那是插队落户初期。我在稍稍适应了贵州山乡村寨的生活节奏和习俗以后，我那不安分的心又不由自主地思念起书本，思念起由于生活环境的变迁而被迫停下来的创作来。可要学习、摸索创作规律，那又是多么难啊！知青点集体户里没有学习空气，周围找不到可以请教的老师，借不着书本不说，就是写作所需的最基本条件——放张桌子铺一些稿纸的安静环境也没有呀！

我插队的寨子上共有六个上海知青，四男两女，我们四个男知青住在一间刮风就摇、下雨就漏的茅屋里，放下四张床，茅屋挤得只剩人勉强能转身的过道，连张桌子也放不进了。

每当我写东西的欲望强烈的时候，我就只能掀起褥子，在床铺上就着油灯闪烁的光亮写下一个个字。这情景是很别扭的，我趴在那儿写，不是人家醒着影响我，就是人家睡着了我影响人家。即使熬到夜深人静，写得正来劲儿，也会不时地欣赏到伙伴们的梦话和隔壁女生屋里磨牙的声音。那年头山乡里的煤油质量也差，灯焰儿闪烁着、摇曳着，冒出一小股一小股烟气，我那雪白的帐子，全被油烟熏出一道道黑条条，洗也洗不干净。

有天清晨，我听到茅草屋后传来低低的啜泣之声。绕过山墙一看，同户的知青小冯，两个膝盖上放一块搓板，垫在那儿一边给上海家人写信，一边在哭泣。我走近去轻声劝慰他，心里却在暗忖：瞧，这地方真不错，不但清寂得无人打扰，且景色宜人。我们的茅草屋紧挨着一大块肥沃的秧田，水田里的秧子，顶着银光闪亮的露珠儿，绿茵茵的一直铺展到寨外门前的大坝子，坐在这儿，一眼便可以看到远远近近逶迤连绵的群山和乡间的条条小道。从第二天开始，我就变夜晚写作为清晨早起，趁着拂晓时分山里的蒙纱雾徐徐飘散，坐在后屋檐下的板凳上，膝盖上放块搓板，搓板上再搁一张硬板纸，写上一阵，抬起头眺望一下寨外的流水和浮云，满眼里收尽山野的绿色，倒也不坏。这种姿势写封家信还可以，坐在那儿一气往下写，滋味儿就不好受了。

亏得寨上的喻老汉。

那天他在我们茅屋后的秧田里翻犁，水田大，他连续犁了几个早晨，见我坐在那儿写，就对我说，寨外山头上有座古庙，那里曾办过政治夜校，既清静又有桌椅，何不上那儿去。说着还用赶牛鞭指了指那岭巅绿荫丛中露出一角的古庙。

我听了心中不觉一亮。每逢赶场天就往古庙里跑。出寨子过小石桥，沿着一条弯弯曲曲的上坡路爬到山巅，总共也只一里半路的样子，很近。庙门前台阶旁，长着一棵枝干粗壮的百年老桂花树，月洞门就掩隐在树荫底下。进了略比人高的月洞门，是个光滑的青岗石铺砌的院坝。院坝上头的宅基上一溜平顺地立了四间屋子，两间茅草房，两间砖木结构的瓦房。走进去一看，哪里还有啥庙的痕迹，连菩萨的影踪都见不着了。满屋的桌椅板凳蒙满灰尘，乱七八糟堆在一起，全都是缺胳膊断腿的。所谓桌子，就是一般小学校里的课桌，椅子呢，干脆就是两沓砖头上放一块板，垫得不牢实，坐下去还得跌跤。不过这地方确实清静安宁，除了飒飒的风声和水雀儿的低声啁啾外，忙忙碌碌的农民们是没有闲情逸致上山来的。比起我们知青挤住的茅草屋来说，这儿称得上是个写作的良好环境了。

于是乎，我便带上一块抹布，整理出一套稍微像样点的桌椅，每天一大早，就踏着晨露，穿过山乡清晨的雾霭，挟着稿纸书本步行到庙里去，在砖块石头、破败的四壁陪伴之下，在大自然的风声、鸟声的伴奏之下，潜心地写着我想写的一些东西，几乎从未遇到什么人上来过。那年头是集体出工干活，贵州的偏僻乡间，头一顿饭总要挨到九十点钟吃，吃完了，队长寨前寨后地吆喝。在小小的土地庙前集合起队伍正式出工，总要拖到十一二点了。所以，一上午时间我尽可以放心在庙里写作，反正到了吃饭时候，同我一起插队的妹妹自会到山脚喊我的。

文思不顺，写不下去的时候，我就搁下笔，走到房屋外头，站在高高的山巅之上，迎着阵阵扑面而来的山风，向四处眺望。每当这时，一股说不出的感慨总要涌上我的心头，那便是一面由衷地感叹山乡的壮伟美丽，感叹“大山是主，人是客”，一面却又为偏僻村寨上的贫困感到揪心。

每年的八月和十月，月洞门外台阶旁的那棵老桂花树，总要先后两次开花，八月里头一次的花儿开得繁艳，香味淡雅一些；十月里的那一次，花儿团团簇簇地开，香味儿浓郁扑鼻。秋风送爽的日子，那浓郁的桂花香味，会随风送到十里八里之外，寨上的乡亲，既图秋后刚收粮食，又图桂花盛开的吉利，都爱在这时节娶亲嫁女。那时候满寨的喧哗总要持续两三天，锣鼓鞭炮的响声不时地传到山巅上来。

哦，那段艰难的日子早已随着岁月的流逝而埋在心底深处。但是，一看到庙宇佛堂，我自然而然还会想起那个幽静的环境来，就在那前后几年时间里，出工劳动之余，我在庙上，约摸练笔几十万字，其间写下的处女作草稿《高高的苗岭》和《绿荫晨曦》等，后来在上海、北京出版社编辑的帮助下，还较顺利地出版了。

后来有人告诉我，那上头除了院墙和月洞门是原来庙的样儿，四间房屋都是破“四旧”推倒了古庙后新修的。这古庙里头，原先住的并不是和尚，而是尼姑。新中国成立初期，农民翻身，尼姑下山还俗，嫁人生了娃娃。

唯一值得提一笔的是，1982 年深秋中央电视台的同志来黔拍专题片，我带他们去过那儿，山巅之上，新崭崭盖了一排教室，娃儿们坐在里面上课，原先的青岗石大院坝拓宽加长，变成了孩子们的操场，像个小学的样子。遗憾的是，院墙推倒了，月洞门拆除了，连那棵百年桂花树，也连根刨了。可惜，可惜。

当好“客人”

坐着列车在山乡旅行时，每当晴朗的黄昏，我总爱透过车窗，向着那些夕阳辉耀下的原野眺望。哦，所有的山岭、田坎、河流、树林和间或可见的飞泉，对我来说，是陌生的，但似乎又是熟悉的。准确地说，应该是眼前的这片景物对我是陌生的，而类似的生活环境对我来说又是熟而又熟的。我熟悉傍晚时分草木那股特有的气息，我熟悉光着脚板在田埂上走路的那种滋味，我熟悉一天的劳动过后双手双脚在清澈的小溪流里冲洗的那个美妙的感觉——一切离得是那么的遥远又是那么的亲近。我眺望着也在回味着，回味的同时还在寻找，在贪婪地不满足地寻找。寻找什么呢？我总希望自己寻找的景物到了八九十年代不复存在了，但遗憾的是，即使是到了九十年代的今天，这样的景象在稍纵即逝的列车车窗外还是能看到。

太阳是落坡了，高坎坎的田埂上，仍然能看到两个农民，勾腰俯身，从低洼处用长长的绳子拴着篾斗，把塘里的水提起来，倾倒在高处的田块里。蓝天绿野是衬景，两个农民俯身勾腰、提水上扬的动作做来是那么自然贴切、那么富有节奏感。远远地看去，当那提上来的水泼向高田的时候，闪闪发亮的银珠光波，真给人以一种充满诗意的感觉。我就不止一次地在同车旅客的感叹声中，听到类似的评价。

很难去责怪没有农村生活的陌生旅客们的无知，尽管这些旅客中不少人还是干部。每逢此时，我心头总是想，这大约就是生活和艺术的差别，或者说是生活和艺术之间的距离。把这一幅景象绘制到画面上，人们会感到这是一幅充满生活气息的画作。而唯有真正在干活的农民，才知道干这活的滋味。

插队期间，我就常常和一位老农分站在田埂两边，一斗一斗地把洼处的水戽到高处干裂的田块里。这是天旱季节乡间最重的农活之一，这是不得已而为之的农活。常常，一天戽到黑，高处的田块才能积起一两寸厚的水来，但是，就这一两寸厚的水，还是不能打田栽秧的，犁一翻过来，水又没了。要戽够足以打田栽下秧子的水，两个劳力起码从早到黑连干 3 天。

和我一起戽水的老农 50 开外了，但他身体强壮，一口气可以戽水 300 多斗。像我这样 20 来岁的小伙子，咬紧牙关地干，一次最多也只能戽一百五六十斗水。干一回，我们就歇一口气，所谓一口气，一歇就要歇二三十分钟。坐在田埂的荫处，揭下草帽来扇一扇风，两眼仿佛深沉地望着远方，那里有远山近岭，有泉水瀑布，有牛羊和不时甩一下尾巴的马，有偶然可以一闻的山歌，有……山野里真是有数不清的东西。可我们什么也不望，我们只是在歇气，这时候世界上最好的事情就是这么安安心心地坐着歇一口气了。歇得时间久了，我还忍不住会打瞌睡。老农总是用他那双微微眯缝的眼睛，同情而宽厚地望着我。我瞌睡醒来，朝他不好意思地笑一笑时，他总是理解地说："没关系，一会儿我们抓紧戽，总要把田淹上啊。"

插队的时间长了，对山寨周围的山山岭岭也看得乏了，歇气时我忍不住跟他说："你想嘛，这一座座山头，千百年来都没有变化。你的父母，你的祖父母，你祖父母的祖父母，逢到天旱时，想必也要戽水吧。"

老农肯定地点头，一扬手说："那当然。你我都是客，他们才是主人嘛！"

"你说什么?"我大为不解，大声问。

"坡是主人——人是客嘛!"老人见我没听清，故意放慢了口气道。

我默然，久久地望着这个不识字的老农。直到此时，我才仿佛真正认识了这个天天在一起干活的老人。直到此时，我才真正明白了，他对我为什么那样宽厚且富有同情心。我觉得他的心胸十分宽大，我觉得他的话里充满了哲理。这哲理比书本曾经教给我的要厚实得多。

诚然，人是万物的精灵，是地球理所当然的主人。然而，人在改造自然、改造世界的过程中，必须遵循客观规律。从这个意义上说，我们不都是"客人"么！岂止是山岭田坎，对于我们生活的这个世界，对于这个世界上终日在无休无止地忙忙碌碌的芸芸众生来说，我们不都是客人么！

我们要考虑的只是，如何当好这个"客人"。

闲话久长

这久长实在是个好地名，让人和人的情谊久久长长，让人与土地的情感久久长长，让人长久长久地记得它。

车来车去，每回过久长，不管车里有多少人，不管别人会不会有意见，我都要请司机把车停下来，让我下车去走一走，看一看，不为别的，就为了却一下自己的心愿。

同车的人不甚熟悉，我也不多言语解释。同车的若多是熟人，我便大言不惭地告诉他们，这儿，久长，是我插队多年的地方，大有革命老前辈返归当年战斗过的地方，那种说话语气，且还有点洋洋自得。直到友人无恶意地对上山下乡那件往事耿耿于怀地说出几句讥讽的话来，我才收敛一些自得的神气。时代使然，那怪不得友人，自然也怪不得我。虽然是因为插队落户，我才来到这块小小的无名的地方，但是每一个人对他生活过多年的地方，都会产生一种割舍不断的感情。况且我的青春，我的追求，我同文学的缘分，甚至我的爱情，都是从这里开始的。我不能像一般的路人一样漠视这个地方。我在这里住得太久了，久得甚至对这里秀丽的风景都变得有点麻木了。

现在一旦下了车，我便急急地跑去寻找和辨认。寻找我初到久长那个飘洒雪花的晚上住过的房子，寻找那间陈旧的设备简陋的邮电所，寻找候车时久久与我为伴的那根电杆，且把眼睛睁得大大的，辨认一张张路人的脸，极力地想从身边走过的人中间认出一两个当年的熟人和乡亲，真的喊出一两个熟人的名字时，我便顾不得满车人还在等待，就站在路边和那人聊起来，寨子上如何？乡间怎样？酒疯子还活着、照样酗酒？小虎儿的女儿现在都快出嫁了……唠上几句，我会感到踏实，感到心安一点。若是听到一点好消息，我还会带着满意的表情上车，大声招呼司机："开车。"俨然不像个搭车的人，倒像个什么首长。

遗憾的是，这样的情况实在很少。每回下车后，故友重逢般地见过那些过去看麻木了的景致，虽还感到亲切，但是，逛过一圈重新坐回车上，我总会不由自主地生出一股惆怅之情。报纸上时常在报道，说山乡在变，村寨在变，我的这可以称作"第二故乡"的地方，怎么总是一张老面孔，一点没变呢？于是我便闭了眼，什么话也不说，任凭车子在山乡公路上颠摇着北去或是南归，陷入闷闷的沉思冥想之中。很多住在乡间时的往事，便会那么清晰那么自然地浮现在眼前。

我记得青黄不接的五荒六月，怎样随着老乡们上山去挖蕨苔、掏野菜抵饿充饥；

我记得在寒冽的冬腊月间，怎样和寨邻乡亲们围坐在火塘边摆龙门阵；

我记得雨夜抢收白天晒在场坝上的谷子，妹妹因没披雨衣而生了病，我曾经大发脾气；

我记得烈日下耕耘薅秧蚂蟥怎样叮在脚上，老农笑眯眯地用烟油把蚂蟥熏落下来；

我记得年年九月初霜降的头一天日子空气是怎样的清凉，山野里那一片白花花的景象；

我还记得……

我真不相信会记得那么多，但我确实仍记得。

今天的景物依旧，今天的山乡也还依旧么。若还同我在的年头那样，那真是件令人遗憾和伤心的事。1982 年初冬，中央电视台的同志为我拍专题片，去过一次寨上，除了上面拨款翻修了我曾教过书的小学校，寨里一切变化不大。唯一变了的，是我们知青当年住的茅屋倒塌了，是我熟悉的那些中年人脸上爬满了皱纹，是那时的年轻乡亲们现在都已拖家带口，而当时那些个老汉，好几位已不在人世……我眺望苍山，想起了一句诗："坡是主人人是客。"

我真有些伤感了，在扪心自问：这深山里的村寨，这块遥远的土地，什么时候会有点变化呢？

我算是一个有耐心的人了，我到这儿时是十九岁，可我都三十出头了，难道还要我等？

今年初夏，北去遵义，又一次路过久长。我照例地下了车，还挎了个照相机，想把那根当年的电杆、想把初到山乡住过的那间房子和常常光顾的邮电所、经常开会的院坝照下来，留个纪念。可是，跑来跑去，木电杆变成了水泥杆；住过的房子翻成了生意兴隆的饭店，里头人声鼎沸；那间小小的邮电所原址，修成了三层楼房；原来空落落的开会院坝上，则建起了漂亮的办公楼、招待所。在饭店门口遇到一位当时二十来岁的好友，他朗声笑着告诉我，这地方在变啦，出了开磷矿的专业户，还有号称百万富翁的农民，至于惯常说的万元户……他嘿嘿笑着，文绉绉地冒出一句："鄙人也算一个。"他边说边硬要拖我去家里喝酒叙旧。不是面包车里五六个人等着，我真想跑了去。

是的，我都三十八岁了。这地方再不变也太不像话了。她也该变了，该变得比过去美好一点了。

于是我写下了这篇《闲话久长》。

布依石头寨

我插队落户并生活了二十余年的贵州省安顺地区，素以中外驰名的黄果树瀑布著称于世。省内省外乃至国内外来访的文人雅士，不知为这瀑布写下了多少诗文，放歌黄果树的气势，颂扬大瀑布的壮观，20世纪80年代以来，贵州省以黄果树瀑布为中心，配合新发现的龙宫奇观，开辟了一整片风景区，吸引着众多的中外来客。特别是从贵阳到安顺修建了宽体高速公路，150公里的路程眨眼工夫就走完，西线风景区逐渐为世人所知。众说纷纭之际，很少有人提到离黄果树不远的布依石头寨。其实那里的风情，对我来说有着与大瀑布同样强烈的吸引力。每次有机会去那里，我总要到石头寨转一转、看一看，如若陪着客人，我也必定热心地给客人介绍一下石头寨古朴典雅的传统建筑，并且尽可能带着客人去那里一游。

石头寨是一个布依族山村。二百多户人家，所有的房屋全用石头建造在一座拔地而起、岩石嶙峋的山坡上，一层层、一排排，鳞次栉比，依山耸立，井然有序。远远望去，在阳光的辉映下，宛如片片白云，散落于青山绿水之间，给大瀑布的风光，增添了别样的美色。

漫步进入石头寨，就会看到每一幢房舍的主体建筑，全由石头构成。其工艺朴实精湛，造型美观稚拙，给人以无限的想象空间。在百年老树的绿荫掩映之下，这里有四面用石墙封山、屋体两面用石板盖成的长方体建筑；有石墙间隔、石柱支撑、石阶上达的楼台亭榭；有式样新颖、屋面垂直平稳的平顶建筑；有石砌围墙、自成庭院的单家独户。这些石屋建筑，房门的朝向甚至一致，一排排参差林立，一幢幢纵横交错，真可谓千姿百态，丰富多彩。房屋的墙身，有用块石、片石垒砌或浆砌的，有选用大小一致的石块，精凿细磨砌就的，还有用乱石堆砌，再用石灰或水泥在墙面勾缝的“虎皮墙”。砌石斗缝紧密、缝条层次匀称，堪称巧夺天工。

在石头寨，除了房屋全是石头的之外，很多的生活用具，也都是石质的，诸如石盆、石磨、石碓、石桌、石凳、石椅、石灶、石碾——劳动之余，布依族的乡亲们都爱在石凳石椅上小憩闲聊，在一丛丛竹林、一棵棵果树的映衬下，这里呈现出一派南国独特的农舍风光。

石头寨的里里外外，还有石壁、石林、石人、石牛、石马、石柱、石花、石洞、石桥等。这里的岩石和山峰千形万状，或撑天拨云，或悬崖突兀，或形似鹅卵光滑圆润，或如巨龙大蟒深藏不露，山也异来石便奇，令人看后觉得妙趣横生、余味无穷，所有这些石头，都是当地布依人天然的建房材料。老人们说，这里的石屋建筑，已有六百多年的历史。由于石头房屋冬暖夏凉，造价又低且经久耐用，于是便一代一代传了下来。当地的布依族老乡中，也就出了一大批建造石屋的能工巧匠。

石头寨依山傍水，靠河临田，村后绿树浓荫，村前阡陌纵横，村边的小河流水清澈见底。布依姑娘们常在河边洗衣裳、漂蜡染。河面的石砌拱桥上，更常常回荡着布依族男女青年声声对唱的悠扬情歌。

回归都市数年，整天置身于高楼林立的马路，置身于汽车的洪流和排放的废气中，置身于大城市的喧嚣与嘈杂的声浪里，头昏脑涨之际，情不自禁就会怀念起石头寨的古朴安宁和山清水秀的风光。只是关山阻隔、路途遥远，石头寨的风情，只能在梦中领略了。

牛年的话题

牛年的话题是说不尽的。

写过贵州乡间的山地牛，写过西南各个少数民族独具风采的牛文化，写过自己插队岁月中放牛的经历，写过中外驰名的关岭牛，写过黔西南农民喂牛的自由方式……似乎还没有把和牛有关的话题说完。

所有这些文章，都是在以往的年头用散文随笔的形式写下的。去年在编《叶辛文集》最后一卷的时候，翻读旧文，竟也觉得颇有些意味，不忍舍弃，特意选编进了两篇。其实，写牛写得最多的文字，不是在我的散文、随笔中，而是在小说中，长篇小说《蹉跎岁月》里有整整一章的文字，写到主人公柯碧舟思想的突变，是和他在坡上放牛遭遇雹灾密切相关的。这并不是我的虚构，也不是我的“飞来神笔”，而是我在当知青的日子里的真切体验。

尽管如此，和牛有关的文字其实并没写尽。记得我们当初插队下乡时，青春的体魄急需营养的补充。但是，一日三餐，除了清水煮白菜蘸盐水下饭之外，几乎没有第二道菜。到了休息的赶场天，知青们有的去买鸡蛋，有的去买豆腐，有的割下上海带去的咸肉煮土豆改善伙食，可总仍觉得不解渴，更不解馋。那年头，乡场上看不到肉，就是有鸡出售，要的价也很高。突然，男女知青们中间传开一个喜讯，说乡场的街头上，牛肉只卖一角钱一斤。消息传来，简直让人不敢相信。事实上也没人相信，知青们互相之间在说，这一定是哪个想吃牛肉想疯了的上海人编出来的。而和我们同一知青点的男生，硬是买回了六斤新鲜的牛肉。问他多少钱一斤，他说六斤牛肉花了六角钱，今晚请客，所有的知青都来吃这六斤牛肉。于是我们点火的点火，洗牛肉的洗牛肉，削土豆的削土豆，整个知青点一派生气勃勃的景象。虽然吃上“土豆烧牛肉”的时候已是晚上近九点了，大家还是赞叹赫鲁晓夫鼓吹的“土豆烧牛肉”式的“共产主义”有他的“道理”，因为即使在偏远的山乡，铁锅里煮出的“土豆烧牛肉”，味道还是十分鲜美的。

人是享到了口福，心里的疑惑还是存在。为什么牛肉卖得如此便宜？终于忍不住把这问题去问了老乡，老乡回答得非常干脆：“我们没有吃牛肉的习惯。”想到昨夜的牛肉汤是那么鲜美无比，于是更不解地问为什么不吃？老乡眼一瞪：“吃不下啊！你想想，牛一辈子辛劳，为我们耕田耙土，劳累不尽，一天到黑就是吃点草，它死了，人还要吃它的肉，讲得过去吗？”

我默然。

我承认吃牛肉的时候从没想过这样深奥的问题。以后我在贵州这块遥远的山地生活了整整 21 年，果然极少见到农民们吃牛肉。相反，日子长了，我渐渐理解了他们的这份感悟，懂得了牛在农民生活中的地位和重要性，懂得了这一朴素的风俗形成的心理原因，懂得了这一传统的俚俗存在并延续的理由，而且，自觉自愿地参加了乡民们为牛举行的祭祀活动。当健壮的牯牛失脚从悬崖上摔下去死亡的时候，农民们往往还要为这头牛举行隆重的葬礼。可以说，在了解牛的过程中，我更深地理解了天天和牛打交道的农民。

后来我在那块土地上成了作家。1980 年代当我以作家的身份来到盛产山地牛的黔南乡时，乡里的领导兴致勃勃地领我参观了一种新型的役、奶、食三用的良种牛。站在青草如茵的山坡上，望着成群的从新西兰引进的良种牛，听一位县长介绍说，这种牛农忙时可耕田，平时产奶，产量大时，可以宰来上市场卖，肉质细嫩鲜美，深受广大山区农民们的欢迎!

哦，我心头由衷地思忖着，时代变了，古老的传统风俗也在潜移默化地改变着。

牛的话题真是说不完的。

回眸贵州话魔芋

27年前，从上海跑进贵州的大山里插队落户，除了感觉到大山的奇妙，感觉到山乡里民情俚俗的古朴，感觉到山川河谷的秀美，感觉到农活的繁重和山路的崎岖漫长之外，还有一个强烈的几乎天天涉及天天谈及的感觉，那就是饮食的变异。

头一个不习惯的便是辣椒。我曾经写过一文《辣椒与我及其他》，详尽充分地讲述了辣椒对我和我一家人的关系，没想这篇谈饮食的短文，还被收进了多本散文随笔集子。还有一样食品也是难忘的，那就是"折耳根"。我曾经把它介绍给说相声的姜昆，他吃了以后大有感触，专门写了一篇短文，我把这篇文章发表在当时我任主编的《山花》杂志上。令人向往的食品还有米粉。初回上海那两年，凡有贵州来上海出差的文学界、出版界、新闻界朋友，问我想带些什么东西，我在电话上总是说：如果不嫌麻烦，请带一些干米粉。朋友还是不怕麻烦地带来了，可能米粉是干的，吃起来总觉得不如新鲜米粉有滋有味。于是我写下一篇和米粉有关的短文，这篇短文发表以后，我分别收到杭州、沈阳、哈尔滨的几位个体户饮食店主的盛情邀请，他们在信中都说愿出高价聘我去任米粉师傅，收入决不会比当作家低。

和贵州有关的食物，我还写过蕨苔，写过竹鼬、盐酸。如此不厌其烦地描写食物，不是我生性偏爱好食，也不是我嘴馋，而是因我在调离贵州时，亲口对省长王朝文同志说过：离开了贵州，我还是要照样描绘贵州，以文学的形式叙述我对贵州的感觉的。事实上这些年来我是一直在这么做的。

在所写的食品中，我想专门谈一谈魔芋。三年前我曾以《魔芋》为名，写过一篇短文，发表在上海一张印数几十万的报纸上。目的是想告诉读者，这是有极好疗效及营养的食品原料，在贵州乡间，处处都能见到。插队那几年，花一角钱就能买回一大块魔芋豆腐炒来吃，比豆腐还便宜。日本人及其他外国人又是如何喜欢它。心底深处还在指望，哪一位实业家读后有兴趣，也许会去贵州投资开发，使其规模化推出。

一晃几年过去了，在超市上果然见到了开发出的魔芋系列食品，迫不及待地买回家来一一品尝，不禁大失所望。其一，这种包装精美的魔芋系列产品，吃来还不如乡间的魔芋豆腐，可说是一点魔芋味儿也没有。其二更令我失望的是，这玩意儿还是大连产品，是大连人和日本人合资的。大连在东北，那里出海产品不出魔芋，大连人用魔芋和日本人合资，这魔芋可能就是贵州出的。

为什么出魔芋的贵州不能和人家去合资，做出地道的魔芋系列食品呢？

抑或是我孤陋寡闻，贵州已经有了魔芋食品，那么至少贵州的促销没有做好，反正我这个经常进食品店、进超市对贵州情有独钟的人在上海没见到贵州出的魔芋食品。要晓得一小包魔芋食品就卖好几元，那分量还没我插队时一角钱买的那块魔芋豆腐的三分之一。这可是一本万利的买卖。人家做得的，盛产魔芋的贵州更该做得。

由魔芋我联想到前面提到的野菜蕨苔，四川人已把它作为绿色大自然食品随着火锅推向全国。食过火锅的人都说蕨苔粉条是火锅中最好吃的东西，贵州人想到把这饿饭时挖来吃的野菜做成粉条卖大钱吗？还有我很关切的茅台酒，现在湖南湘泉酒厂推出一种“酒鬼”酒，出厂价卖到二百七，在北京、上海的高档宾馆卖到六百、八百，大大超过茅台酒的价格，茅台酒有没有感觉到威胁？人们一提茅台酒，总是摇头说假货太多，不敢买。面对这种情况，贵州人做了多少工作？做了多少竞争的准备……回眸贵州，想说的话实在太多，只是约定写一篇短文，故就此打住。

意犹未尽，但文短意长的情绪想是读得出来的。

辣椒与我及其他

本来想的题目是《我与食品》，斟酌一番，觉得这题目实在太大了些，所以改成现在这样子。细细想来，即使改了题目，这类文章还是不好写。原因是极简单的，因为在此之前，有过很多介绍美味佳肴的文章，有过许多详细介绍烹饪的节目。电视台开辟的《学烧中国菜》专栏，已深入千家万户，成为家庭主妇们互相传经送宝的热门话题。名目繁多的中国菜肴的雅名，什么“雪映红梅”（银耳菜心）、什么“凤入竹林”（竹笋鸡丝）、什么“玉树金钱”（冬菇菜心）、“花好月圆”（虾仁鸽蛋）更是令人目不暇接。随着生活水平的提高，不少带有异国情调的风味菜肴与点心，也正在逐渐走进中国人的家庭。携三二同学好友，团聚日至爱亲朋兴之所至，会不约而同地步入品味高雅的餐厅宾馆，去一尝带有特色的各式菜肴。闲暇时交谈一番品尝丰盛筵席的体会，再不会让人扣一顶帽子招来非议了。于是乎众多的杂志上，谈吃谈食品的文章也多了起来，诸如去什么湖畔食鱼，到某一名胜之地吃到带点稀奇的野味，或是在哪个风景地尝到了一道名点心。至于怎么吃得更有营养，如何吃得更舒服，吃的时候有什么讲究的短文，在报章杂志上也是屡见不鲜。

而我既非营养专家，更非令人羡慕的美食家，这辈子中度过的好些日子，时常还在为填饱肚皮、为解决温饱而挣扎，于是自然而然便想到了辣椒。

记得我初到贵州，欢迎我们去插队落户的乡间农民们，摆出一桌丰盛的菜肴招待我们。我一眼注意到桌子上有只耳朵连在一起的瓷罐，釉光闪烁，造型别致。这是我在上海的餐桌上不曾见过的东西，于是询问，答曰：盐辣罐，亦即一边盛着盐巴，一边放着烤干舂碎的辣椒（当地人称糊辣角）。当一大锅热气腾腾的清水煮白菜端上来的时候，农民们便热情地将一些葱花和辣椒、盐巴拌和着菜汤水搅匀，然后客套地让我们挟着清水白菜（当地唤作莀菜）蘸来吃。盛情难却，我们便挟起菜学着尝一点。哪料菜一入口，就辣得我们咳的咳，喊的喊，吐的吐，半天回不过神来，有的上海姑娘连眼泪都给辣出来了，当即逗起农民们一阵畅怀大笑。而看着农民们吃那老莀菜蘸辣椒水，菜皮皮上还沾着一颗颗尖头辣椒的籽儿，我们更是目瞪口呆，不无担忧地暗忖，以后的时日里如何同吃得这么辣的老乡们打交道？谁料想，没过几个月，我们一些知青，已经习惯地在煮菜炒菜时放上一点辣椒了；而两三年后，一些上海知青，吃起豆花蘸油辣椒、泥鳅辣椒（直接将新摘下不去籽的辣椒放微量的盐水煮熟后形如泥鳅）来的水平，比一些当地农民还要高。连我自己，原本对辣椒是很不适应的，竟也能吃一些颇有特色的辣味菜了。甚至在下面条、煮火锅、吃豆花时，不放那么点辣椒，吃来还不过瘾。

这是何原因呢?

简单的答复自然是入乡随俗，口味变了。往深处询问，那么为何在短短几个月甚或两三年的时间里，人的口味就会变得这么快呢?

这就不得不提到气候与地域了。

提起贵州，人们就会自然而然说起“天无三日晴”的民谣。这话虽然有些夸张，但是贵州山区的多雾多雨，却是实情。绵雨期长，山野河谷里雾霭浓重，空气中的湿度大，自然就潮湿。农作物受此影响稍不留神便易变质发霉，人体其实也是同一道理，在乡间潮润的空气中呆久了，端起饭碗就想吃点有刺激的食物，到了深秋初冬季节，寒气降临，不但想多吃点辣椒，甚至想喝几口醇厚绵甜的白酒。故而贵州人的食品中不但少不了辣椒，酒文化也是相当的发达。流经黔北高原的赤水河岸上，星星点点布满了驰名中外的酒厂，以至赤水河被称作一条“淌酒的河”，不是没有缘故的。

我的孩子是在贵州山乡出生并在那里长大的，在他每天的菜肴中绝对不能少了辣椒。童年时代带他回上海探亲，去北京、天津游玩时，也曾带他去品尝过一些名点名肴，本意是想让他开开眼界、尝个鲜、过点瘾，却不料无论是什么好吃的菜肴点心，他都吃来索然无味，大摇其头说不好吃，并且多次宣称，世界上最好吃的东西就是辣椒。为此，我们一家人调归上海的时候，特意为他备下了五六斤辣椒，包括前面提到的油辣椒、糊辣角、辣椒酱、酸辣椒多个品种，心头还在担心，这些辣椒一旦吃完，不知通过什么途径可以得到补充。因为上海的各种辣椒、辣火、辣酱实在是不能同山乡的辣椒可比，拿孩子的话来说就是“上海辣椒没香味”。哪晓得，初回上海吃什么都嫌没味的孩子，在上海住过了几个月，已经不馋辣椒了。最近一次家中包馄饨，照以往惯例给他舀上了一小勺辣椒，他竟“哇啦哇啦”喊起辣，并且申明，吃馄饨不要放辣椒，因吃起来没鲜味还辣得喉咙痛。我们原先的担心因此也就不翼而飞了。看看瓶子里，带回的五六斤辣椒，还没吃去一半呢！

至于我和妻子，在贵州时多少也都每天吃点辣椒的。回到上海之后，竟已毫无吃辣椒的欲望了。

贵州人食辣，上海人不吃辣，看来仍同地域气候的差别有关。

另一件事大约也可以说明点问题。1983 年我赴京参加第六届全国人代会，开饭时代表驻地有卖酒的，让有酒瘾的同志自己掏腰包买来喝。那年头的茅台酒在市场上非常少见，来自贵州的几位年龄稍长的工作人员见柜台上有茅台，便兴高采烈地争相你二两我三两地买来聚在一张桌上畅饮。当天晚上，这几位同志都流了鼻血，第二天早餐时，他们连连摇头说：“喝不得，喝不得。北京天气干燥，这几天又晴朗，气温高，一喝白酒就糟了。”尽管在贵州时，即便是酷暑时节喝茅台酒都是不碍事的。

贵州还有一道土菜叫“折耳根”。其实就是鱼腥草，中药堂里历来是把它当作药的。但在贵州，却是一道名副其实的家常菜。田埂、土坎、沟渠的泥巴里挖来洗净，用葱、姜、蒜、白糖、香醋、辣椒拌和，食来辛辣苦涩中透出股惬意的清香，别有一番风味，确是一道独特的土菜，以致自然生长的“折耳根”供不应求，现在已是人工大量培植供应市场。土生土长的贵州人远离家乡后时常怀念这道菜，一些亲戚朋友不远千里百里送到北京、天津、上海，奇怪的是，这些身处异地的贵州人，食了这道菜却又纷纷说味道不如在贵州吃起来香。

我想，其实这也是食品因地域气候条件而异的缘故罢。

各种名目繁多的食品之产生，是同气候地域有着密切关系的；而食品也因地域气候的不同大有差异。

人类的口味也是如此。

把这一点肤浅的体会谈出来，我想大概不会是无益的吧。

遥念山乡

我曾生活了14年之久的那一片乡土，以瑰丽多彩的风光闻名，那便是“黔之腹，滇之喉”的安顺修文，古时候叫龙场驿。多年以前，当我在自己的小说中写到她的偏远闭塞，写到她的贫穷落后时，我也如实地写到了她的山水风光，她那古朴醇厚的乡风民俗。

两年之前的今日，我离开了贵州回归故乡上海。两年中在忙忙碌碌、紧紧张张、琐琐碎碎的生活中，时常总会情不自禁地回想和牵挂山乡里的一切。有朋自远方来，我总会不亦乐乎地要对乡间的事问个够。得到一张那里的报纸，大大小小的消息也要看个够。不是眼馋那些醉人的湖光山色，不是为如今开发得更为便利、舒适的旅游胜地入迷，不是一心欲故地重游、陶醉于美不胜收的风景之中，想得最多的，恰恰就是荒蛮山野里的安宁，偏远寨子上的静谧，还有那里的风，那里的雨，和伴随自然界的风雨栖息在那块土地上的人们。

说来让人难以相信，真正地开始懂得一点观察，真正地开始悟到一点创作的真谛，恰恰就是在那山也十分遥远、水也十分遥远、弯弯拐拐的山路更是十分遥远的村寨上。曾与几位初学写作的年轻人说，我琢磨出一点小说的道道，是在“看风”、“听雨”的日子里品咂出来的。瞅着年轻小伙和姑娘诧异不解，认定我是在故弄玄虚的眼神，我只得如实道来：那年头清贫的生活逼得你只有以繁重的劳作去打发光阴，穷得一文不名且又不可能通过自己的努力马上改变那种状况，人便变得一无所欲、一无所惑。闲暇下来，生命需要延续，日子需要打发，于是乎一小点动静也会引起我的浓烈兴趣。茅草屋外头的竹林里声音嘈杂得像有野兔乱窜、竹鸡拍翅，赶紧凑近窗前去看，却是啥也不见，而是豆大的雨点砸下来了。山野里一片细刷刷的声音，细密而又轻柔，别以为是什么轻风拂过麦田，那其实是绵长的雨在下。山乡里称作凌毛毛的霏霏细雨，飘洒起来是一点儿声息也没有的，那雨丝儿细小得你出门时都不想带伞，但只要走上三五里路，那细雨准把你的衣裳沉甸甸地浸透。就是这让人编进歌里唱的毛毛雨，我也是听得出来的。当然不是听它如何飘洒，而只消听听屋檐下的动静就行了。细雨飘洒得久，时不时隔开一点时间，屋檐下就会眼泪似的滴下一颗雨珠，清晰地滴落在青岗石阶上。翻书翻乏了，山野里又没更多的东西可看，看够了山，看够了雾气，仰起脸来，看得最多的，竟然是偌大无边的天。天上云跑得快，风必然刮得凶。从峡口那里吹来的风，我往往一眼看得出，瞧啊，坡上的丝茅草全朝着一面倾斜颤动。山巅上的云层在往下压过来，风声里带着雨，那云层下面就像拖着扫把。风劲吹时，雨斜斜地落下来，风小了，雨丝儿会像蚊蝇般飞舞。风挟着雷雨时，往往从山峦那边先亮起来，遂而拖带着阴云，自远而近、排山倒海地横扫过来。风轻柔温存时，蝶儿在飞，蜻蜓在翔，花瓣儿也得意，还有阳光……我记不清自己在乡居的插队生涯里潜心入神地写下了多少与气象有关的日记，记不清自己那本像户口册一般给山寨上每户农家编号的本子是怎样密密麻麻地写满了的。

怪得很，“看风”、“听雨”使我的山乡生活充满了情趣和色彩，住久了感觉麻木的山寨、田野、树林、河川和莽莽苍苍、千姿百态的群山，也变得亲切起来。

逢到赶场天，年轻调皮的小伙们会长声吆吆地唱：

山路弯弯细又长，
七天七天赶一场；
不买油盐不买米，
赶场只为看姑娘。

哦，这歌声里蕴含着多少乡情，多少诙谐和俏皮，它由远而近地传来，在嘹亮清纯的和声里，伴着山谷的回音，唷哎——唷哎——又由近而远地传入群山，久久不散。仿佛非得让人感觉那回肠荡气的滋味，仿佛非得让人随着这歌声心魂摇荡……

回到了上海，这一切的一切自然都已远去。唯正因离得遥远，思念得也就格外真切。不过我毕竟在那块土地上实实在在地生活了21年，在遥念山乡的思绪泛滥得最为猛烈时，我也还是记得，我居住的茅草屋是滴漏的，一大张厚实的塑料布一年四季总是遮在帐子顶上，睡觉时倾听漏雨的小鼓点。雨季里泥泞的道路上布满了深深浅浅的蹄印，非得赤脚走过去，才会觉得合适。雨只要一下得大或久，井水、堰塘水必然是混浊的。那倒不怕，挑回来沉淀半天，总还能吃；怕的是天干的旱年，堰塘里的水发了臭，而深沉的井眼里，一点水也不往上冒，那日子才叫人发慌哩！至于吃，至于其他生活条件，那就更不消言……

有人要说了，既如此，那你又何必这么思念？说实在，我自己也在经常地扪心自问，且得不到一个能够自圆其说的答案。

若要勉强回答，那倒也不难。古代文人中就有例子，400 多年前的 1508 年，被贬谪居住在龙场驿的王阳明，心情抑郁时，形容贵州修文的山是：“连峰际天兮飞鸟不通，游子怀乡兮莫知西东。”而他高兴时就写道：“天下之山，聚于云贵；云贵之秀，萃于斯岩。”

另有一种解释，不知能否说通。

去年有一天，记得是 6 月 4 日，前苏联《文学报》的第一副总编来作协访问，他说在他的国家里，有 20 多位作家享受的是一般人根本得不到的待遇，他们有别墅，可以随心所欲地到世界任何一个国家访问……他举例谈到的名字中，第一个就是我们多半都熟悉的艾特玛托夫，还有一位拉斯普京。在他介绍完以后，我的思绪就甩了开去。我注意到他提到的这几位作家，几乎都是描绘俄国乡村的高手，在他们笔下，表现得最生动最感人的，往往是偏僻乡村里的那些故事。他们自己有别墅，住房条件想必比中国作家好一点。那他们又为何要纠缠不休地描写泥泞的道路，以原始方式割草的农民，担水过日子的农妇，眷恋故土对开发建设有抵触情绪的老农，安卡拉河上善良的勤扒苦做的少妇，森林里几乎未曾接触过现代文明的孩子呢？莫非他们的创作思绪中也有着对乡土的眷恋和遥念吗？广而言之，在那些偏远荒蛮的山乡，在保存着无法避免的落后、原始、古老的生活习俗的同时，不也同样保存着朴素、稚拙因而令人感到奇特新鲜的东西嘛。这些东西不容置疑地显示出一种日见消逝的朴野、天真之美，透露着人类某种返璞归真的意向，某种回归自然的美学意趣。

这样地阐述自己似乎自相矛盾的思乡情结，解释自己沉浸于山乡回忆的遥念，不知是否能说得过去？不知是否能获得读者们的理解？便写下这篇短文，求教于高明者。

两种生命环

在贵州生活了21年之后，意外惊喜地回归故乡上海，除了感觉到气候上的差异、口味上的区别以外，另一强烈的感受，便是生活节奏的陡然加快。最初那半年，我甚至有些适应不过来。久违了的喧嚣的都市、嘈杂的声浪、几近咆哮的汽车喇叭常常把我搞得心烦意乱。公共汽车里的拥挤，上海人挤公共汽车时的机巧灵活和不择手段，困在车厢里而车子又蜗牛似的爬行，几乎常常憋得我无奈地闭上眼睛。一天一天，上海人就这样地生活着，匆匆忙忙地赶路，匆匆忙忙地吃饭，匆匆忙忙地坐车，匆匆忙忙地打瞌睡，连操笔墨生涯的同行们，也是匆匆忙忙地写，匆匆忙忙地发，匆匆忙忙地读。回上海不到两年，出国热、装修住房热方兴未艾，紧接着而来的投资热、房地产热、股票热又掀起来……有人颇为认真地告诉我，这就是现代生活的快节奏、高速度，你必须适应。于是乎我也不知不觉地卷入这快节奏的漩涡中，把一天一天地计算时间的方式，改成一小时一小时地计算时间，让生命的环，旋转得更为迅疾一些。

但是，我毕竟在山乡里生活了那么多年，了解另一种生命环的转动。闲暇下来，抱一本书，并不想匆匆忙忙地读，于是眺望晴空，情不自禁地忆及乡居岁月里的种种情景。

贵州那大山褶皱里的村寨，即使是在农忙时节，也是安寂而清静的。而一旦进入农闲，你更会真正地感觉到那份安适闲静。

栖息在荒寂乡间的农民们，起得都较晚。鸡鸣过后，往往还会贪睡一阵。若是拂晓时分有雨，雾气笼罩着山头，那晨时的这一觉必然还要睡得长久一些。

一家子中起得最早的，往往是主妇。趁着男人和娃崽还在酣睡，农妇便用豆荚秆或葵花秆引燃灶膛里的火，烧热水盥洗，同时在小灶上的甑子里蒸上一家人一天吃的饭，在大铁锅里用猛火煮猪食。

饿得不耐烦的肥猪、猪崽把圈槽板拱得咚咚响时，一家子人也随着灶房里飘散出的饭香先后醒来了。于是家家户户都有了一些大同小异的响动，院门打开了，喂养的鸡鸭和完成了一夜值更任务的狗跑出门，四散跑开去。寨邻乡亲们打了照面，互相懒懒地搭问几句，多半说的也是昨夜的雨水大小，田里是否有了点花花水儿，或是做了个稀罕的梦，梦见了啥。

吃过早饭，时间总是在上午的十点来钟，一家的活动也便正式开始了。农妇们洗完碗筷，去园子或自留地里淋粪薅土。一家之主的男人们，则是拿着镰刀、扦担上坡，割草回来垫圈。至于细娃嫩崽们，背上背篼，骑上牛背，尖脆着嗓门呼喊要好的伙伴上坡去放牛。

大约午后的两三点钟，放牧掏猪草的娃儿们把牛马拴在地桩上回家来了。上坡去的男人们挑着满满两大捆草也回来了。娃崽性子急的，催着要吃饭。而男子汉则往往端条板凳，坐在堂屋前咂一杆叶子烟，随着那蓝色的烟雾飘起来，男人眯缝起眼睛，似在眺望着远山近岭沉吟，又仿佛在出神地思忖，其实他啥都没想，只是坐在那里休息，山乡里的话叫“歇气”。那是他最好的享受之一。

时近黄昏，太阳落坡了。汉子们在寨旁的河沟边洗净手脚，担起水桶去把家里的石缸挑满。水井边是个热闹的地方，挑水的，洗净菜肴的，吃早晚饭的，全聚拢来，说说笑笑，打情骂俏，用以消除一天来的闷愁和疲劳。

晚饭后，有两件事是必须做的：一是铡马料，一是斩猪草。边干着活，边有一句没一句地闲扯着。若是在冬夜，一家子就会聚在火塘边，天南海北地摆龙门阵，讲盘古开天地的事，讲民间的传说，讲城市里人如何了得，又如何不要脸……

一家子人中，睡得最早的往往是嬉耍了一天的娃娃，其次便是妇女。到夜深人静时，一大家子人也就全入睡了。有电灯的地方省电，没电灯的地方省油。

于是乎，一整个寨子沉寂下来，笼罩在黑黝黝的山脚下，笼罩在不知不觉从峡谷、山林里弥漫出来的雾气里。时而，这里一点，那里一点，农舍里会闪出点儿光亮，那必然是勤俭的妇女在赶夜工，可能是在纺线，可能是钟情的姑娘在给意中人绣鞋垫，可能是聚起了一帮汉子在赌博，通宵地耍……

日子就这样一天一天地打发过去，不同的只是节令气候，不同的只是农事的更迭重复。今天和昨天一样，明天必然和今天一样，只要老天爷帮忙，只要风调雨顺，这一份人世间的日子，就是如此的悠闲逍遥，如此的辛劳不尽，如此的悠长缓慢。

山寨和外界多少是有一点联系的。其一是赶场。城市工厂把卡车开来乡场，把鸡蛋全搜罗了去，于是鸡蛋价格上涨一点儿；街头的百货店运来了花色鲜艳的布料，四乡八寨的姑娘少妇全争着去扯，于是晓得花布的式样又多了一种。其二便是寨子上多少出去几个打工的小伙子，他们出去抬石头、砌包坎、修房子、挖土方，赚回一点劳力钱，同时也带回一点外面世界里的信息。其三是有幸参军或考上大学又回来度假探亲的凤毛麟角般的人物，讲着更远的山外头的新鲜事物，很多与山乡里不同的习俗，很多村寨上闻所未闻的情形，常惹得那些闲来无事又好奇的小伙姑娘们一阵阵感慨、羡慕和叹息……

但是正如在电影里看到演员们吃宴席而他们吃不到一般，这一些由外界带进来的信息，对山乡人们的冲击波是不大的。听过之后，他们照样回去睡自己的觉，照样按山寨规矩打发自家的日子。

一天又一天，一月又一月，一年又一年。

命运使得我在前后两种截然不同的生活形态里浸染过，我情不自禁地常常要将这两种生活的世态拿来对比，发出一些自觉深沉别人觉得莫名其妙的感慨。

——那激荡的波涛何时拍击到我曾生活过的偏远的山乡呢？而那同大自然一样坦然、充满绿色浓荫的生活，又在何时回归到城市的喧嚣嘈杂中来呢？它们交汇融合得起来吗？

莫非我们的生命环，必然要在这两者之间摇摆么？

别　亦　难

说要走、要走、要走，临到真正获知同意我走时，我的心又惆怅起来。连续多少个夜晚扪心自问，当真要走了吗？当真要走了吗？

1985年的春天，75岁的老母来信告诉我，她的一只眼睛开始看不清东西，很希望我回去照顾她。她说我离家已有16年了，很多插队落户的上海知青都回去了，我也应该可以回家。据此我交了请调报告，当时上上下下是一片挽留之声，领导还派了干部去上海探望我母亲，说服了她。我也便留了下来，一留便是整整4年。1989年3月，母亲双目失明，她已不能执笔给我写信，信是亲戚写的，信中告诉我老人很烦恼，天天喊着请人写信要我回上海，那时我正在中央党校学习，便写信托自小一起长大的同学想方设法，送她进一所市级医院动手术。12月，我赴京开会，绕道上海看望母亲。母亲手术后效果不好，眼睛老流泪水，配了深度的眼镜，只能勉强辨识人影在她身前晃来晃去。我回家十天，她天天要我同意设法调归。她说你 19 岁离家，现在已 41 岁，当年说把青春献给祖国，你已经献了，为什么那些家庭没困难的都能回来，你就不能回来照顾老人，你还要我盼多久？

我知道母亲的记忆里还残留着她对贵阳的印象。那是抗战初期，日本人打进江南，她携我的大哥逃难路经贵阳，住过一阵。我决定出来插队落户那一晚，她整夜在我床边踱来踱去，翻来覆去讲的只是一句话：贵阳只有一条街。何况你去的是乡村，真是不懂事啊！

这一次，亲戚朋友们更是站在我母亲一边，有劝的有说激愤话的。总而言之是要我回归。

我只能据实说我何曾不想回上海，这是我的故乡我自小生活的地方。但调回上海岂是像买一张戏票那么容易？我去找了上海作协，说了我的困难请求他们帮助。上海作协的领导立即请示研究并以最快的速度正式答复我，同意照顾我调归。

于是我在上海当着母亲和亲属写下请调报告，回黔后和妻儿商量定下来，就把报告交了……我十分感激各级领导和省委几位主要领导同志的盛情挽留，我也十分感激他们最终对我家庭遇到的困难表示的理解和同情。当我确知领导终于同意我调回上海时，整整一个通宵我没睡觉。除了预感到这是我命运中一个巨大的转折之外，更多袭上心头的，是一股依恋的情绪，是由即将到来的离别引出的莫名的惆怅和汹涌的思绪。

是的，到贵州那年我 19 岁。19 岁的小伙子懂什么呢，1969 年，又瘦又小的我除了虔诚便是盲目。

是贵州的山水土地哺育了我，是贵州勤劳朴实的各族人民养育了我，是贵州的各级领导培养了我，使我从一个少不更事的青年，成长为一个作家。

我忘不了，在偏僻村寨的山野田坝间，跟着世代栖息在这里的农民们学犁田、钻煤洞、敷田埂、采茶叶、熬更守夜看谷场、挖野菜、抗旱、摘红子檬充饥，学做一系列的农活。记得那是一个冰雪封山的日子，我高烧病倒了，孤身一人躺在茅屋里。每天，一个14岁的娃娃，用竹壳热水瓶给我送来满满一瓶豆浆。那四天里，我就全靠着这豆浆维持着病体。后来，还是我的这个学生，冒着寒冽的北风和满地的泥泞，到另外一个寨上喊来了医生，打了针，退了烧（今年我才从寨上来贵阳的另一个学生嘴里知道，这个孩子在出外打工时，让倒下的砖墙压死了，我非常难过）。记得那年夏天，不知怎么搞的我脖子后面生了一个疮，吃药、打针都医不好，反而一天比一天严重，日夜痛得不得安宁。是山寨上那个平时说话不多、干活时爱唱几句山歌的老汉，特意为我跑到高高的山坡上采来了草药，敷了几天，竟神奇地消炎退肿了。后来人们告诉我，他虽不是医生，但治毒疮的中草药是他家的祖传秘方，不是他看得上眼的人，他还不一定肯呢……记得我在乡间的那些年里，外面的世界纷纷扰扰地不太平，文化大革命激发的权欲满世界泛滥。我在山寨上过日子，虽然生活得艰辛而清苦，却享受着一份出奇的清静。除了累人的劳动之外，倒没几个人来歧视你折磨你，清贫的日子过得还是相对安宁的。正是在这样的年月里，我萌生了学习创作的愿望。那年头，就连一同来插队的知青中也有人说我这是资产阶级名利思想，是没有接受好“再教育”。但是纯朴的农民并不这么想，他们看我劳动之余还要起早贪黑写作，干脆把我调进耕读小学执教，让我在教学之余可以有更多的时间“写书”……哦，就是在这样的岁月里，在这些渴求着过吃饱穿暖的生活，然而温饱恰恰又得不到很好解决的普通农民中间，我开始认识了祖国农村的广袤大地，开始熟悉了“日出而作，日落而息”的农民。多少年以后，我才意识到这一段生活给我留下了深深的烙印。如今不论遇到什么风波，遇到什么想不开或是不悦的事，我首先想到的是乡间的农民们，和他们比比，人在物质生活上会感到知足；想想他们，很多想不通的问题自会迎刃而解……

我同样忘不了，当我的第一本书于1977年2月出版，当我的其他作品随着文艺春天的到来一本接一本与读者见面时，贵州人民和各级的党组织，给了我很大的荣誉：第六届全国人大代表；全国青联常委；全国自学成才优秀青年；首届五一劳动奖章；贵州省十大优秀青年新闻人物；第七届全国人大代表……当这些荣誉接踵而至的时候，我真有些受宠若惊了。我深知自己其实并没有做过多少值得夸耀的事，我只不过写了几本书而已。

正是因为这样，我一点也不敢怠慢、松懈，牢牢抓着手中的笔，尽自己的能力创作着。这十几年里我出版了28本书（长篇小说19部，中篇小说与集子9部）。所有这些书全是在贵州的土地上写出来的，评论家们对这些书评头论足，读者们给我写来2000多封热情洋溢的书信……我想，一个作家的本分，无非就是写作，勤奋地写作。正如巴尔扎克说的：今天写作，明天写作，后天也写作……天天都在勤奋中度过。记不清是哪一位伟人讲的：“逆境的美德是坚韧，顺境的美德是节制。”在贵州的21年，我想，我基本是这么做的。要走了，要离开贵州了。从申请调动，到获准并办理一切手续的这段时间里，消息传开后，一些工厂的职工和干部，一些大中学校的师生，曾给予我巨大支持的省青年联合会的朋友们，一些新的老的朋友们，邀我去他们那里走一走、看一看，家里坐一坐、吃一顿饭。形式虽是极为简单的，但却充满人间的温情……别了，贵州的父老乡亲！别了，朋友们！

别亦难啊，别亦难！

今天我要离开贵州

今天我要离开贵州。

醒过来的第一个念头，就是这句话。天还没亮，抬腕看表，仅只凌晨4时许。人困，却是怎么也睡不着了。

是的，要离开贵州了。不是像以往那样，是探亲，是出差，是到乡间，是去北京、上海、广州等处开会或改稿。以往走得再远，我终究还是要回来。因为我的家，我的妻儿，我的事业和工作的单位，都在这座小小的称作贵阳的省城里。在这里，我已经当了七年半的居民。

但是今天，1990年9月1日，我将永久地离去，告别贵州。以后即使再来，我也仅只是作为一名故地重游的客人来了。

在木板床上翻身，声音吱嘎作响。妻也醒了，她大睁双眼："为何醒这么早，今天是没有多少事了。"是啊，去上海的火车要在晚上20点11分才开，还有整整一天呢！和忙忙碌碌奔波不息的前几天相比，今天是没有很多的事了。

该带回上海的几千册书籍，连同一点衣物和家用电器，已在昨天装满了两大集装箱，托运走了。

在贵州21年，无论是在山乡，在省城，在各族各界中都有不少的朋友，无法一一告别，一一去说那些重复的惜别之言，我已写下一篇短文交给了《贵州日报》，嘱他们在我离去之后，随便挑个稿不挤的日子发出来。在那篇短文中，我叙述了调离贵州的缘由和对故乡上海的眷恋之情，但更多地叙述了在贵州21年走过的人生之路，以及别离所带来的惆怅的心情，取名《别亦难》。

好像也没有其他的话讲了。

好像也没有不甚妥帖的事了。

但我仍然睡不着，于是索性坐起身子，和妻一起聊着当年到贵州来的情形：1969年3月31日，列车在一个寒冽的黄昏将我们送进小而简陋的贵定车站，一人发四个油饼一碗汤，当晚住在贵定中学腾空的教室里，地上铺的是谷草。第二天又由卡车将我们送到修文、息烽、开阳三县交界的山乡里，开始了艰辛、苦涩、累人的插队落户生涯……

天渐渐亮了。

窗口爬进了曙色。家具什物搬空了的四室一厅的房子，显得空荡荡的。

8时许，约好的车开来了。去贵阳车站行李托运处想把一件昨天“漏网”、忘了托运的孩子睡的钢丝床托运掉。报出价来是68元8角，比床的身价竟高出一倍之多，于是只得说：我不托运了。

无精打采拖着钢丝床回到家，请司机去忙他的事，我顾不上发一声牢骚，便又马不停蹄地直奔电信局，往上海家里发电报，通知我们的归期车次。顺道又去了银行，办理一点旅行支票。去电信局和银行，自然又免不了无可奈何地排队静候，回到家已近中午 11 时了。

此次返归上海，除了书，除了家电，婚后我们陆续添置齐的一套土漆家具，以及小铁床、缝纫机等悉数送了人。没想到他们竟像约好了似的，全在中午时分赶来了。

东西未搬完，《山花》编辑部来人请我们，说是离开贵州了，编辑部邀我们夫妇吃一顿便餐。妻不愿去，我说我曾在《山花》当了四年半主编，冲这一点吃顿告别餐，大概误不了什么事的。

餐后小说编辑拿来几本第九期的《山花》，那里面刊登了我写的《小说三题》。几年没给《山花》写稿了，这一组稿，也是写来放在那里，作为告别之作发的。

回到家。家已真正地不成其为家了，所有的东西都已搬空，只剩几个随身携带的包裹和箱子。从此时起直至傍晚，来话别、来相送的朋友们只能站在屋里，幸好昨天在六七只可乐瓶里灌满了开水，还有口水可喝。

车是近 7 点的时候来的，送别的朋友、同事满满坐了一面包车；到了火车站，软席候车室里也挤满了来相送的人。这是出乎我意料的，我不一一去告别，只是请《贵州日报》发一篇文章，就是不想惊动什么人。但现在他们都来了，而我的车票只能买四张站台票，怎么办呢？幸好软席候车室的两位检票员都是熟人，她们敞开了大门，让所有来送的客都上了站台。

车是准点开的，8 点 11 分。

车开出站，我仍呆痴痴坐着，足有一两个小时，不想说话，不想动弹，似乎也没有思考什么。只是心绪波动。脑子里翻来覆去念叨的，只是一句话：生活了 21 年的贵州，别了。

最难忘的旅程

说起来是25年前的事了。

那是1969年难忘的夏天，是我这一辈子最难忘的偏远山乡里的一次旅程。

记得，那回我是进省城贵阳去看牙。连续几个月的农忙劳动，插秧、挑粪、犁田、耙田、铲护田埂、下煤洞挖煤拖煤、上砖窑出砖踩煤巴、开引水沟，所有的活都是重体力劳动，每天收工回到集体户的茅草屋里，吃饭洗脚一类事都不想做了，最大的愿望就是到床上睡觉。和我同一知青点的一位男生，几乎天天一收工，就拿一干净毛巾裹在脚上，倒在床上就睡。如此繁重的劳动，对于我这个头一年下乡的上海青年来说，实在有点儿吃不消。但为了接受再教育，我还是坚持下来了。连续几个月的连轴干，又加上吃得比较简单，牙痛病就犯了。在这之前我从未患过牙痛，头一回尝到这滋味，痛得我连夜连夜地睡不着。晚上睡不好，白天干体力活一点也没精神，农民们就会觉得我的劳动态度不好，心里一急，牙痛就更剧烈。在村寨上找了一些偏方来治，毫无效果；去卫生院看医生，卫生院没牙医。拖一段日子，我终于下决心到省城里去看牙。

从开始似乎就注定了这是一次艰难的旅程。动乱的年头，省里面到处都在打派仗。长途客车开往省城的公路边，每走一程就要遇上卡子，查看随身带的证明。车子开进省城三桥时，驾驶员和售票员突然惊慌地大叫："趴下，快趴下！"

话音刚落，"砰砰砰"传来了一阵枪声。一车的人吓得都缩到车窗下面不敢抬头。我长到十八九岁还是第一回听到真正交战中的枪声，可能是年少气盛吧，反而踮起脚跟往窗外望。瞅了一阵，才看清楚是盘踞在相对两座高楼上的"文攻武卫"战士们在对打。

当晚，借宿在省城市郊一座工厂的单身宿舍里，我那位同学的哥哥在这座内迁厂里当工人，他怕我这个外来者在混乱中出什么事情，第二天一清早，给我找了一点止痛药，说：城里都在武斗，商店纷纷闭门谢客，很多单位都不上班了，估计去了医院也看不成牙，还是回到偏僻的乡下安全。他劝我趁早离开这是非之地。我知道他是一番好意，匆匆吃过早点，顾不上进城去看牙，就往厂区开省城的公共汽车站赶。到了车站，才知道因为武斗，所有的公交车都停了。从厂区到城里有十二里路，步行大约一个小时，在乡间已经走惯了，我提着包往城里走去。一路走一路遇到各种各样盘查的卡子，对每一个行人都要查看证明，稍看不上眼就要拳打脚踢。我干脆把证明拿在手里，省了拿出拿进的麻烦。

这么查查走走，两个多小时才进入省城。一进城我就感到气氛骇人，马路两边所有的铺子都关着门，不高的楼层顶上都搭着临时工事，还有人头和黑洞洞的枪管子对着马路上。我小心地绕着七弯八拐的小马路走了约摸四十分钟，终于来到了长途客车站，只见站上大门紧闭，所有的售票窗口全关上了，周围一个人也没有，连可以问个口讯的人都找不到。我东张西望地走出一截路，好不容易在一个院子里看到一个老人，进去问他。他对我打量半天，大约认定了我不是坏人，才对我说：客车站成了战场，车子全开出去打派仗了，十天半个月都不可能恢复。我怔住了，在省城除了那个同学的哥哥，我什么人都不认识，可以说是举目无亲。我该如何回到自己插队的那个名叫砂锅寨的小村庄去呢？

“砰砰！”远处的高楼上又在响枪，形势和时间都不允许我细加思索，我整了整提包带子，决定尽快离开省城，走回山乡去。

说走就走，我不敢耽搁时间。前头一二十里路，我走得非常轻松自在。除了出城的时候遇到一个卡子，再没其他人来盘问过我。路过一个叫作沙子哨的镇子（在当地称乡场），我还停下来兴味浓郁地赶了一会儿场，买了点东西吃。走出三四十里路，脚下就感到沉重起来。先是觉得太阳晒得头昏眼花，我把这归罪于昨天一整日的奔波和夜里听枪声没睡好觉，太疲倦了。继而迈步就有些费劲了，真想坐下休息。但我又想起惯于走长路的农民说的，在远行中尽可能不要坐下，一坐下再走更支撑不住。无奈，中午时分的太阳大，在认准走出了四十里路之后，我坐到路边的几棵大树底下休息起来。开头只想休息个十分钟，哪晓得坐下以后就不想动，眼皮也沉重地耷拉下来，干脆躺倒在地上打瞌睡。刚躺下去的五分钟，只觉得浑身舒展，真是一种享受。可合上了眼睛，却又睡不着，想到还有漫长的七十里路在等着我，哪里还能安心睡下去。半个小时之后，我下了最大的决心站起来，继续我的旅程。开头走的那几步绵绵的，有一股头重脚轻之感，坚持走出了几十步，就好受一些了。但我一边走一边怀疑自己，能不能走完余下的七十里路。我开始有些盼望，听到一些声音就环顾张望，巴望着身后会开来一辆汽车，好心的司机会允许我搭车。可我一次一次地失望了。大约因为城里在武斗，没一辆车开出来，我整整走了四五个小时了，身后也没有开过来一辆车子。我已经感觉到自己比上半天明显地放慢了速度，一个小时再也不可能走十里路了。但我仍坚持走着，再不敢坐下休息。这样，拖着两条灌满了铅似的腿，我又走出了三十多里路。这时候已是傍晚的五点来钟，离我插队的寨子还有四十里左右，要在天黑前赶到公社是不可能的了，但我至少可以赶到扎佐。这地方是黔北的重镇，离砂锅寨还有三十里路。而这三十里路，我在这几个月里曾走过几回，即使走夜路也不可怕。正这么自我安慰时，一场瓢泼大雨哗然而下，逼得我赶紧跑到路边的一幢茅草屋前去躲雨。这户农家和贵州山乡的大多数农户一样，显然很穷，但主人听我说了遭遇后，还是沏了苦丁茶要我喝。当地的农谚：四川的太阳云南的风，贵州落雨当过冬。虽然是夏天，雨一落下来，我还是觉得冷，坐在农家的板凳上，真不想站起来走了。可时间不等人，雨下小了，乌云笼罩山头，天眼看着就黑了。真走回寨子，恐怕要半夜了！正在这么想着的时候，我看到公路上开过去一辆煤车，哦，这是扎佐煤矿的车，省城里在武斗，可乡间的煤矿仍在生产。我连忙放下杯子，向主人道谢，直接走到公路上，一边慢慢往前走，一边期待着后面还有车子开来。一辆煤车开过去了，我向着车子招手，司机不理我。第二辆还是如此，以后的每一辆几乎都是如此。是啊，他们怎可能晓得我是一个快要走不动了的路人呢！我失望了，慢吞吞地往前走去，心里说，管他呢，就这样走吧，总能走到的。就在我已彻底失望的时候，我看到前面路边停着一辆煤车，我惊喜地跑过去，司机正在路边的小铺子里吃面条。我向他道出了自己的原委，并且打听明白他去的正是我插队的久长方向，于是我要求搭车，他向着我把手一挥，就同意了！三十里路，煤车只用了二十分钟。我在久长下车的时候，下着霏霏小雨的天还没全黑呢！我从随身带的包里掏出一个硕大的毛主席像章，送给这个好心的司机。他笑了，向我连连点头。在那个年头，这是我能拿出的最好的礼品了。

这就是我的一段旅程，最难忘的一段经历。朋友，你说呢？

我们的“爱之路”

孩子16岁，念初三，个儿长得已和我一般高了。瞅着日渐长成个小伙子模样的孩子，我总会情不自禁地想起：我和妻共同生活已有17年了。说长不长，说短也不算短了。

妻嫁给我的时候是个工人，现在还是个工人。她从没要我设法替她调换过工作。我呢，脑子里倒是想过的，确实也不是不可能。但同她一讲，她就说：“算了吧，我的事你还是少费神，多花点精力在写作上吧。”

我们天天生活在一起，我总忍不住久久地凝视着她，想了解她脑子里闪现的哪怕是稍纵即逝的念头。这是不是爱情我讲不清楚，对我来说，这已经成了一种习惯。追溯起来，这习惯还是在我们相识的初期就养成的。

我们相识在插队时。至今我还记得连接我们两个生产队之间的那条小路，那条弯弯曲曲、时而落下谷底、时而爬上坡去的小路。在初认识的几年间，我们在那条小路上不知走了多少个来回。雨声淅沥的夜晚，我们撑着伞，任凭雨点子稀疏地笃笃有声地打在油布伞面上，我们慢慢吞吞地沿着小路，绕过水田，绕过土坡，走进幽静的树林。路窄，我们不能并肩走，只能一先一后。明月在天的夜晚，我们在树林子里徘徊，在地面绵软的针叶松林里默默地相对伫立，话在这时候是多余的，即便有，也都在白天讲完了。但我们仍不想分离，静静地悄悄地倾听着风掠过树梢，掠过山崖，入神地瞅着清幽的月光在树林子里投入浓密的、斑驳的影子，好奇地遥望离得远远的山寨上的朦胧灯光。秋末冬初的农闲时节，我们相约着去路边的林子里捡干枯脆裂的松果；雨后的黄昏，树叶子上还挂着露珠般的雨水，我们戴上斗笠去捡鲜美的香菇；烈日当空的酷暑，我们能坐在树荫底下，足足呆一整天……那时候我19岁，她17岁，我们都还很年轻，我们都把爱情看得十分庄严和神圣，也许我们就是在这样的朝朝暮暮之中加深了相互的理解。“爱，是理解的别名。”这话是不是泰戈尔的名言？

她是我妹妹的同学，在紧挨着我们寨子的隔邻大队当知青，放假赶场的时候，她常常来找我妹妹玩。我们常留她吃过晚饭再回去，她一个人回去不安全，我妹妹送她呢，一个人走回来也怕。于是乎妹妹常让我送她，起先纯粹是送，后来我盼着她来，希望她晚上走，我好去送她，再后来我们便在这条山乡里的小路上幽会了。山乡里的劳动是繁重的，知识青年的业余生活是枯燥的。我之所以能在插队落户的岁月里坚持埋头写小说，一多半都是因为爱情的力量在鼓舞着我。

已经走过来了的这条生活的路，也像两个山寨之间的小路一样弯弯曲曲，崎岖不平。1972年冬天，她抽调到水电厂当学徒工去了，而我仍然还孤零零地生活在荒寂僻静的寨子里，直到1979年。我们之间仅靠书信相互联系，沟通感情。我们是在 1979 年的元月结婚的。结婚的时候，我还没有工资，连粮票也没有人付给我，而她已是个带着几名学徒工的老师傅了。婚是在上海结的，借的我妹妹那间小屋，想到还将回到遥远山区，我们几乎没有添置任何东西，仅花一百几十元请了少数亲友。我当时也觉得很寒碜，不过我们更多的是觉得满足，分离了整整六七年之后，我们总算走到一起来了，总算可以一道携手并肩去走今后的生活之路了……

也算写自己

我们插队的村寨上有个铁匠铺子，铁匠铺子里有两个铁匠，年长的那个当下手抡大锤，年纪略轻的那个约摸四十来岁的大汉掌钎。春耕大忙季节铁匠铺了“红火得很”。四乡八寨的农民们都到铁匠铺子来打锄头、打镰刀、打犁铧，铁匠铺子一天到黑都是叮叮当当的打铁声。我插队落户的寨子既遥远又荒寂，大白天群山环抱之中的小村寨上都是静悄悄静悄悄的。平时除了鸡啼、狗吠、马嘶、雀儿鸣，很难听到更多的比流水比风啸更妙的声音。于是，有节奏的打铁声就成了我们这些来自喧嚣嘈杂的上海的男女青年们听到的最好的音乐。特别是清晨，由于农活繁重而酣睡不醒的男女知青们常常被打铁声惊醒，于是我们便相互招呼，懒汉们该起床了。贫下中农已在那里奋战，我们不能偷懒，这正是锻炼我们意志的最好机会……我插队的知青点是个先进点，那份儿虔诚在当时完全是真诚的。由于这原因，我们对铁匠铺子自然而然地有了感情。遗憾的是没过多久那叮叮当当的打铁声不响了，害得我们一连几个上午出早工都迟到受批评。我们心里纳闷，两个铁匠都搞什么去了？

那一天是赶场，在乡间赶场天是个好日子，所有的男女劳动力都可以休息。在人民公社体制下，人们习惯于把男女社员称作男女劳动力，上面下来的干部开口闭口总要问，这个寨子男劳力多少女劳力多少。想想这个词真是名副其实，因为不管是男是女，只要是身体健壮的人都要出工劳动，而且干的全都是体力活，叫作劳力一点不错。

赶场天农民们都往街上跑，拿鸡拿蛋拿些农副产品，换回可怜的一点钱来买盐巴、打酱油、带回一点针头线脑。累得不行了，我就在知青点里休息，睡够了看到天气好，我便去堰塘旁边洗衣裳。这堰塘非常美，塘边栽了五棵粗壮高大的柳树，春夏天柳叶儿长丰满了，柳丝儿摇曳着，远远地站在垭口上望过来，五棵柳树恰像五朵生机勃勃的火焰。我把它写进过小说，这会儿提到它忍不住又要多写几句。

我在柳荫下洗完衣裳站起来，看到寨路上一个人用高挑担着石灰走过来了。走近一看，不是别人，正是掌钎的大铁匠。他姓冯，和我们集体户的小冯是同姓，因此照当地规矩认了兄弟。这个冯大哥可比我们的小冯能干，他已经有了从大到小七个娃娃，最大的十七岁，是个胸脯隆起的大姑娘，即将出嫁了。最小的那个还背在冯大嫂肩上吃奶哩。这位冯大嫂恰恰又姓叶，于是她又同我的妹妹认了姐妹。冯铁匠一家不但是贫下中农，不但用好听的打铁声丰富了我们的生活，冯铁匠一家子还和我们知识青年沾亲带故。见冯铁匠挑石灰走来，我拿着洗净的衣裳迎上去，打过招呼我便开门见山地问：

“连续好几天你怎么不打铁了？”

冯铁匠把扁担换了个肩转脸望着我，他的脸色如同大病初愈，把我吓一跳。他定睛望着我，那双眼透出的两股青虚虚的光让我一辈子无法忘记。咽了一口唾沫，他用虚弱得低而轻微的嗓音说：

“我打不动铁了。我已经连续吃了十一天洋芋了。”

“那你还挑担？”

“不干咋个办呢？挑石灰比打铁轻松多了。”

晾完衣裳，我把我和妹妹两个人分到的十斤苞谷装进簸箕，双手端着送到铁匠家去。走到半路，正看到他双手捧着十几个烤熟的洋芋向一户家境略好的农民要苦丁茶喝。看到我，他不好意思地说，连天吃洋芋实在难下咽，要罐苦丁茶来喝着好吞一些。苦丁茶在我们偏远的乡场上当时只卖一角钱一斤。他见我愕然的脸色又苦涩地一笑说，所有的钱都拿来买粮食吃了。

我把苞谷拿到他家，连簸箕一起放下转身就走。铁匠家从大到小七个娃娃挨门板站着，饥饿的眼睛全朝我脸上扫来，我忍受不了这些目光。

那以后连续几天我情绪都忧郁寡欢，像在患病。我只有十几岁，从上海来到乡间还没一年，稚嫩的心灵尚未经过这么沉的重压。

我老在扪心自问这是怎么啦，这是怎么回事儿？

农村是什么？农村对我来说就是河网密布，就是鸟语花香，就是高压电线杆一直伸展到遥远的地平线那边，就是广袤的土地上一片生机盎然的庄稼，白的是棉桃，沉甸甸的是谷穗。我自小在画报上看到的农村是这样的，我在电影里杂志上看到的农村也是这样的。我真正地相信社会主义祖国的农村欣欣向荣、蒸蒸日上，相信“社会主义到处都在胜利地前进”，农村也不例外……可这会儿，我不知所措，我茫然若失，我心情沉重。

过了很久很久，我也曾经历了饥饿，经历了艰辛的岁月，我才明白我是从这件小事开始真正了解农村，了解我的祖国，了解了生活在九百六十万平方公里土地上日出而作、日落而息的农民。

那是插队落户的第四年，经过了又一次“大丰收”，我作为农村的一名强劳力分到了九十斤湿谷子和一百四十几斤苞谷，几斤油菜子外加十来斤黄豆。这便是我一年的口粮，要吃三百六十五天。我利用自己的“知识”精确地作了计算，发现这些粮食刚够我吃半年。另外半年吃什么，我不知道，但我也不很担心，因为我是知识青年，我可以到公社去要救济，救济不够我还可以写信去上海让家里让亲戚朋友寄粮票来接济，实在不行我还有两条腿坐上火车可以回上海。但是，我忍不住又要想那么多农民怎么办，他们拖家带口，长年累月生活在这块土地上，他们没人寄粮票，也无法跑上海，他们唯一的指望便是那年年如期派下来的救济粮、回销粮。

那有吃的半年对我来说过得也很艰难。我必须细心地掌握每天吃去多少粮食，煮饭时用秤称一下。大米当然好吃，但九十斤湿谷子如果天天吃只能连续吃一个半月。我只得吃一天米饭，然后连吃两三天苞谷。我不会煮苞谷饭，只得把苞谷磨成粉，每天调糊糊吃。苞谷糊糊吃起来又香又有点微甜，那滋味儿特别好，因为吃它时我都饿得很厉害了。可这玩意儿毕竟是稀的不像米饭那么顶事，常常饭后两三个小时就饿了。闲下来我忍不住总要同农民们发几句牢骚，农民说这算啥，饿饭年头你还没遇到。农民们讲习惯了，他们说的饿饭年头就是我们时常提到的三年自然灾害时期，在那个时期饿得才叫“恼火”。“恼火”是一句西南土话，形容事情很厉害。大概是为了安慰我，让我对眼下的日子满足，他们给我讲了很多悲惨的可怕的饿饭年头的事。我只举一个例子，他们说那年头公路两旁所有的树干都是白生生的，树皮被饥火焚烧的人们剥光了。这些树来年都死掉了，它们经过一冬寒风的劲吹劲刮，终于枯萎了，它们完成了历史使命。农民们真会做思想工作，听了他们大量的叙述，我确实感到了庆幸感到了满足。我庆幸三年自然灾害时生活在上海。三年自然灾害留给我的唯一印象便是每到月末的24、25日便有大堆大堆的居民围在粮店周围找营业员吵找经理吵，要求买下个月的定量粮。而营业员和经理常常舌战群儒并陷入重围，因为按规定下一个月的粮食最早只能在月末的26日才开始卖。于是乎每月的26日清晨粮店门前必然排着长队，尔后要持续三五天。那时我确实太小，其他什么都记不住了。但我知道排队虽然不舒服，但总比剥树皮充饥强了几万倍。于是乎我的人生哲学便由此产生了，那就是：要知足。因为知足，我在那遥远的村寨上插队落户整整十年又七个月，一天不多一天不少（1969年3月31日到1979年10月31日）。因为知足，我在那里写出了好几本书稿，后来一本一本出版了。因为知足，我领上这一辈子头一份工资时欣喜若狂，一家伙便用了个精光，那是二十八元整，我是三十岁那年领的。因为知足，1982年刚刚搬进省城贵阳时，我栖身在一间八九平方米的小屋内照样读书写字。因为知足，后来我总算有了两间半高楼层的房子，但那里时常十天半月地停水，日子还在往下过，我的书也还在出版。因为知足，我逐渐地变得很超脱，自然生活得也很自在。哦，仅仅是知足吗？似乎也不是……

离我插队的寨子三里地有个水库，赶场天或是连阴雨天闲得乏味我们会去水库大坝上玩，看看山连水水连天的景致。农民们给这水库起了个名字叫“烂提篮水库”。有句话叫“竹篮子打水一场空”。竹篮子烂了那还能蓄什么水？农民们也爱夸张，其实这水库是漏的，但还能蓄上一半的水。我这人爱刨根问底，问：漏了为什么不堵？当年设计的时候为什么不把地址选好？明知喀斯特地形下头复杂，时常有溶洞暗流，为什么不细致勘察？农民们不知道为什么为什么，当年没人问为什么，只晓得上级喊怎么干我们就怎么干。往深处一问才知道这水库是“大跃进”年头修的，红旗飘扬、口号阵阵、生龙活虎、热火朝天，况且这水库修好了周围的村寨都受益，况且到水库上来干活的农民们可以敞开肚皮吃粮不限量，况且山坳坳里挖个凹塘多少总能蓄一点水。水库修好了才知不能达到设计要求，水蓄到一定的高度就渗进阴河里流走了。尽管如此，农民们仍怀念地说，你当初不在，当年那个干劲是没有话说。我是知道一点农民们的干劲的。我和他们一齐修过两年湘黔铁路：下着瓢泼大雨，青壮年民工们光着膀子，穿着短裤，排着四人一行的队伍，大声吼着：“下定决心，不怕牺牲……”雨下一整天干一整天，雨连续下几天干几天。天天集合出发时那“下定决心”的吼声都喧天震响、气势壮观。我虽不是其中的一员，但对这么盲目地修水库还是摇头。

农民们见我摇头自然不高兴，他们说我还是娃娃，什么都不懂。他们说反正我们得干活，今天干明天干后天也干，有饭吃的时候干，饿饭以后活下来的人还得干。我实在听不懂，只好不以为然地苦笑一下。

后来遇到了大旱。在我插队的十年中遇到了两次大旱，其中一次还是六十年不见的大旱。寨子上八十来岁的老汉告诉我，六十年前的那次大旱几乎把周围寨上的人都旱死了。可我和农民们一齐经历的这次几乎没受啥损失，那个“烂提篮水库”下游的四个大队全都没受啥损失，因为这四个大队恰好是那点库容的受益者。

十多年后，我来到贵州省最好的农业县湄潭县，这里出过在世界评酒中得过奖的“湄窖”酒，这里的茶叶、烤烟、油菜在省内都是出了名的。我沿着静静的湄江溯流而上，一直找到它的源头湄江水库。这地方现在不仅蓄水，还有船供人游览，成了一处名胜。我沿着水库大坝慢慢地走，终于在一个已显冷落的角落里找到一块大石碑，这石碑上记载着修建湄江水库的历史过程。这造福于后人的如今驰名世界的“湄窖”酒都取用的湄江水库，同样始建于“大跃进”年头，石碑上详细记载着那几年里为修此水库死去的人。我站在那里，发现前后几年都死人，有的年份死的还不少，但下面决无气馁颓丧的字句，农民们照样修，继续修，终于把这水库建成了。

读着这块石碑，我突然之间懂得了当年村寨上农民们和我争论时所说的话。他们要表示的意思就是石碑上写下的字句。这石碑记下的是历史，但这历史体现着一种精神，农民们要说的，正是体现他们的意思和精神的话，而这意思和精神岂止体现在农民们身上，它恰恰正是我们这个民族充满活力和永远昌盛的源泉。

这下子我大概可以把自己的人生哲学讲清楚了，那就是：不时地知足，不断地进取。

知足能使人平心静气，知足能让人豁达超脱，知足又是在精神领域勇于进取的基础。整天怪话连篇、牢骚满腹、浮躁骚动，当然是一种宣泄，但绝不是创造，更难激发起进取之心。

因为知足和进取，我从不和任何人计较职位的高低，从不和任何人比较条件的优劣。在乡间泥墙开裂的茅草屋里，我写作；如今在冬日的阳光下有一张写字台，我仍写作。

因为知足和进取，我的家庭总是充满和睦和欢乐，在高楼层没水的日子里我们互谅互助，现在住的房子里有水了，我们更多了一份安定。连我不足十岁的娃娃也生活得豁达而自在，他早懂得了严以律己、与人为善的信条。

自然，生活中不可能永远是温暖和笑声，正如同诗里写到的，什么都会有的啊有泥泞也有风雪……但是有着知足的情绪，有着不懈的进取心，在泥泞和风雪中我们照样可以跋涉过来。

人生是不易的。我即将迈入四十岁门槛的整个经历，都说明了这一点。它不易在为人处世，不易在给这个我们共同生活的世界创造一些什么，不易在命运有时突然地会把人推上浪尖掀下深谷。正因为不易，我才觉得更需要知足与进取。

人都说写自己是很难的，要么自谦过分以示清高，要么自谥过头感觉良好。如我这样鼓吹知足和进取大约也不会受人欢迎，好在此文约定只是写自己，于是我便可以讲实话。

我自小生活在上海，十九岁之前从未离开过大城市，我和我的很多同时代伙伴一样，总认为生活在上海有种优越感，总认为住在这座大城市里见的世面大、经历得多、读的书也多。到了乡间农村，我才明白我们这种优越感是多么幼稚多么苍白。其实我们什么都不懂，我们考虑问题只会以上海市中心的人民广场为点，以上海的马路为半径去思索，我们只看到窄窄的长长短短的马路上面那片天。后来在山乡里住久了，我才略微知道了一点什么是中国，什么是中国的农民。遇到不顺心的事情时，我不是马上发脾气火冒三丈，我总是想一想农村里度过的日子，想一想尚在不那么发达不那么富裕的村寨上生活的农民们。这是一剂良方，确实有点儿作用。亲爱的朋友，不信的话，你试一试。

我的稿子是从冯铁匠一家子写起的，在结束这篇稿子时，我还愿意提到他，让人感觉有头有尾。冯铁匠现在老了，他们老俩口六十多了，真正地打不动铁了，不过他生的儿子现在接上了班。他一共生下八个娃娃（我插队时又添一口），除了女娃娃出了嫁，两个大一点的儿子都在打铁，一个在寨子上打铁，另一个的铁匠铺子设在公路边。两人的生意兴隆，由于有祖传的手艺，来找他们的农民确实多。我不想夸大其词，到贵阳来找我的农民亲口对我讲，现今他们的日子过得“很红火”。我猜那意思大约是有口饱饭吃了，有零用钱花了。农民说：对，就是这意思！

《悠悠落月坪》题记

我插队落户的地方叫久长，它是川黔公路与铁路的制高点。一片屏风般的山峦高耸于连绵的岭巅之上，因而到了冬腊月间就格外的寒冽和凄冷。多少使得它在周围有点名声的，也是因了这一缘故。四百多年前被贬谪的学士王阳明先生就栖居在离此西面不到三十里地的栖霞山阳明洞。至于离久长八九里地的阳朗坝，到我离开的时候（快进入八十年代了）还没有电灯。那里曾关押过杨虎城将军。近年来重被甄别的女烈士张露萍等七人，也牺牲在这里的松林坡上。而北去三十里，便是名声算不得小的息烽集中营。这么一描述，自然可以让人联想它那山势的险峻、泉水的清凉和路途的遥远。荒寂与贫困自不用说。

离开山乡十几年了，数次路过那里时总要下车去走一走、看一看，会会寨邻乡亲。在前些年的几篇随笔散文中，我慨叹过它的偏远闭塞，慨叹它的变化实在慢了一点。总是淅淅沥沥的雨声中夹杂着萧萧飒飒的风声，总是春种秋收，总是暴烈的酷暑和落暮般的冬阴……谁知很突然的，这块土地上冒出了一个实实在在的百万富翁。拿当地老百姓的话来说，冒出了一个卖石头发大财的人物。这以后，关于这个人的传闻就经常传入我的耳朵里了。有人说他到北京去住宾馆受了气，一怒之下把一百六十元一天的高级宾馆包了一个月，却只住了三天就扬长而去；有人说他捐款修了区卫生院，有人讲他买了北京吉普，坐坐又不过瘾换了一辆伏尔加；有人不无妒忌地说他狡兔三窟，非但在久长盖了堂皇的住宅楼，还在黔北重镇扎佐、在风景胜地花溪、在贵阳闹市街头，都买了房子。直到我离开贵阳，还从报上读到，他因捐款多而被选为整个地区几百万人口中唯一去北京观赏亚运会的人士。至于他的头衔，他的奇闻轶事，到我提笔写这篇小说的创作谈时，还有人传给我听。说他现在成了电视台的特约记者，贵阳周围出了什么事儿，架子不小的电视台记者还没到，他早抢先到了那里，并把那事儿拍成了电视。因而晚间播出的新闻中，便时有电视台特约记者某某报道的新闻播出来。他的名声于是也更响亮起来。

总而言之，在我离开贵阳前两年中，已不止一次听人说，你们久长出人物啊，一个是会耍笔杆写小说，一个是肥得猪脚杆上流油的百万富翁。说到最后一句时，语调声气全然不同，顿时提高了八度，可见财富之威力。给我形容百万富翁种种传奇的人，那眉飞色舞的兴奋之态，时常逗得我憋不住想笑。其实他们谁都不知，我和这位人物不但算得认识并有一些交情。那些越传越重的流言我无从去落实，但是当年在久长火车站当矿石装卸工时，他捡了我们一位知青丢弃的绿叶牌的确良衬衣，被那流里流气的知青硬敲去一元七角钱，才允许他把衬衣交给婆娘洗净补好穿在身上白净了几天，那是确确实实的往事。

而且我还知道，他今日之所以能卖石头赚钱，就是因为当年做装卸工时多少懂得了一点矿石的知识。自从在贵阳的一个会议上相遇，他得空就去我的家里坐坐。一旦做成了一笔买卖，生意上又赚了一大笔，他的兴致势必更高，喝一碗甜酒粑后，他会兴致勃勃地和我摆上半天龙门阵。不是谈他如何摆阔，不是给我吹他的生意如何发达，虽然他究竟有多少钱从来也不瞒我，但他大约也晓得我不喜欢听这些东西，他给我讲的，倒是真正的心里话：他们这些当年穷得叮当响的汉子，在致富以后精神上的苦恼、郁闷，在伦理观念上的变化和困惑，讲着讲着会道出好些故事，举出不少实例，当乡间的汉子们在离开故土以后，几乎人人都遇到了如何对待原先的婆娘娃崽，如何应付城市里各式各样的女人，他们中出了些什么样的笑话和风流韵事、桃色新闻……看我听得入神，他更谈得细致。他虽文化不高，写的字像“蟹爬”，但他确乎懂得我的职业，知道讲得越细对我越有好处。听得多了，我便渐渐地往深里去思去想。特别是贵州省某县城东一百六十公里远一个叫“松发”的小山寨里发生的姑娘邹美湘心甘情愿当偏房，而原配发妻竟然煞有介事地与丈夫签订合同的事，更是引起了我的一番思考。哦，二十世纪八十年代，广袤的中国大地上那些荒僻偏远的乡村，初得温饱的农民汉子们，挣脱了土地和公社的羁绊，热血沸腾地怀着满腔致富的欲望，开始潮流般地涌向都市，他们步出乡土，他们告别妻儿对象，他们出来闯荡世界，有的地方称他们为劳务大军，有的地方叫他们为农工，在贵州那里人们习惯地呼之为“川军”，他们充满活力地莽撞地闯了出来，把故乡的一切暂置脑后，把妻儿家小相好对象的缠绵和依恋也搁置一旁，于是乎古朴的、传统的婚恋观念遭受撞击，于是乎便有了我这描绘断线姻缘的《悠悠落月坪》。

……

花江坡看山

那一天，车过黄果树，观赏过大瀑布的雄姿，时间还早，同行者中有人提议，去花江街子吃午饭，顺便尝尝名声响遍西南的花江狗肉，管保吃得你放不下筷子。于是，吉普车轰鸣着开始爬坡。用“轰鸣”两字，不是因为车子破旧，而是车轮子一路上都在费劲地缓慢地滚动着往上爬。早有人说，贵州省除了地势险恶的72道拐，就数花江坡难上。今日车到山前，果然尝到了这滋味。只见盘旋而上的山间公路，一面挨着陡峭的山岩，另一面就傍着悬崖绝壁，路侧全用一排排粗实的隔离墩阻挡着，防止车轮子打滑出事故。

上得坡来，足足用了四五十分钟。水箱烫得要换水，我们几位坐车赶路的人，也被废气憋得急切地跳出车子，想呼吸几口新鲜空气。

万没料到的是，只见眼前千座山、万座山朝着我们扑面涌来。乳白色的雾霭浪一般波动着，指天戳云、千姿百态的山峰轻盈地在漂浮。那浑圆的山头，那坦荡的大山的胸怀，那雄峙巍然的山体，那奇秀高耸的山峰，那连绵无尽的山峦，那屏风般的山脊……哦，在文章中我引用过“一览众山小”的诗句，在作品中我写过“气象万千”这一成语，可我只觉得，在如此壮丽的群山面前，在大自然如此神奇的鬼斧神工面前，一切的形容词和描绘都黯然失色了。

我久久地站在那里，任伙伴们几次催促，也不想上车。我想起了一句话：“文似看山不喜平。”

在不少文章中，这句话常被引用来针对情节的安排。其实，无论是作品的语言、作品的结构、作品中的人物乃至细节……都该是“文似看山不喜平”嘛。

哦，花江坡看山，让我领悟到，伟大的作品就该像眼前如海的苍山般泼洒挥写。

两副目光

19 岁那一年，我离开了上海，去遥远的对我来说仅仅只在地图上读到过的贵州乡间，拿当时的话来说，走的是一条上山下乡的道路。更准确地说，是到偏僻的村寨上去插队落户。

也许因为我在上海居住在繁华的市中心，也许因为我读书时几乎天天要在人流不息的南京路上至少走个两回，我对城市的景观太熟悉了，故而乍然来到群山连绵、层峦叠嶂的高原，我强烈地感受到了城乡之间巨大的差别。

那些年里，我在学做一个农民的同时，情不自禁地睁大了不无忧郁的双眼，好奇地观望着山乡里的一切：幽深的河谷、吼啸的山风、连绵无尽的群山和一座一座大大小小的村寨，还有稀疏的或是密密的树林子。尤其是栖息在这片土地上的老少农民们，他们的风情俚俗，他们的生活方式，他们的衣着服饰、饮食习惯，都激起了我强烈的兴趣。那时候，我自觉不自觉地用一双城市人的眼睛，观察着山乡里的一切，并且力图去理解那些陌生的有时甚至困惑的人和事。也是在这种观察、理解和思考的基础上，我提起笔来写下了最初的一些作品。无论是写到我们这一代人命运的小说，还是写到农民们的生活形态，甚或是那些描绘少数民族诸如苗族、侗族、布依族生活的小说，我得承认，那全都是我用一双都市人的目光观察山乡生活的结果。

随着岁月的流逝，我在山乡里浸染得愈来愈久。我会讲一口流利而地道的乡间土话，我的衣着在农民们中间几乎和他们浑然一体，我的脉搏已经随着农民们血液的流淌而勃动，我习惯地用一双乡间农民的目光，留神节令的变化，关心气候对庄稼的影响。春天里为旱象犯愁，夏日里因山洪暴发而怕涝，秋天里担忧西北风刮得太早，冬季里盼一场下得透透的大雪——特别是在区里、县上的干部下来催粮、催款时，我的思想感情，几乎完全是站在农民们一边的。偶有机会外出，坐在火车上，我总是习惯地交叉起双手，用一双局外人的眼睛，观察那些拿工资吃饭的人如何行事。他们的言谈举止，经常还会引起我内心深处不屑的情绪。跑进了城市，我更是用一双乡下人的眼睛，惊讶而愕然地瞅着省城、瞅着北京、瞅着上海一年和一年不同的新景观，并且把这些新的人和事带给我心灵的震颤用小说的形式写下来，竟然也会给读者们带来欣喜哩。

后来，命运又使我回到了城市，回到了生于斯长于斯自小熟悉的但如今又有点陌生的上海。于是我不知不觉就用一双乡下人的眼睛来观察上海这座大都市里今天正在发生的一切，我惊喜地看到自己有那么多新的发现。我贪婪地呼吸着城市里的空气，这空气虽然没有山乡里的清新宜人，多少遭了点污染，但我认真地让自己去适应，让自己已显迟钝的脚步适应都市的节奏。在融入这个城市的同时，我又开始用一双都市人的目光，来回顾我在乡间已经历和体验过的一切，稀奇的是我顿时觉察到了很多原先并没意识到的东西。我觉得一些艺术的光点光斑在闪烁，在激励着我拿起笔来——

就是这样，我渐渐习惯了用一双当代大都市人的眼睛观察遥远山乡里的现实；用一双偏僻乡间山民的目光看待今天的城市。当这样两双眼睛碰撞在一起的时候，我总是感到心头又有新的写作欲望在萌动。而这种碰撞又是那么多，几乎不用我费劲去寻找。谁都知道上海是我们国家数一数二的现代化大城市，谁都知道贵州经济文化发展在我们国家的排列上是居后的，如此鲜明的对比造成的落差使得我经常能观照得和别人不一样。这是命运的恩赐呢还是我的局限，我讲不清楚了。但有一点我是清楚的：我是摆脱不了这一切的了，就让我生命的环，在都市和乡村的两极之间摆动碰撞罢。

孩子想念贵州

回上海 4 年了，孩子想念贵州。

这是我没有预料到的。

初回上海时，他对上海的环境、上海的住房和上海的学校，都不怎么满意，情绪忧郁低沉。我写过一篇短文《爱的教育》，详尽地叙述了针对他的思想我所做的一系列耐心的教育工作。在报上发表以后，好几份报刊转载了。这以后，我看到孩子随着回上海时日的增长，有了一批新的小伙伴，开始适应了新城里的生活，脸上有了笑容，特别是他写下了一篇短文：《我爱浦东》，我心里便想，孩子终究是孩子，他会对童年生活过的环境渐渐淡忘的。他的童年情结算是解开了。

今年暑假，他要升初二了，他们班主任布置了 16 篇作文，其中一半是读书笔记，另一半是随意命题。当他如期完成以后，我说你的作文能不能给我看看，爸爸是个作家，在写作上比你的经验多一点。他起先没拿出来，后来他妈妈又耐心说了一阵，他不大情愿地把作文簿拿出来了。我随意地看了一遍，发现了他的这篇作文：《忆黄果树瀑布》。我不觉哑然失笑，他才 15 岁，竟然写起忆什么什么的作文来。细细读完以后，我觉察到了，孩子仍然想念贵州。

带他去黄果树瀑布，是他还在读小学时的事了。由于工作关系，陪同客人我不知去过多少次黄果树了，久而久之也觉平常了。哪晓得孩子仅仅去过一次，却深深地留在他的记忆中。可见他还在想念贵州，想念山乡，还有着他的童年情结。他写下了在公路上看到的大瀑布景观，写下了进入瀑布后水帘洞的感受，可见这两个景点对他的印象之深。毕竟已经 15 岁了，他忘了写自己当时的天真和童趣，如果把这一点写得更加细致和真切些，这篇作文会更有味一点。黄果树瀑布是个有名的景点，每年不知有多少客人去游览。古往今来，不知多少文人墨客游过之后要留下一些诗文。仅仅如实地写下一些景观，那是不够的。还得有自己独特的视角。中学生来写她，更得写出中学生感觉里的黄果树瀑布来。这一点在孩子的作文里显然体现得不够。

给我印象深刻的，是孩子通过这篇作文，还是表达了他的童年情结。他几次对我说过："贵州那地方，有山有水有河流，有火车头，有火车尾。"我总以为他只是在叨念童谣，没料想，他所说的"有山有水"实际上是有具体内容的。这篇作文就可算一个证明。

回上海 4 年了，孩子仍然想念贵州。给他讲一些道理也不起作用，我真有点吃不准了，长久地保留这种思绪，究竟好不好？读者朋友们，你们说呢？

岁月蹉跎志犹存

知识青年上山下乡，从它诞生的那一天起，就是全社会为之瞩目的事件。我们曾经说它是新生事物，说它是开创了一代新风，必将引来社会变革的新纪元，说它是缩小城乡差别的伟大实践。到了文化大革命中，知青运动更是风起云涌，掀动了整个社会。在整整一代人的记忆里留下了难以忘怀的烙印。

当风华正茂的知青们扑向广阔天地的时候，展现在他们面前的，是陌生的环境和不可知的未来。

当饱尝艰辛的知青们重返故土时，曾经熟悉的城市向他们露出了陌生的面孔。

从五十年代中期到八十年代前期，这场运动连头搭尾经历了整整二十七年。二十七年中，伴随着共和国坎坷的步伐，它走过了跌宕起伏的历程。人们说，这一事件牵动了十亿人的心，震撼了二十世纪的中国。这话实在是不为过的，庶民百姓的子女，高层领导的后代，包括小平同志的女儿，全下了乡。

一代人的青春，顶着酷暑的太阳，迎着凛冽的寒风，踏着雨季的泥泞，用汗水和眼泪、希冀和追求、心血和体验，还有虔诚和狂热，给中国的历史留下了一幅最凄惶也是最为壮丽的人生风景，留下了一段色彩斑斓浓浓淡淡的人生轨迹。

重温那酸甜苦辣的已逝年华，多少人含着泪沉吟着说：不堪回首，却又情不自禁地要去回首。多少人感慨万千地说：艰难困苦的生活既是我们这一代知青的不幸，也是我们这一代人的大幸。从劳其筋骨、饿其体肤的意义上来说，那恰恰又是特殊年代赐予我们的无价财富。

我理解，《中国知青人生感悟录》这本书，正是在这一意义上编辑出版的。

今年是"文革"中上山下乡的知识青年们念念不忘的三十周年。各式各样的知青书籍相继面世，它们从不同的角度激起社会的回响。比如知青老照片，比如记忆往事的回忆录丛书，比如往日的笔记和书信，比如个人难以忘却的一段刻骨铭心的经历甚至隐私，还有大事记，还有某一事件始末，还有知青档案和命运列车……我本人甚至收到过一位老知青用素描的艺术手法，画下的当年许多场面的画片。

《中国知青人生感悟录》则独辟捷径，从一个独特的角度，配以照片，用不多的精练的文字，选择一代知青在进入不惑之年、知天命之年后，对逝去岁月历历往事进行冷峻的分析，其中不少人站在世纪之交的高度，对往昔的所作所为进行客观评价，并用哲理性的语言概括自己对人生真谛的感悟和对沧桑岁月的反思。从这一意义上来说，这本书是一笔珍贵的精神财富，也是一部朴实无华的心灵史。

知道事物的原始风貌，说明我们正在聪明起来；知道事物的本质，说明我们正在变得逐渐有了经验。

知道怎样使事物变得更美好，说明我们正在增长才干。

历历往事堪回首。

岁月蹉跎志犹存。

愿每一位当年的知青朋友和今天的青年朋友，都能喜欢这本浸染了整整一代人心血的书。

是为序。

叶辛

一九九八年九月二十八日

后记：重访砂锅寨

砂锅寨是我插队落户的寨子。

1969 年 3 月 31 日，我和近千名上海知识青年离开了黄浦江畔，坐了三天两夜的火车，又坐了整整一天的卡车，于 4 月 4 日傍晚，走进了这个黔北高原大山褶皱里的小村寨。那天，正下着寒冽的倒春雪，冷到我们的心上去了。

1998 年 3 月 31 日，整整二十九年后的今天，我于清晨离开上海的家，坐了两个半小时的飞机，又坐了一个多小时的汽车，于当天下午二时，再次来到了砂锅寨。

离开砂锅寨以后，这不是我第一次回插队落户的山乡。整个八十年代，因为在贵阳工作，北去遵义和黔北山区，只要路经这里，我都要下车来走一走、看一看，有两次还带着请老乡抽的烟，在寨子上逗留了整整一天。

但是这一次，却是整整隔开了十多年，才又回到这块熟悉的土地上。

是什么促成了我的这一次第二故乡行呢?

说起来也极简单。去冬以来，我不断地受到出版社编辑的催逼，约写一些关于上山下乡的稿子，关于插队落户岁月里的故事，关于知识青年的话题。春节过后，白天上班，晚上就在家里处理插队落户岁月里的书信，其实就是我和妻子王淑君当年互相之间的通信。我们在山乡里恋爱了十年，其中七年半的时间，是在两地分居和相思中度过的。相互之间写了很多的信，这些信是我们插队生涯最真实的写照。我心里想，与其煞费苦心绞尽脑汁回忆当年的情景，不如将这些书信整理出来，这不比搜索枯肠重新写作要真实得多。我把这想法给热情的编辑一说，不料她赞赏不已，还把我两张在贵州山水间拍的照片，请美术编辑设计了一个别致的封面，在首都的报纸上发表出来，冠名为《往日的情书》寄给了我，而且还说，她约了十位知青作家，每人写一本回忆录，组成回忆录丛书，这些作家全都交了稿，出了片子，唯独我这一本，没交稿。

于是我就急了，不能因为我一个，拖了其他同行的后腿啊！天天夜里，晚饭过后到十二点，我都在拆信、看信，把它们整理归类，复印以后重新收藏，读着所有这些往日的书信，青春岁月里的往事，历历在目地呈现在眼前，久久地挥之不去。夜半三更，想到第二天要上班，只得停下案头作业，躺到床上去，但是却睡不着。那些个苦涩的日子里的一切，即使回味一遍，也是十分辛酸的。妻子几次对我说，别整理了，退休以后再说吧，她仅偶尔读几封信，心头都沉甸甸的，这不是自寻烦恼么。我心里说，既然开了头，心中再不好受，我也要把它们搞完。再说，出版社的编辑三天两头都在打长途问进度呢。

三月下旬，我总算把第一批书信一百五十多封整理出来了。除了雨水锈蚀部分实在难以辨认的，除了信中涉及的具体人名通通以小李小张小王小周代替，以避免不必要的麻烦，所有的信，全部保存原貌发表。我和妻子同是无名的小知青，我们在书信中谈的全是自己的劳动生活、日常琐事、文学追求和对当年人们遇到的形势和大事件的看法，表露的是真实的思想感情，叙述的则是真正的知识青年的心态和情感。

没有虚伪，没有矫饰，更没有当年极为流行风头十足的豪言壮语。

交稿以后，我对介绍我参与这套丛书的作家赵丽宏说，这本书纯粹是文学的副产品。

赵丽宏却说，你别小瞧了它，也许它会成为你最值得珍视的一本书。

想想也是，稿子寄走了，我的心头涌起一股强烈的想要回砂锅寨去看一看的念头。我们在信中时常提及的树林、山路、草坡、水井、房屋和老乡们，今天变得怎么样了，那些我们天天去劳作的田块、坡土和桦树林、小竹林，还像原来一样么？

这一欲望强烈得使我做不成其他的事，于是我决定了这次重访砂锅寨的行程。

正是三月下旬，读过我一些散文的朋友提醒我，你当年不是三月三十一日走的吗，真要走，干脆就把票定在三月三十一日。

从去年起就在编撰我一本摄影册《半世人生》的上海画报社，派了责任编辑陪我前往，说可以补拍几张照片。上海电视台《今日印象》节目组，也断然决定拍一个《叶辛回“家”》的专题。

重访砂锅寨，就这么成行了。

下了飞机，在贵阳定下住处，吃了午饭，我们就直驱砂锅寨。

车出阳关，就是一条高等级公路——贵遵公路。我们插队的六七十年代，从贵阳坐车到我落户的公社久长，最快也得一个半小时。可今天车子只开了二十分钟，车窗外的山野田坝和树林就熟悉起来。这是离久长不远的扎佐林场，郁郁葱葱的苍松翠柏愈加密集了，我小说中写到的森林景致，就是这一片连坡连岭的树林。不过，附近辟出了高尔夫球场，绿茵茵的草坡连接着一片片的油菜花，在明丽的春阳下显得格外惹眼。

我插队时的久长公社，后来变成了久长乡，今天已是久长镇了。进镇之前，要过收费站，那两个人一样高的镀金大字：久长，把我吓了一跳。这比沪宁高速的路标更醒目。车拐过十字街头，我认得原先的百货商店，供销社，邮局，依稀还能找到公社的办公室，只是二十九年前的四月三日在雪夜中住过一晚的那个茅棚饭店，一点踪影也没有了。

车出久长街，驶上修开公路，颠簸得就厉害起来。这条由修文县城通向开阳县城的公路，还是新中国成立前由贵州军阀周西成修的，系沙砾路面。那年头我们从寨子到久长来赶场，就得走这条路。插队落户十年又七个月，我在这条路上不知走了多少个来回。顶着烈日，下着暴雨，冰块满地，飘飞雪花，落着绵绵细雨，老阴天……各种各样气候条件下，每一截路要走多长时间，我都能算计出来。

车在沙砾路上行了五里地，从变电站旁边，拐进了一条小石块和细石子铺就的马车道。驶上这条路，小车就像船一样在海洋里摇晃，晃出二十分钟，还没走上三里路。

车窗外是沙雁二队低洼的田坝，偌大的一块水洼地，一下大雨就要淹。一九七三年，大雨落了三天三夜，终于引得山洪爆发，大水冲垮了田埂、坝墙，蜂拥进老百姓的泥墙茅屋。在沙雁二队落户的上海知青小管，听到床头水响，拧亮电筒一看，吓得惊叫出声，随手抓起床头一条裤子，跳出窗户往山上跑，刚跑出十几步，整幢泥屋就在水声中垮了。看着茅草顶在大水中漂浮，天空中雷声隆隆，电闪阵阵，她欲哭无声。这一细节，后来被我写进《蹉跎岁月》杜见春的遭遇里，不知引来多少知青写信给我，叙述他们插队时相同的境遇。可见当年多少知青，都有过相同的不堪回首的经历。

我等不及车子慢吞吞摇进砂锅寨去，下了车子，步行往寨子直冲。

过了垭口，风大起来，门前坝大田里一片金黄色的油菜花儿，开得真艳，风声里夹杂着浓烈的油菜花的香气。这又是我熟悉的一派景致，胡豆熟了，麦子黄了，春耕大忙季节又将来临。我的两眼紧紧地盯着寨前的小山巅上，那里的小学校怎么不见了呢？走近了去看，哦，原来坐落在山巅上的耕读小学，已经迁移下来，重新修在门前坝的大土中间。这块大土，当年不正是生产队专门拨给我们六个上海知青的自留地么！用城市的目光看，小学校显然仍是简陋的，可用历史的眼光去看，今天的小学校比当年我教书时山巅上的教室，不知好了多少倍！

在乡亲们热情的招呼下，我和他们一起，沿着小石桥走进了砂锅寨。

砂锅寨变了，砖瓦房多了，泥墙茅草屋找不到了，连集体生产时少不了的大院坝里，也都建起了两层楼的房子。寨门口老少乡亲们涮洗衣袜鞋子的堰塘水，被抽干了。堰塘坎上的五棵大柳树，连根拔除了！我惊问，大柳树呢？乡亲答：树根里出了虫子，只得忍痛砍了。现在正想方设法铺自来水管，把清澈的山泉水引进寨子。

砂锅寨又没变，寨路还是这几条寨路，一家一户的小院坝，除了比当年陈旧一点，可以说面貌依旧。连一张张熟悉的脸庞，尽管添加了皱纹，我都还喊得出名字。我在寨子上居住过的泥墙茅屋，连屋基都难以辨识了。大水冲毁了茅草屋之后，我曾经栖身的土地庙还坐落在那里，我借住过的老乡家的二层小阁楼，模样儿一点没变，连那些楼廊上的栏杆，也还搭着娃娃的尿片，仿佛我昨天刚刚离开一般。年近八旬的老房东当年常对我说：坡是主人人是客。对于砂锅寨，对于砂锅寨周围的山山水水，我现在真正地成了一位客人。对于历史，对于大自然，我们这些匆匆活过一回的男女老幼，芸芸众生，不也是一个客人嘛！

摄影记者在忙不停地照相，他仿佛对寨子上的一切都有着浓郁的兴趣。电视台记者在采访，在挑选镜头，他们问老人，也问娃崽，他们还把镜头对准寨子外面的树林田野。我站在一边，心潮翻滚地面对着越涌越多的乡亲们，机械地回答着他们的问候。我想对他们说，三十年了，三十年前的一切，恍如眼前，历历在目。三十年后的今天，我特意挑了这么个日子，又来了。我是来了却时常悬在胸口的心债的，我是来又一次回味逝去了的青春的。我还想告诉所有的人，下过乡的知青和不曾下过乡的年轻一代，岁月不会是空白的。

砂锅寨是我插队落户的寨子。我的青春，我的艰辛繁重的劳动生活，我那漫长的知青生涯，包括我的憧憬，我的追求，甚而至于我的爱情，都是从这里开始的，都是从偏僻山乡的崎岖小路上一步一步迈出去的。

这就是我重访砂锅寨的意义所在。